KB062329

로크미디어가
유혹하는
재미있는 세상

ROK
MEDIA
로크미디어

엑스트라 책사의 로열로드 11

2023년 5월 19일 초판 1쇄 인쇄
2023년 5월 24일 초판 1쇄 발행

지은이 mensol
발행인 강준규

기획 이기헌 왕소현 박경무 강민구 조익현
책임편집 이정규
마케팅지원 이원선

발행처 (주)로크미디어
출판등록 2003년 3월 24일
주소 서울시 마포구 마포대로 45 일진빌딩 6층
Tel (02)3273-5135 **Fax** (02)3273-5134
홈페이지 rokmedia.com **E-mail** rokmedia@empas.com

ⓒ mensol, 2022

값 9,000원

ISBN 979-11-408-0731-4 (11권)
ISBN 979-11-354-8160-4 04810 (세트)

엑스트라
책사의
로열로드

mensol 퓨전 판타지 장편소설

Contents

1장

　나타난 장로들은 에드가 남자인 것을 확인하곤 서로 격론을 벌이기 시작했다.

　"믿을 수 없군! 미라벨의 핏줄에서 정말로 남자가 태어나다니!"

　"뭔가 착오가 있는 게 아닌가? 혹은 쌍둥이로 태어난 것 때문이라던가?"

　"이유가 있는 게 분명해! 인간의 피가 진해진 탓일지도 모르지. 하프엘프와 인간 사이에서 나온 아이이니까, 미라벨의 피가 옅어져서 그런 거라면 납득이 가!"

　온갖 난리를 피우는 장로들.

　나는 카일룸에게 넌지시 물었다.

"미라벨의 핏줄이니 뭐니에서 남자애가 태어난 게 그렇게나 놀라운 일입니까?"

카일룸은 주저하지 않고 고개를 끄덕인다.

"그렇습니다. 먼 과거의 일인 만큼 저로서도 자세히 알고 있지는 않으나, 미라벨의 핏줄에서 태어난 남자아이가 엘프들을 구원의 길로 이끈다는 이야기가 있습니다."

"그건 그냥 헛소문이 아닙니까."

"그럴 수도 있지요. 저도 그렇게 생각합니다. 하지만 실제로 미라벨의 가문에선 남자아이가 전혀 태어나지 않았어요. 그런 사실들이 그 소문을 사실처럼 만들고, 크게 부풀린 겁니다."

"하여간, 엘프들도 미신에 휘둘리기는 마찬가지네요."

"우리라고 고고하거나 통달한 자들은 아니니까요. 그보다, 국모님에 대한 알현이 허가되었습니다. 곧바로 가시겠습니까?"

"갈게요, 여기에 있다간 숨이 막힐 것 같으니까."

난감해하고 있는 에오니아도 데려가기로 했다.

유미르와 에스텔도 장로들 사이에 있기 거북했는지 내 뒤를 따랐다. 내심으론 내게 83명의 자식을 두라고 한 드래곤의 존재를 보고 싶었던 걸지도 모른다.

동굴처럼 생긴 긴 통로를 지나 도착한 곳엔 순백의 드래곤 알트론이 우리를 기다리고 있었다.

"잘 왔다, 알스 일라인. 내게 긴히 상담하고 싶은 일이 있다고?"

그 순백의 거체를 다른 셋은 아연한 표정으로 올려다보고 있었다.

류나도 무서운지 유미르의 가슴에 얼굴을 콕 묻고 있었다.

"여러모로 묻고 싶은 게 있습니다만, 그 전에 먼저. 미라벨의 핏줄에 대해 설명을 해 주시겠습니까?"

"……?"

그 일에 대해선 여기까지 보고가 되지 않은 모양이었다.

나는 간략하게 설명했다.

"저와 에오니아의 아이 중에 남자애가 태어났다는 이유만으로 온갖 호들갑을 다 떨더군요."

"남자애……? 설마하니 미라벨의 핏줄에서 남자애가 태어난 건가?"

보아하니 알트론도 꽤나 놀라는 듯했다.

"어떤 아이지? 보고 싶구나."

나는 에오에게서 에드워드를 받아 들어 슬쩍 그에게 보여 주었다.

알트론은 지그시 에드를 응시하더니 납득했다는 듯한 태도가 된다.

"그렇군, 그래서 네 아이 중에 대업을 이룰 인물이 나타난다는 거였던 건가."

"무슨……!? 그렇담 에드가 계시의 아이라는 겁니까?"

"……."

알트론은 의미심장하게 침묵했다. 그러고는 말한다.

"알 수 없다. 미라벨 쪽에 대해선 나도 자세히 모르니까."

"그게 무슨 뜻이죠?"

"나조차도 이야기로만 들었다는 거다. 누가 그런 예언을 남겼는지는 나도 몰라. 그러니 내가 해 줄 수 있는 말은 없다. 다만 엘프들이 그렇게까지 맹신하는 걸 보면 무슨 사정은 있을 거다."

알트론조차 소문으로 들은 이야기라니.

"뭐, 좋습니다. 그걸 물으려고 온 건 아니니."

딱히 엘프들의 전설 같은 걸 믿을 생각은 없었다.

"제가 당신에게 묻고 싶었던 건 반달린에 관한 것입니다."

"반달린?"

나는 내가 반달린을 만났던 일, 그리고 그가 건 것으로 추정되는 마법으로 인해 던전의 역사를 읽게 됐다는 걸 전했다.

그러자 알트론은 말문을 잃어버렸다.

"반달린이……."

"뭔가 짚이는 바라도 있습니까?"

"그 녀석답다고 생각했을 뿐이다. 과거를 읽는 마법이라니, 분명 녀석이 개발할 법한 마법이야."

그도 그랬다. 반달린이 고안해 냈다고 전해지는 구원이동은 미래를 읽어 현재에 영향을 준다.

던전의 역사를 읽는 마법은 그 반대, 과거를 읽어 현재에 메시지를 남기려는 거다.

"그걸 너에게 걸었다는 건, 네가 계시의 인물이라는 걸 녀석도 알고 있었다는 거군. 녀석도 나와 똑같은 부신의 권속이니까, 이상한 건 아니다."

"그의 저의가 뭐라고 생각하십니까? 제게 던전의 과거를 읽게 하여 뭘 하게 하려는 거죠?"

"이건 내 짐작이다만……. 너로 하여금 모신과 모신의 권속을 축출하게 하려는 걸지도 모른다."

"모신과 모신의 권속……?"

알트론은 심각한 목소리로 말을 이어 간다.

"던전은 이 세계의 역사. 인간과 이종족 간의 다툼을 현실화한 것. 하나 그 다툼에는 사정이라는 게 있기 마련이다. 어떤 경위가 있어 그러한 갈등이 일어난 것이지."

"그거야 인간의 정복욕 때문이겠죠."

"나도 그렇게 생각한다. 하지만 그것만으로는 설명하기 힘든 부분이 있어. 인간은 분명 진취적이고 이기적인 종족이긴 하지만 한편으론 조화와 공존에 대해서도 이해하고 있으니까. 그런 인간들이 오로지 파괴와 살상만을 위해 움직였던 건, 지금 생각하면 기묘해."

"뒤에서 누군가가 부추겼다……?"

"그럴 수도 있다는 생각이 드는군. 애초에 모신의 목적은 모든 종족을 몰살시키는 것이었으니까."

"모든 종족이라고요? 모신 본인이 직접 데려온 인간은 예외이지 않습니까?"

"인간조차 그 용도가 다하면 버릴 생각일 거다. 그렇지 않고서야 지금과 같은 대혼돈이 일어난 건 이상하니까."

"자, 잠깐만요. 그 말은 모신과 그의 권속들이 지금도 암약하고 있다는 겁니까?"

"그렇게 생각한다. 봉인해 두었던 던전이 모두 풀려난 이번 일련의 사건은 내게 있어 작위적으로 느껴지는구나. 반쪽짜리라곤 하지만 평화가 이어지던 시기에 이런 일이 일어나다니 말이야."

다시 말해 그런 거다. 이번 대혼돈의 일도 모신의 권속들이 뒤에서 부추겼다는 것.

반달린이 내게 과거를 읽는 마법을 건 이유는 과거의 흔적에서 단서를 찾아 그 권속들을 소탕하라는 것이다.

"어휴, 저한테 너무 커다란 짐을 지운 것 아닙니까?"

"훗, 오히려 기뻐하도록 해라. 역사상 어떤 영웅도 해내지 못한 일을 네가 하는 거니까 말이다."

"퍽이나요."

"아, 그리고 말이다. 만약 반달린을 다시 만나게 된다면, 나를 만나러 오라고 전해 주지 않겠느냐?"

"만에 하나 만난다면 전해 주겠습니다."

이후에는 에스텔의 혈석을 바탕으로 루트거를 추적할 수 있겠냐 물어봤으나, 알트론도 짚이는 바가 없는 것 같았다.

어쨌든 이걸로 소기의 목적은 끝마쳤으니 곧장 왕국으로 돌아갈 준비에 들어갔다.

알현을 마치고 돌아오자 엘프의 장로들도 결론을 내린 모양이었다.

에드를 정식으로 인정하기로 한 것이다. 그걸 겸하여 수호대 한 개 부대를 에드의 호위로 붙여 주려 했기에 불편하다는 이유를 들어 거절했다.

그럼에도 장로들은 굴하지 않고 수호대를 우리 일행에 붙여 왕국으로 가게끔 조치를 취했다.

그런 한편 아기들에게는 자연의 축복이 내려졌다.

이 축복을 받으면 자연에게 사랑을 받는다고 하는데, 정확한 효과는 나도 알 수 없었다.

그래도 좋은 거라고 하니 슬쩍 류나도 끼워서 축복을 받게 했다.

이후엔 왕국으로 되돌아가는 배편에 몸을 실었다.

배의 한편엔 엘프들에게서 원조를 받은 구원이동 주문서

와 여러 무기들이 실려 있다.

'소득이 괜찮네, 소피아가 좋아하겠는걸.'

특히 구원이동 주문서는 가뭄의 단비가 되어 줄 것이다.

'그건 그렇다 치고……. 모신과 그 권속인가.'

짐작 가는 곳은 있었다. 왕국에서 암약한 팍스 후작, 파이스 랑코스트였다.

지난번 쥬라스와 함께 그 녀석과 대면했을 때가 떠올랐다.

'그놈은 당시에 연맹의 마정석 창고가 습격당했던 점에 대해선 전혀 문제 삼지 않았어.'

연맹의 사람이라면 누구라도 화가 날 그런 일이었음에도 놈은 그 부분을 짚고 넘어가지 않았다.

그건 그에게 있어서 별문제가 되지 않는 일이었다는 뜻이다. 그도 아니면 그게 원하던 상황이었다던가.

'혹은 그냥 쥬라스의 페이스에 휘말려서 신경을 쓰지 못한 걸지도 모르지만.'

어쨌든 그 녀석은 수상했다.

그렇다고 그 녀석이 모든 것의 흑막이란 생각도 들지 않았다. 녀석 외에도 더 있을 게 분명했다.

'신을 상대하라니, 진짜 골치 아프네.'

머리가 지끈 아파 온다.

그런 내 옆에 에오니아가 에드를 안은 채 슬쩍 다가온다.

"알스, 괜찮아?"

"안 괜찮을 게 뭐가 있겠어. 그보다 에드를 갑판에 데리고 오면 어떡해. 잘못하다 놓치면 어쩌려고."

"놓치다니, 그런 일이 있을 리 없잖아. 알스, 넌 너무 걱정이 많다니까."

그녀는 바닷바람을 쐬고는 말한다.

"에드가 예언의 아이래."

"진지하게 받아들일 필요 없어."

"아니, 나는 그렇게 믿고 싶어."

자기 아이가 대업을 완수할 인물이라고 하니 에오도 내심 기뻤던 모양이다.

그리고 한 가지 더 이유가 있었다.

"에드가 예언의 아이니까……. 알스 너도 많은 아이를 가질 필요는 없는 거지?"

"……엉?"

"부인을 많이 들일 필요가 없어진 거잖아."

"그거랑 이거랑은 다른 얘기가 아닐까? 그 부분에 대해선 보류라는 걸로……."

"…….."

에오의 눈초리가 싸늘해진다.

"아하하……."

어느새 다가왔는지 유미르와 에스텔도 더 얘기해 보라는 듯 압박을 줬기에 얌전히 항복하기로 했다.

대륙으로 돌아온 나는 즉시 왕궁으로 들어가 원조받아 온 구원이동 주문서를 소피아에게 전달했다.

소피아는 2천 장의 구원이동 주문서를 보곤 다리에 힘이 풀렸는지 풀썩 의자에 몸을 맡긴다.

"덕분에 크게 한시름 놨네요. 그걸 받아 온 것만으로도, 웨이드 당신은 구국의 영웅이라 할 만해요."

"상황은 좀 어떤가요?"

"최악이에요."

"내가 엘프들의 섬에 갔다 온 건 4일밖에 안 됐는데요? 벌써 최악이라고요?"

"여러 악재가 겹쳤거든요."

먼저 국왕인 로자가 고열로 쓰러진 점. 그로 인해 왕궁 내부가 크게 어수선해졌다고 한다. 로자가 병에 걸려 죽는다는 식으로 소문이 흐른 것이다.

상식을 뒤엎는 대혼돈도 실제로 벌어졌으니 그 정도의 헛소문도 진지하게 여겨진 것.

"그 소문이 바깥으로 퍼져 버려서요. 가뜩이나 불만이 쌓여 있던 하위 모험가들이 무리를 이뤄 탈주를 하는 일이 벌어졌어요."

구원이동의 혜택을 받지 못해, 목숨을 걸고 던전을 토벌하던 무리다.

"그들은 세간에 벌어진 대혼돈이 국가가 조장한 것이며, 시민들을 통제하기 위한 무기일 뿐, 실제로는 별 위협이 아니라며 난리를 피웠어요."

"그 그리폰들의 습격을 보고도 그런 말이 나왔대요?"

"그것조차 국가가 조장한 일이라고 주장하더군요. 그것도 그거지만 무엇보다 구원이동의 혜택을 받는 정예 모험가들이 아무것도 하지 못하는 것에 대해 회의감을 느꼈나 봐요. 정예 모험가들이 소득 없이 돌아오는 건 그들이 던전을 토벌하는 척만 하고 돌아왔기 때문이다. 그렇게 주장하면서 수도를 떠났어요."

"수도를 떠났다고요!? 그 규모는요?"

"6백 명 정도예요. 그리고 공교롭게도 그들이 향한 곳은 칠죄종이 있는 곳이에요."

10대 던전 칠죄종. 가장 흉악한 던전으로 불리는 곳이었다.

"설마하니……."

"예, 그 설마가 맞을 거예요. 사료를 찾아봐도 칠죄종은 사람들 사이에 불신을 일으키고 분란을 조장한다고 되어 있어요. 우리는 이번 일이 칠죄종의 영향으로 인해 일어난 것으로 보고 있어요."

"그 영향력이 이곳 수도까지 닿는다니……. 이곳과는 거리가 제법 떨어져 있지 않습니까?"

"칠죄종 주변은 여기보다 훨씬 더 심각해요."

그러면서 소피아는 한 가지 얘기를 전해 주었다.

"칠죄종이 위치한 스펠라 구역에 위치해 있던 대피소는 이미 전멸 상태거든요."

"전멸이라고요!? 대피소에는 실력 있는 경비가 있을 텐데요?"

"자세한 사정은 모르겠으나…… 정보원이 들고 온 정보에 의하면 자멸이라 하더라고요."

"자멸?"

"예, 대피소 사람들끼리 죽고 죽인 거예요."

"……!"

칠죄종이 왜 가장 흉악한 던전으로 손꼽혔는가를 이제야 알 것 같았다.

그 던전은 주변의 사람들을 미치게 만든다.

그러니 시급히 토벌하는 것 외에는 대응할 방법이 없다.

"그 정도라면 당장 정예 전력을 투입해야 합니다."

"했어요. 그리고 그것 때문에 상황이 최악이라는 거예요."

소피아는 한 가지 서류를 내밀었다.

거기엔 이렇게 적혀 있었다.

'다섯 무리의 정예 전력이 일제히 칠죄종에 진입했으나 전멸.'이라고.

"전멸? 이건 무슨 뜻입니까?"

"말 그대로의 뜻이에요."

"설마 목숨을 잃었다는 겁니까? 구원이동을 사용했음에
도?"

"......"

무언으로 긍정하는 소피아.

나도 할 말을 잃었다. 가장 우려하던 일이 벌어지고 말았
다.

구원이동을 무력화하는 던전이 등장하고 만 것이다.

구원이동을 무력화하는 던전. 이건 사기에 커다란 영향을
끼친다.

"칠죄종을 토벌할 부대를 새로이 조직하려 했지만, 그 누
구도 자원하지 않고 있어요. 정예 용사들이란 작자들이 꼴사
납게도 겁을 먹은 거죠."

"그거야 당연한 겁니다."

그들은 모두 구원이동이라는 보험 속에서 던전을 토벌하
던 자들이다.

어느 정도 위험성은 있지만 그래도 보험이 걸려 있으니 비
교적 편한 마음으로 던전을 토벌할 수 있었다.

그러다 정말로 목숨을 걸라고 하니 겁이 나는 건 당연한
거다.

"그러니 지금 우리는 목숨을 거는 것이 익숙한 사람들이

필요해요."

소피아는 의미심장한 눈으로 나를 응시했다.

전쟁터를 전전했던 나와 내 가신들은 목숨을 거는 것에 익숙했으니까.

나는 단호하게 고개를 흔들었다.

"그건 내가 할 일이 아닙니다. 우린 정예 전력 중에서도 하위권이에요."

"그 대신 잠재력은 가장 높죠."

"소피아!"

내가 고함치자 소피아는 한숨을 쉰다.

"휴우! 지휘를 하는 내 입장도 이해해 줘요. 제가 판단하기에 이 일을 할 수 있는 건 당신밖에 없어요."

"……."

"일단 칠죄종에 대한 토벌은 자원하는 부대가 나올 때까지 보류하도록 할게요. 지금 당장은 다른 던전에 대한 토벌이 더 시급하기도 하니까. 그러니 당신도 차분히 생각해 봐요."

지휘실을 나온 나는 잠시 고민하다 쥬라스가 있는 곳으로 향했다.

쥬라스 녀석도 슬슬 일이 바빠졌는지 집무실을 비우고 있었다.

1시간 정도를 기다리니 녀석이 측근들과 함께 집무실로 돌아왔다.

"어……? 그쪽은…….."

녀석의 측근 중 하나가 눈에 익었다.

그 남자도 나를 보자 눈을 크게 뜨더니 각을 잡아 인사한다.

"다시 만나 뵙게 돼 영광입니다, 웨이드 장군님! 특무대 93번 장교 요리스입니다!"

이전에 내가 쿠라벨 성국 유적 발굴을 맡긴 자였다. 나와 내 일행이 전이됐을 때도 그곳에 있던 남자다.

"당신도 이 작전에 투입됐던 거군요."

"그렇습니다, 전 당시 가장 가까이 있었으니까요. 우선적으로 선발됐습니다."

"이쪽엔 최근에 합류한 모양이네요. 지금까지 어디에 있었습니까?"

"연맹의 영토에 있었습니다. 합류는 3일 전에 했습니다."

"흠."

쥬라스 녀석을 바라보자 녀석은 어깨를 으쓱여 보인다.

"무작위 전이로 인해 퍼져 있던 제 부하들이 속속 합류하고 있습니다. 대혼돈이 벌어진 이후엔 속도가 크게 더뎌졌지만 말이죠. 그보다 알스, 루트거 로젠버그의 행방은 알아냈습니까? 에스텔 로젠버그를 대동하고 엘프들의 섬에 갔다는 건 뭔가 짚이는 게 있었던 거겠죠? 가령, 전에 당신이 말했던 혈석을 통한 추적 마법이라던가?"

"소득은 없었습니다. 혈석을 통한 추적 마법에 대해선 엘프들도 알고 있는 바가 없더군요."

"흠. 그렇담 루트거 로젠버그는 죽었다고 생각하고 있는 게 맞겠군요."

"불길한 소리 하지 마요."

"하지만 그게 가장 냉철하고 정확한 판단이죠. 대혼돈이 벌어지기 전이라면 모를까, 지금은 실종자들의 생존 가능성을 높게 볼 수 없는 상황입니다. 저도 지금껏 합류하지 않은 부하들에 대해선 사망 처리를 해 놨습니다."

"하여간 당신은……."

질릴 정도의 냉철함. 그렇기에 녀석을 찾아온 것이기도 했다.

나는 녀석에게 칠죄종에 관한 것을 상담해 보았다.

"10대 던전……. 저로서도 흥미가 동하더군요. 해서 사료를 찾아보았습니다만…… 한 가지 묘한 부분을 발견했습니다."

"묘한 부분이라뇨?"

"알스, 역사적으로 칠죄종은 두 번 토벌됐어요. 수천 년전 고대에 한 번. 그리고 격동이라는 자연재해가 발생하고서 한 번."

그거야 당연하다.

실제 역사의 사건으로 한 번 토벌됐을 테고, 이후 던전으로 발생하여 토벌이 돼 봉인됐다.

쥬라스가 말을 이어 간다.

"이 두 사건에 차이점이 있더군요. 첫 번째 사건에선 드래곤이 목격됐다는 증언이 있었어요. 그리고 생존자는 한 명의 소년이었죠."

자료는 거기서 끝이다. 드래곤이 나타났고, 한 명의 소년이 토벌을 끝냈다고 전해진다.

하지만 칠죄종이 던전으로 나타났던 두 번째는 달랐다.

"거기서 드래곤은 목격되지 않았습니다만, 마찬가지로 생존자는 한 명."

이건 고작 수백 년 전의 일인지라 자료가 있었다. 생존자의 증언이 말이다.

그 생존자는 칠죄종에 대해 이렇게 말했다.

'그곳은 괴물들과 악의로 가득 차 있다. 그리고 아무도 없었다.'라고.

그 말을 한 생존자는 며칠 뒤에 스스로 목숨을 끊는다.

"묘한 부분이라는 건 뭐죠?"

"두 가지 모두 생존자가 한 명밖에 없었던 점입니다. 이게 던전을 토벌하는 힌트가 아닐까 생각해요."

"그런 말을 해 봤자……."

"짚이는 바가 없겠죠. 좋습니다, 칠죄종에 대해선 내 쪽에서 정보 수집을 해 놓도록 하죠. 그걸 부탁하고자 찾아온 것 아닙니까?"

"괜찮겠습니까? 아무리 당신이라도 위험할 수 있어요."

"그러면 내 입장에선 더욱 재밌는 일이 되겠죠. 이 건은 내게 맡겨 두세요. 당신은 그보다 늪지의 요람에 대한 토벌부터 진행하는 게 좋을 겁니다."

"정보 수집이 끝났습니까?"

쥬라스가 눈짓하자 측근 요리스가 서류 하나를 꺼내 내게 건네주었다.

"전 일이 있어 이만 가 봐야 할 것 같군요. 그 서류는 돌려주지 않아도 좋습니다, 그럼."

떠나가는 쥬라스.

굳이 녀석의 집무실에 계속 있을 이유도 없었기에 서류는 저택으로 돌아와서 검토하기로 했다.

저택엔 늪지의 요람에 대한 정찰 임무를 수행하던 가스파르가 돌아와 있었다.

"가스파르! 돌아왔군요."

"크하핫! 두말하면 잔소리지. 간단하게 처리하고 왔다."

말과는 달리 제법 고된 일이었는지 그는 온몸에 생채기와 같은 상처를 입고 있었다.

"……예상한 것과는 조금 다르네요. 당신이라면 전혀 공격을 받지 않을 거라 생각했는데요."

"대부분은 그랬어. 하지만 내가 그곳을 토벌 목적으로 정찰한다는 걸 이해한 뒤로는 그렇지 않더군."

"이해를 했다……?"

"그래, 나를 적으로 인식한 거지. 그 이후부턴 공격을 받게 됐다."

그렇다는 건 늪지의 요람에 있는 괴물들도 지성을 가지고 있다는 뜻이 된다. 그것도 능동적으로 상황을 판단할 수 있는 지성이다.

'그렇담 다른 던전을 종속시키는 것도 순수한 특성이 아니라, 의도적인 전략이라는 건가?'

그렇게 생각하면 이번 작전을 처음부터 재고해야 할 수도 있었다.

소피아가 짠 이번 작전의 요지는 모든 전력을 한곳에 집중해 적의 우두머리를 노리는 것이었기 때문이다.

만약 상대가 그걸 알고 대비하고 있다면 우리는 궁지에 몰릴지도 몰랐다.

"그곳에 있던 괴물은 구체적으로 뭐였죠?"

"이젠 알 수 없어. 워낙 다양한 괴물들이 모여들었거든. 하지만 한 가지 확실하게 알 수 있는 게 있었다."

"뭐죠?"

"녀석들은 무언가를 지키기 위해 움직이고 있어."

"알고 있습니다. 그래서 요람이라는 별칭이 생긴 거예요."

과거 자료를 읽어 보면 던전의 중심에 비어 있는 요람 같은 것이 있다고 전해진다. 괴물들은 그것을 지키고 있었다고.

"텅 빈 요람인가……. 그건 기묘하군."

"어쨌든 그 요람이 위치한 곳이 최종 목적지예요. 그 주위에 우두머리가 있을 겁니다."

"그럼 방향은 결정됐군."

"예, 조만간 편성이 끝날 겁니다. 그때까진 푹 쉬고 있도록 해요. 고생했습니다, 가스파르."

"휘유! 참았던 술이나 마셔야겠구만! 애쉬! 귄터! 어디 있냐!"

당장이라도 술판을 벌이려는지 둘을 호출하는 가스파르.

그때 류나가 뒤뚱뒤뚱 뛰어와 가스파르의 다리에 매달렸다. 아무래도 유미르가 보낸 모양이었다.

"가스!"

"엉……?"

가스파르는 당황하여 어쩔 줄 몰라 한다. 난 새어 나오는 웃음을 참으며 그에게 말했다.

"안아 달라는 거예요. 오랜만에 봐서 기쁜가 본데요?"

"으, 음……!"

엑스트라 책사의
로열로드

가스파르는 쭈뼛쭈뼛하며 류나를 안아 들었다.

류나는 가스파르의 가슴 털을 쥐어뜯으며 꺄르르 웃는다.

그러다가 곧 졸려졌는지 눈을 끔뻑이며 졸기 시작한다.

마침 가스파르의 목소리를 듣고 내려온 귄터와 애쉬는 쓴 웃음을 짓는다.

"그래서야 술을 마시러 가진 못할 것 같은데요, 가스파르 씨?"

"하하핫, 그 가스파르 씨도 아기한텐 꼼짝 못 하시는군요."

가스파르는 부끄러웠는지 시끄럽다며 고함을 치려다 류나가 깰까 봐 목소리를 죽인다.

나는 류나의 이마를 쓰다듬어 준 뒤 말했다.

"가스파르, 당신은 류나를 봐주고 있어요. 나는 가신들에게 늪지의 요람에 대해 설명하고 있을 테니까."

"으……. 알겠어."

그는 보물처럼 류나를 안은 채 방으로 향했다.

나는 그 외에 사람들을 모아 늪지의 요람 토벌 작전에 대해 설명했다.

이번 늪지의 요람 토벌전에 참여하는 전력의 숫자는 자그

마치 5백 명이었다.

4백 명가량이 요람에 종속된 다른 던전들의 시선을 끌어주는 사이, 일부 정예부대가 요람이 있는 중심부로 돌입해 우두머리를 처치하는 작전이다.

본래 소피아는 일점 돌파를 시도하려 했으나, 내가 제동을 걸어 전략을 바꾸었다.

이번에 투입된 인원 규모만 봐도 요람은 특급 던전이라 하기에 어울렸다.

만약 그 비어 있는 요람에서 무지막지한 괴물이 태어나는 던전 구조였다고 하면, 10대 던전에 포함되도 이상하지 않을 테다.

작전 출발을 앞둔 나는 먼저 인원을 재점검했다.

"A조 모여요!"

내가 손을 들자 귄터, 에오니아, 가스파르가 앞에 섰다.

전에 애쉬가 짰던 기본 편성이었다.

B조는 에리나, 엘레나, 도로시, 유미르였으나 도로시가 부재중이기에 그 대신 레이틴이 포함됐다.

C조는 에스텔, 일리야, 메이센, 소피아.

소피아는 생사결에서 얻은 마강석을 토대로 마법을 구사하기로 했다. 그렇게 되니 오히려 일행 중에선 마나가 제일 풍족한 입장이 됐다.

D조는 리노아, 안두하, 애쉬, 루크레치아.

이쪽은 주 전력이라기보다는 뒤를 받쳐 주는 역할이었다.

이런 구성에 엘프들이 더해졌다.

내 조에는 국모 베아트가, 엘레나의 B조에는 수호대 출신인 마르가리타와 피온이 포함됐다.

"그럼 출발하겠습니다!"

우리는 조별로 마차를 타고 이동을 시작했다.

이렇게 가고 있으니 뭔가 소풍이라도 온 기분이 들었다.

'그건 그런데…… 너무 불편하잖아.'

내 마차 안은 어색한 침묵이 흐르고 있었다.

에오니아도 낯선 사람들 사이에선 말이 없는 편이었고, 가스파르도 절대 사교적인 느낌은 아니다.

그나마 귄터는 넉살이 좋았으나 엘프 베아트가 자아내는 불편한 공기 때문에 뒷머리만 긁적이고 있을 뿐이다.

"어휴, 숨 막혀."

나도 모르게 그런 말이 나오고 말았다.

이에 베아트가 바늘로 찌르는 것처럼 노려본다.

"뭔가 불만이라도 있습니까?"

"없어요, 따라와 준 것만 해도 고맙습니다."

"흥."

중간 지점에서 잠깐 휴식을 취할 땐 다른 조가 진심으로 부러웠다.

다들 화기애애하게 이야기를 나누고 있는 걸 보니 더더욱 그랬다.

그러니 이왕 이렇게 된 거 나도 최대한 친해지려 노력을 해 보기로 했다.

"베아트, 듣자니 당신도 명문 가문의 일원이라던데요."

"그래서요."

"아뇨, 그냥. 궁금해서요."

베아트는 침묵하더니 무슨 심경의 변화인지 대답을 해 준다.

"베아트 랠리드. 랠리드 가문의 장녀예요."

그 랠리드 가문이라고 하면 엘프들 사이에선 왕족에 가깝다고 한다.

"하지만 미라벨 탓에 우리는 사실상 껍데기에 불과하죠."

"미라벨 가문이 왜요?"

"만약 미라벨 가문에서 남자아이가 태어나면 우두머리의 자리는 그쪽으로 넘겨야 한다는 얘기가 계속 있었거든요. 그러니 우리는 껍데기에 불과했던 거예요. 미라벨에서 남자아이가 태어나면 자리를 내줘야 하는 껍데기."

베아트는 의미심장한 눈으로 에오를 노려본다.

"태어났다죠……? 남자아이가."

"……."

"장로들은 공식적으로 인정하기로 한 모양이지만 불만을 품은 사람들도 분명 있을 거예요. 부디 조심하시길. 특히, 장로들이 붙여 준 엘프 수호대는 더욱 경계하는 게 좋을걸요.
그 안에 흉계를 품은 자가 있을지도 모르는 일이니까."

내가 극구 거부했음에도 에드를 보호하겠다며 따라붙은
엘프 전사들이다.

이에 에오의 표정이 파래진다.

"아, 알스 님! 저택의 아이들이 위험……!"

"괜찮아. 그럴 줄 알고 애들도 데리고 왔거든."

"……예?"

"저택에 어머님과 비스케타 둘만 남겨 두기 뭐해서 같이
왔어. 저기 후미에서 따라오고 있는 마차 보이지?"

저 마차는 쥬라스가 보내 준 경호원이 지키고 있었다.

"그러니 걱정할 필요 없어."

에오도 안도의 한숨을 내쉰다. 쥬라스가 보낸 경호원이라
고 하니 조금 꺼림칙해하긴 했지만.

"흥."

베아트는 재미없다는 듯 고개를 돌린다.

그러던 중 서서히 목적지인 늪지의 요람이 보여 오기 시작
했다.

늪지의 요람에 도착한 우리 일행은 그 지점에 거점을 세웠

다.

소피아는 시간을 확인하고는 말했다.

"정오를 기해 다른 부대가 외곽에서 돌입을 할 거예요. 그들이 요람에 종속된 다른 던전들의 시선을 끌어 주는 사이에 우리가 중심부에 도달해 요람을 파괴하는 작전입니다. 이의는 없는 거죠?"

소피아의 말에 레이틴만 고개를 끄덕였을 뿐, 다른 이들은 내게로 시선을 돌렸다. 그들에겐 소피아보단 내 말이 더 중요했으니까.

이에 소피아는 떫은 표정을 짓더니 알아서 하라며 내게 넘긴다.

"소피아가 말한 대로예요. 우리는 최단시간에 중심지로 갈 겁니다. 그사이에 뭐가 습격해 올지는 알 수 없지만 구원이동을 믿고 과감하게 돌파를 할 겁니다."

그러자 메이센이 슬그머니 손을 들었다.

"지식으로는 알고 있지만 구원이동을 사용해 보는 건 처음이라서요. 조금 자세히 설명해 줄 수 있나요?"

"물론이죠."

메이센은 처음 시도하는 던전 토벌에 긴장을 하는 것 같았다. 그녀 외에 유미르도 구원이동을 처음 사용하는 것인 만큼 설명을 해 두기로 했다.

"구원이동에 관해 주의할 점은 세 가지예요. 첫 번째로

시간제한이 있다는 것, 시전 장소에서 너무 멀리 떨어지면 안 된다는 것, 그리고 여차할 땐 자결을 해야 한다는 것입니다."

구원이동의 제한 시간은 고급품의 경우 최장 일주일까지 유지되기도 하지만, 최소 기준은 12시간이다. 이게 안 되면 구원이동 주문서를 만든다고 해도 가치가 크게 떨어진다.

도로시가 아직 구원이동 주문서를 만들지 못하는 이유였다.

만들 수는 있지만 그 시간이 짧았기 때문이다.

최근에는 구원이동 주문서의 수요가 높으니 시간이 짧은 주문서도 적극적으로 만들자는 의견이 있었지만, 주문서 제작도 쉬운 게 아니었기에 지금은 검토 단계에 있을 뿐이었다.

"그러니 주문의 효과가 사라지면 던전 토벌을 포기하고 돌아오거나 그 지점에서 새로이 사용해야만 합니다. 다만 안전 장소가 아닌 곳에서 새로이 사용하는 건 위험부담이 있어서 보통은 그렇게 하지 않아요."

두 번째는 시전 위치에서 너무 멀리 떨어지면 안 된다는 점.

"이 세계는 대기 중의 마나가 불안정하여 깊은 지하에서 지하로 이동하는 게 아니면 장거리 공간 이동이 불가능합니다. 구원이동도 마찬가지예요. 시전 장소에서 너무 멀리 떨어지면 엉뚱한 곳으로 이동이 돼 위험을 초래한다고 해요.

그러니 일정 거리를 벗어나선 안 됩니다."

마지막 세 번째는 자결을 시도하여 구원이동을 강제로 발
동시키는 방법에 관한 거다.

"이게 조금 까다로운데, 본인 스스로 심장이나 목을 찌른
다든가, 높은 곳에서 뛰어내린다든가 하는 방법은 불확실한
경우가 많아요. 공간 이동을 한 이후에 찌르던 것을 멈추지
못하면 치명상을 입을 수도 있고, 높은 곳에서 뛰어내렸는데
죽는다는 미래가 없어서 중상만 입고 발동하지 않을 수도 있
거든요. 그래서 보통은 도구를 사용하죠. 애쉬, 도구에 대해
선 네가 설명해 줘."

그러자 애쉬가 구원이동 전용 도구에 대해 설명을 했다.

이건 용병들이 고안한 도구로, 던전 토벌에 있어선 되도록
지참을 하게 돼 있다.

그 도구에 대한 설명을 하고 있을 때였다.

"으아아앙!"

후미의 마차에서 어렴풋이 들려오는 울음소리. 거리가 조
금 있었기에 셋 중 누구의 울음소리인지 나로선 알 수 없었
으나 에오니아가 반응한 걸 보면 쌍둥이 중 한 명인 듯했다.

에오는 걱정스러운 듯 후미의 마차를 바라보았다. 울음소
리가 그칠 기미를 보이지 않자 어쩔 줄을 몰라 한다.

이를 보다 못한 엘레나가 슬쩍 에오를 데리고 무리를 이탈
했다.

나는 그 뒤를 따라가 말했다.

"에오, 애들에 관한 건 어머니와 비스케타 씨에게 맡겨. 이렇게 일일이 걱정하다간 던전에 들어가선 어쩌게?"

"그렇지만, 에드가 저렇게 우는 건 처음인지라……."

"우는 게 에드였어? 멀리서 그게 구분이 돼?"

아기 울음소리는 거기서 거기가 아니었던가.

확인차 따라 들어간 마차 안에선 그녀의 말대로 에드가 대성통곡을 하고 있었다. 어머니가 필사적으로 달래 보고 있었으나 들을 기미가 보이지 않았다.

류나마저 울음을 그치라는 듯 찰싹! 찰싹! 등을 두들기고 있었으나 에드는 뭐가 그렇게 슬픈지 엉엉 울고 있다.

"클레어 님, 제가 달래 보겠습니다."

"부탁해, 에드가 이렇게 우는 건 또 처음이네."

에오는 아기를 안아 들어 지그시 눈을 마주했다. 엄마의 얼굴을 봐 조금은 안심이 됐는지, 에드는 훌쩍이며 울음을 그친다.

울음을 그친 후에는 코를 비비며 잠깐 놀아 주더니 아기가 진정할 수 있게끔 품에 안아 젖을 물렸다.

그때 류나가 자기도 달라며 옷소매를 당겼기에 쓴웃음을 지으며 양손에 류나와 에드를 안았다.

이 모습을 엘레나는 '엄마가 다 됐네.'라며 흐뭇하게 지켜보고 있었다.

나는 슬쩍 그녀에게 물었다.

"엘레나, 당신은 몰랐습니까, 미라벨의 핏줄에서 태어난 남자아이가 가지는 의미를?"

"몰랐어요, 전 중앙 대륙 출신이니까요. 거기선 그런 얘기를 들은 적이 없었거든요. 발키리가 대대로 여성이었던 건 알았지만, 남자아이가 태어나지 않는다는 건 몰랐어요."

"그치만 엘프들의 섬으로 돌아오고 나선 알 수 있었잖아요?"

"제 태생을 안 장로들이 후대를 이으라고 강요하긴 했어요. 섬에서 이어져 오던 미라벨의 핏줄이 끊겼다면서 말이죠. 하지만 당신도 알다시피 전 멜리안 이외의 남자와 관계를 가질 생각이 없었습니다. 벌을 받을 걸 각오하고 거부를 했죠. 그랬더니 장로들도 어쩔 수 없다고 생각한 것 같아요. 저를 벌하거나 처형하기엔 실력이 아깝다고 본 겁니다. 그러니 그냥 미라벨의 이름을 버리는 걸로 합의를 봤습니다. 미라벨의 이름이 가진 정치적인 의미를 없애 버린 거죠."

"아, 그래서……."

"예, 엘레니아 미라벨이 아닌 엘레나로서 생활하기 시작한 거예요. 그 이후엔 딱히 미라벨에 관한 이야기를 듣지 못했습니다. 그래서 몰랐었죠. 에오가 섬에 전이된 이후에도, 당시 에오는 이미 임신을 한 상태였기에 그런 이야기가 화두에 오르지 않았고요. 이미 임신을 했으니 따로 짝을 구해 줄 필요가 없었으니까요."

　미루어 보건대, 에오에게서 태어난 아이를 통해 미라벨 가
문을 재건하려는 속셈이었을 거다.

　미라벨 가문을 휘하에 둔다는 건 엘프들 사이에서 꽤 의미
가 큰 만큼, 기억이 봉인된 에오가 카일룸에 의해 정치적으
로 이용된 거다.

　"클레어 님, 이제 됐습니다."

　어느새 에드는 곤히 잠들어 있었다.

　그때 마침 피잉! 하는 소리가 울리며 여러 지점에서 신호
탄이 쏘아졌다. 다른 팀들이 던전 돌입을 알린 것이다.

　우리도 곧바로 출발을 해야 했기에 에오는 조심스레 에드
를 넘겨준 뒤, 아련함을 꾹 참으며 몸을 돌렸다.

　"알스 님, 어서 가시죠."

　"정 눈에 밟히면 여기 남아도 돼."

　"그럴 순 없습니다. 제 가장 중요한 사명은 당신을 지키는
거니까요."

　"……그래, 그럼 가자."

　본격적으로 개시된 늪지의 요람 토벌전.

　다른 팀들이 일시에 돌입을 하자 일대가 소란스러워졌다.

이 던전은 숲과 늪이 포함된 산지의 형태를 이루고 있었다.

나는 소피아에게 물었다.

"이 지역에 있던 건 완만한 둔덕 아니었나요?"

"맞아요. 그러니 이것들은 전부 마나로 생성된 것들이라는 거죠. 땅도, 늪지도, 숲도 모두."

던전은 과거의 역사.

그렇다는 건 과거 이 지역은 숲이 울창한 산지였다는 말이다.

그게 지금은 흔적도 없으니, 얼마나 오래된 역사인가를 짐작하게 했다.

"조심해, 적이 접근한다!"

선두에 서 있던 가스파르가 경고성을 울렸다. 그로부터 얼마 지나지 않아 여기저기서 살기가 느껴지기 시작했다.

쿠오오오!

나타난 건 곰의 무리였다. 고대의 곰이라 그런지는 몰라도 체구가 4m에 달할 정도로 무시무시했다.

몬스터라는 느낌보단 짐승이란 느낌이 강했으나 그렇기에 더욱 강인해 보였다.

거구에서 뿜어져 나오는 거력은 오러를 사용하는 인간조차 버티기 버거웠으니까.

"진형을 갖춰요!"

각각의 조에선 이미 리더가 뽑혀 있었기에 일사불란하게 대처를 했다.

A조에선 내가, B조에선 엘레나, C조는 일리야 스승, D조는 애쉬.

각 리더들의 지휘하에 달려드는 괴물 곰들의 소탕이 시작된다.

여기서 의외의 활약을 펼친 게 소피아였다.

"이 지형은 내 세상이라고요!"

물과 대지의 복합 속성인 숲 속성을 타고난 소피아는 마강석을 이용해 능수능란하게 마법을 사용하고 있었다.

그 숙련도를 보니 상당히 많은 훈련을 한 모양이었다.

그녀가 숲의 마법을 시전하자 나무들이 생명을 가진 듯 움직이더니 곰들을 붙잡아 짓눌렀다.

곰들이 아무리 힘이 강하다고 해도 수 톤에 달하는 나무들의 중량을 이길 수는 없었다.

"봤나요!? 이게 제 마법이라고요! 어때요, 레이틴!"

"역시 재상님은 대단하세요! 최고다! 대마법사 소피아 베론!"

"후하하핫!"

월급쟁이 레이틴의 뻔한 아부에도 기뻐하는 소피아. 그 활약이 기대 이상이었던 건 사실이었다.

'속성이라는 게 이래서 중요한 거군.'

이런 산지 지형에선 불 속성 마법을 함부로 사용할 수 없다. 바람 속성 마법도 장애물이 많아 효율이 떨어진다. 번개 마법도 마찬가지.

그렇기에 레이틴, 에리나, 리노아는 별다른 활약을 펼치지 못했다.

반면 지형지물에 많은 영향을 받지 않는 범용 속성인 나나 에스텔은 무난하게 마법을 활용했다.

나는 빛의 섬광탄을 만들어 곰들의 눈을 멀게 했고, 에스텔은 곰을 자신의 마력으로 감염시켜 조종했다.

'뭐, 이 정도는 마법이 없어도 제압이 가능하지만.'

우리 전사진이 워낙 튼튼하기 때문이다.

권터는 맨손으로 곰의 목을 꺾어 버리고 있었고, 일리야 스승은 도리어 무리 중심으로 침투해 묘기를 부리듯 곰들을 난도질했다.

에오는 화살로 아군을 철벽같이 엄호했고, 엘레나는 스승에게 지지 않겠다는 듯 최대한 많은 곰을 처치하려 들었다.

그렇게 50마리에 달하는 괴물 곰들이 순식간에 사라진다.

레이틴은 감탄을 연발한다.

"역시 다들 엄청나네요! 방금 정도의 몬스터 무리라면 위험도 3급 정도는 됐을 텐데, 그걸 이렇게 간단하고 빠르게 처리하다니요!"

루크레치아도 동감하는지 고개를 끄덕인다.

"이 막강한 전위의 전력은 비정상적이긴 하지."

"그러게, 루크 네가 최약체일 정도이니까."

"누가 최약체야! 그건 애쉬 녀석이 멋대로 붙인 거라고!"

레이틴은 고개를 갸웃하며 순수한 얼굴로 묻는다.

"그럼 누굴 이길 수 있는데?"

"뭐?"

"루크 네가 누굴 이길 수 있냐고."

"그, 그건……."

말문을 잃는 루크의 모습에 다들 웃음을 터뜨린다. 그 덕에 괴물 곰의 습격으로 인해 팽배해진 긴장감이 사르르 녹았다.

'그렇다곤 해도…….'

생각 이상으로 강했다. 게다가 지성이 부족한 괴물이라는 점도 마음에 걸렸다.

'그렇단 건 조종하는 쪽이 있다고 보는 게 맞겠지.'

이런 위험한 괴물들을 일개 보초로 다룰 정도의 놈이라고 하니 경계심이 솟아올랐다.

"자, 다시 출발할게요."

그러나 발을 멈춘 이가 있었다.

엘프 베아트였다.

그녀는 한 나무의 앞에서 무언가를 유심히 살피고 있었다. 그 나무의 앞에는 비석 같은 게 서 있었다.

아무래도 소피아가 다른 나무들을 조종함으로 인해 숨어 있던 모습을 드러낸 듯했다.

시간을 지체할 순 없었기에 나는 B조와 C조를 선행시킨 뒤, 베아트에게 향했다.

"그건 뭐죠?"

"지금 확인하고 있어요."

뭔가 싶어 나도 비석의 내용을 살펴봤으나 내가 읽을 수 없는 문자였다.

'아니, 잠깐, 이건⋯⋯!'

문자들이 뭔가 눈에 익었기에, 서둘러 배낭에 있던 책을 꺼냈다. 여러 종족들의 기본적인 언어가 기록돼 있는 그 책 이다.

거기서 비슷한 문자를 찾을 수 있었다.

"엘프들의 문자⋯⋯?"

내 의문에 베아트는 차가운 목소리로 답한다.

"고대의 문자예요. 약 2천 년 전에 문자를 재정비하며 더 이상은 사용하지 않게 된 문자죠."

"해석이 가능합니까?"

"완벽하게는 불가능해요. 저도 제대로 익힌 건 아니니까. 어렴풋하게만 읽을 수 있어요. 위에는 이렇게 적혀 있어요. '위대하신 올킨께서 이곳에 자신의 힘을 나누어 주셨다.'라 고요."

"올킨!?"

알트론이 말한 다섯의 드래곤 중 하나였다.

희망의 올킨. 훗날 모신에 의해 타락하여 이 던전 현상을 일으킨 주범이었다.

"올킨이 이곳에 자신의 힘을……? 아래엔 뭐라고 써 있죠?"

"올킨이란 자를 칭송하는 형용 문구밖에 없어요. 그 외의 내용은 없는 것 같네요."

"……."

드래곤이 개입한 던전이라고 하니 경각심이 더 강해졌다.

혹시 다른 비석이 더 있을까 하여 이 주변을 수색해 보기로 했다.

그러던 중 놀라운 일이 발생했다.

"……?"

"일라인, 어떻게 당신이 먼저 온 거죠?"

의문을 표하는 일리야 스승과 엘레나. 선행을 시켰던 두 팀이 우리 뒤에서 나타난 것이다.

"전 괴물 곰을 처치했던 자리에 가만히 있었어요. 그렇단 건 당신들이 길을 돌아온 거죠."

이에 가스파르, 애쉬를 비롯한 베테랑들의 표정이 굳어졌다.

가스파르가 말한다.

"중심부로 가지 못하게끔 하는 요상한 장치가 설치돼 있는 거군. 마법인가?"

에스텔이 즉각 반박한다.

"저는 지금껏 색적을 위해 마나를 외부로 순환시키고 있었는데, 마법의 기척은 없었어요. 그러니 마법 결계 같은 건 아닐 거예요."

그러면서 에스텔은 순환시키고 있었다는 검은 기운을 자신에게로 끌어 들였다. 그러자 유령같이 생긴 마나들이 에스텔의 몸으로 빨려 들어간다.

"마법이 아니라면……."

교묘한 속임수라는 뜻이었다.

그러던 때였다.

"설마 이건……."

에오는 눈살을 찌푸리더니 내게 말했다.

"알스 님, 한 가지 시험해 보고 싶은 것이 있습니다."

"시험해 보고 싶은 거라니?"

"저 비석입니다. 내용은 전부 읽으셨나요?"

"응."

"그렇담……!"

그녀는 돌연 비석을 향해 창을 겨눴다.

"하앗!"

콰드드득! 주저 없이 비석을 파괴해 버리는 에오.

"뭐, 뭐 하는 거야?"

"잠시 보고 계세요."

지형지물을 파괴해 봤자 별 소용은 없다. 지형지물은 던전의 우두머리가 처치된 다음에야 비로소 마나로 변해 사라지니까.

그러나 이 비석만큼은 예외였다.

산산조각 난 돌덩어리들이 마나로 변해 스르르 사라진 것이다. 이것 자체가 던전의 핵심 중 하나라는 뜻이었다.

"설마!"

그때 엘레나도 무언가를 깨달았다는 듯 눈을 부릅떴다. 이에 에오가 무겁게 고개를 끄덕이며 말한다.

"맞습니다. 이건 우리 쿠라벨 성국을 지키고 있던 진법과 똑같은 것이에요."

과거 산속 도시인 쿠라벨 성국을 지켜 냈던 수상한 진법.

그로 인해 펜실론 제국의 대군이 전멸했으며, 쿠라벨 성국을 불가침의 영역으로 만들었다.

크로싱 공화국의 군대를 이끌고 온 쥬라스가 파괴하지 않았더라면, 쿠라벨 성국은 여전히 신비의 국가로 남아 있었을 테다.

"이게 쿠라벨 성국의……?"

"예, 우리는 이것보다 훨씬 커다란 돌을 사용했었습니다만, 원리는 비슷합니다."

에오는 쥬라스가 진법을 파괴했을 때를 얘기했다.

"쥬라스 파밀리온, 그자는 용케도 그 돌들이 위치한 지형이 핵심이라는 걸 알았어요. 그래서 그 돌이 위치한 지형을 찾아 모조리 초토화시켰죠. 그걸 통해 진법을 해제했습니다."

이것도 비슷하다는 뜻이었다.

곳곳에 위치한 비석을 파괴해야만 진법이 해제된다.

이 말을 들은 소피아는 늪지의 요람에 대한 서류를 재차 확인하더니 고개를 갸웃한다.

"사료엔 그런 내용이 없었는데 이상하네요."

나는 왜인지 알 것 같았다.

"그 사료에 적혀 있는 토벌 인원을 봐요. 다른 던전의 추가 종속을 우려한 왕국이 무려 1만의 군대를 토벌에 동원했잖아요. 그 정도의 물량으로 밀고 들어갔다면 이 좁은 지형으론 버텨 내지 못했을 겁니다."

엘레나도 동의를 표했다.

"우리 쿠라벨의 진법도 완벽하진 않았어요. 펜실론의 대군이 쳐들어왔을 땐, 틈새로 들어오는 적 병력이 많았죠. 그래서 내가 병사를 이끌고 출격을 했어야 했던 겁니다. 그러니 일라인의 말이 맞을 거예요."

난해한 장치가 있지만 물량으로 밀고 들어가면 해결이 되는 던전.

그러나 우리에겐 그런 물량이 없었다.

"하지만 어째서야?"

애쉬가 의문을 드러냈다.

"어째서 이 던전에 쿠라벨 성국이 사용하던 진법이 설치돼 있는 건데?"

애쉬는 던전이 과거의 역사라는 걸 몰랐기에 그런 의문을 품은 것이었다.

한편으론 그런 단서들을 통해 던전의 진상에 다가간 사람들도 있었다.

엘프 베아트와 엘레나였다.

"서, 서, 설마……."

엘레나는 믿기지 않는다며 말을 더듬었다.

엘프의 국모 베아트는 확인 사살을 했다.

"아무래도 맞는 것 같군요. 여기는 틀림없는 엘프들의 요새, 상대는 고대 엘프들입니다!"

2장

던전의 정체가 파악된 만큼 공략 방법도 명확해졌다.

"각 무리는 흩어져서 비석으로 보이는 것을 파괴하세요. 그걸 파괴해야만 중심부로 들어갈 수 있을 겁니다. 그에 따른 적의 습격이 있을 가능성이 높으니, 충분히 경계를 하도록 하고요."

처음 찾은 비석이 위치한 지점에서 괴물 곰들이 습격해 온 것처럼, 비석을 지키는 적이 있을 것이다.

내 추측에 애쉬가 고개를 끄덕인다.

"반대로 생각하면 적이 있는 곳에 비석이 있을 가능성이 높다는 거군. 그럼 차라리 색적 위주로 진행하는 게 나을지도 몰라."

"그 부분은 각 조의 대장들에게 일임하겠습니다. 그리고 하나 더, 비석을 파괴하기 전에 비석에 적힌 내용을 필사해 주세요. 문자의 뜻을 읽지는 못할 테니, 그림을 그리는 것처럼 필사를 하면 됩니다. 준비가 되면 곧장 출발하세요!"

각자의 방향을 정하고 신속하게 움직이기 시작하는 인원들.

나도 휘하의 인원들을 이끌고 비석을 찾아 나섰다.

애쉬의 말대로, 적을 찾는 것이 핵심인 모양이었다.

전방을 경계하며 움직이던 에오니아가 내 앞을 지켜 서며 소리친다.

"알스 님! 제 뒤에 붙으십시오! 적입니다!"

나타난 것은 늑대를 닮은 짐승 무리였다.

그 우두머리로 보이는 늑대는 조금 전의 괴물 곰들보다도 덩치가 컸는데, 그보다도 인상적인 부분은 그 털이 휘황찬란한 황금빛으로 빛나고 있었다는 점이다.

놈의 살기 어린 시선이 우리를 쏘아보자 등골이 차가워지는 것이 느껴졌다.

'위험한 놈이다!'

나는 온몸을 타고 흐르는 전율에 재빨리 무기를 뽑아 들었다.

반면 나와는 다른 이유로 전율을 느끼고 있는 사람이 있었다.

베아트르는 믿기지 않는다며 중얼거린다.

"엘프들의 신성한 땅을 지켜 줬다던 황금의 늑대……! 고대의 전설이 사실이었다는 건가……!?"

"무슨 소리를 하고 싶은 건지는 알겠지만, 어서 전투를 준비해요!"

"자, 잠깐만요! 황금 늑대 프로킨은 초월적인 지성을 가지고 있었다고 전해져요! 그러니 얘기를 해 보면……!"

"그 지성이 있으니까 우리가 침입자인 걸 알고 죽이려 하는 거라고요!"

살기를 보아하니 말이 통할 것 같은 느낌은 아니었다.

놈은 부하 늑대들에게 공격 명령을 내린 뒤, 번개 같은 속도로 쇄도해 들어왔다.

놈이 노린 것은 당황하여 무방비 상태에 있던 베아트르였다.

"쳇!"

"으랏!"

캉! 녀석의 큼직한 손톱을 막아 내는 가스파르의 대검과 내 창검.

나는 녀석을 밀쳐 낸 뒤 소리쳤다.

"귄터! 에오! 다른 잔챙이들을 정리해!"

그것도 쉽지 않았다. 늑대들이 생각보다 재빨랐기 때문이다. 에오니아의 창을 요리조리 피할 정도였으니 그 수준을 알 수 있었다.

오히려 무기를 사용하지 않는 귄터의 성과가 더 좋았다.

귄터는 우악스러운 손바닥으로 늑대의 털을 움켜쥐어 잡아챈 뒤, 그대로 바닥에 내팽개쳐 때려죽였다.

그 엄청난 괴력에는 늑대들도 주춤하고 있었다.

그 때문인지 황금의 늑대가 귄터를 주시하기 시작한다.

'위험해…….'

가장 밸런스가 좋은 우리 조가 이런 고전을 하고 있으니, 다른 조는 더 위험할 수도 있다는 뜻이었다.

"알스! 내가 삐까뻔쩍한 놈의 발을 잡고 있겠다! 그 틈에 네 녀석의 그걸 한 방 먹여라!"

"……!"

폭발하는 비전의 창으로 단번에 전세를 뒤집자는 가스파르의 제안에 응한 나는, 뒤에서 달려드는 잔챙이 늑대의 공격을 백텀블링으로 피하며 그 등을 강하게 박찼다.

박차는 힘이 워낙 강했기에 등을 밟힌 늑대는 척추가 부러져 그대로 죽고 만다.

6m가량을 뛰어오른 나는 공중에서 창을 인챈트했다.

파지지직! 순식간에 형태를 갖춰 가는 비전의 창.

가스파르는 그사이 황금의 늑대에게 달려들어 묘기를 선보인다.

-쿠오오옷!?

기성을 내지르는 황금 늑대. 어느새 그의 뒷다리 하나가 밧줄로 묶여 있던 것이다.

가스파르는 불온하게 웃는다.

"그래 봤자 짐승이라는 거지……!"

꽉! 가스파르는 밧줄을 잡고 있던 손을 움켜쥐었다. 그러자 오러가 흘러 들어가 밧줄의 내구도를 크게 강화시켜 놈을 잠시 붙잡는다.

"알스! 쏴라!"

"흐읍!"

파팡! 파공성을 내며 쏘아진 창은 밧줄에 고정돼 있는 놈의 뒷다리로 향했다. 확실히 고정된 부위를 쏘지 않으면 피할 가능성이 있었기 때문이다.

놈이 사 족 보행을 하는 괴물인 만큼 다리 하나만 못 쓰게 해도 힘의 반절 이상을 잃는다.

그것만으로도 충분하단 계산이었다.

놈도 마찬가지의 계산을 했는지 다리를 지키기 위해 창을 정면으로 마주했다.

"무슨……?"

나는 아연히 바라볼 수밖에 없었다.

황금빛의 마력이 요동치더니 그것들이 놈의 입으로 모여든 것이다. 놈은 바람을 부는 것처럼 포효했다.

-쿠오오오옷!

그 포효와 함께 발사된 마력의 파동이 날아들던 창을 덮쳤다.

내 창도 지지 않고 파동을 뚫고 들어가려 했으나 놈의 브레스로 인해 비전 오러의 도금이 벗겨지자 안에 있던 빛의 마나가 폭발해 버린다.

쾅과광! 일대의 소리를 앗아 가는 대폭발. 다만 놈이 중간 지점에서 강제로 폭발시킨 탓에 이렇다 할 피해는 주지 못했다.

"그럴 수가……!"

지금껏 필살을 자랑하던 공격이었다. 드래곤의 결계까지 깨부쉈던 공격이 처음으로 막히고 만 것이다.

이렇게 되면 오히려 내 쪽이 손해였다.

이 공격으로 인해 창은 흉측하게 찌그러져 바닥을 뒹굴고 있었으니까.

그때 가스파르가 소리친다.

"아니야! 효과가 있었어!"

"……!"

브레스를 쏜 건 녀석에게도 쉽지 않은 일이었는지 놈은 눈에 띄게 지쳐 있었다.

가스파르는 지금이 기회라며 합격을 요구했다.

나는 검 하나로나마 도움을 주려 했으나, 내 쪽으로 창 하나가 날아들어 왔다.

"알스 님! 그걸 사용하십시오!"

에오니아가 본인의 창을 던져 준 것이었다.

그녀의 창은 내가 사용하기엔 조금 길었지만, 지금은 찬밥 더운밥 가릴 처지가 아니었다.

"알스! 조심해, 너를 노리고 있어!"

귄터가 내게 향하려던 늑대 한 마리를 붙잡아 패대기치며 경고성을 내지른다.

내가 다시금 창을 잡았다간 우두머리가 위험할 거라 판단 했는지 늑대 네 마리가 일시에 달려들고 있었던 것이다.

"흐읍!"

피피핑! 그것들은 활을 꺼내 든 에오가 순식간에 격추.

나는 창을 꼬나 쥐고 황금 늑대의 머리를 노렸다.

'됐어, 처치했어!'

그 순간이었다.

쐐에엑! 내 관자놀이를 노리고 측면에서 날아오는 화살.

나는 순간 에오가 오발을 한 게 아닐까 착각을 했다. 그녀 가 쏘던 화살과 너무나 비슷한 느낌이 들었으니까.

"큭!"

무기로 쳐 내기에는 허를 찔린 상태였기에 비전의 보호막 을 생성시켜 비껴 내는 수밖에 없었다.

그러나 그마저도 늦고 말았는지 픽! 고개를 뒤로 빼는 내 이마를 화살촉이 스쳐 간다.

그로 인해 생긴 출혈이 내 눈을 뒤덮은 탓에 나는 순간적으로 전투 불가 상태에 빠지고 말았다.

"알스 님!? 네 이놈-!"

에오니아는 절규하더니 무시무시한 살기를 내뿜었다.

화살이 날아온 방향으로 수어 발의 화살을 쏘아 내며 분노를 폭발시킨다. 내게 활을 쏜 활잡이도 그 기세에 압도됐는지 재빨리 기척을 숨긴다.

-쿠오오옷!

황금 늑대는 후퇴 명령을 내렸다. 귄터와 에오니아에게 부하들이 너무 많이 당했다고 판단한 것이다.

그 명령이 떨어지자 늑대들은 일사불란하게 꽁무니를 내뺐다.

가스파르는 끊어져 버린 밧줄을 신경질적으로 던져 버리고는 내게 말했다.

"알스, 괜찮냐?"

"괜찮습니다. 상처는 깊지 않아요."

"그럴 땐 억지로 피하려 하지 말고 그냥 받아들여. 그러면 구원이동이 발동할 테니까. 이마를 스쳤기에 망정이지, 눈에 스쳤으면 실명을 당했을 거라고."

"거기까지 생각하기엔, 그냥 본능적으로 움직이고 말았어요."

그때 에오가 후다닥 달려온다.

그녀는 금방이라도 울 것 같은 얼굴로 발을 동동 굴렀다.

"사, 상처는! 상처는 괜찮으십니까? 당장 메이센에게 치료를 받아야 합니다! 신호탄을 쏴서 모두를 이 장소에 소집하겠습니다!"

"괜찮다니까. 호들갑을 떨 만한 상처는 아니야."

"안 됩니다! 그 화살에 독이 발라져 있었을지도 몰라요!"

에오는 기어코 신호탄을 쏘았다.

그런 사이 가스파르가 근처에서 비석을 찾아냈다.

"귄터, 이 나무를 뽑아 봐라."

"옛!"

우지끈! 거목 하나를 그대로 뽑아 버리는 귄터. 그 말도 안 되는 괴력에 베아트는 뭐라 말을 잇지 못했다.

귄터가 나무를 뽑아내자 그 뒤로 비석이 놓인 게 보였다.

내 시선을 받은 베아트는 고개를 끄덕이곤 해석을 시작했다.

갑작스러운 신호탄을 보고 속속 모여든 다른 팀들.

그런 와중에도 각자 한 개씩의 비석을 파괴했다고 하니 역시 내 가신들이었다.

나는 메이센에게 이마를 치료받으며, 각 팀이 가져온 비석의 필사본을 해석하고 있는 베아트의 얘기를 듣고 있었다.

"본래 이곳은 엘프들의 숲이 아니었다는 것 같아요. 평범한 산지와 늪지였어요."

"그런데도 왜 그런 황금빛 늑대가 지키고 있는 겁니까?"

"안달 내지 말고 계속 들어요. 올킨이라는 자가 이곳에 살고 있던 엘프 부부의 숭고한 품성에 감격하여 그들, 그리고 그들의 아이에게 축복과 계시를 내렸다는 듯해요."

"계시……?"

최근의 나에겐 익숙한 단어였다.

"아무튼, 그 축복이 있고 얼마 지나지 않은 시점에 신성한 땅에 있던 엘프들이 이곳을 찾아왔어요. 올킨의 축복을 받은 부부를 왕으로 추대하기 위해서였죠. 그러나 엘레나가 찾아온 비석의 내용을 보면, 그 부부는 왕이 되기를 거부했던 모양이에요. 여기까지가 지금까지 모은 비석의 내용입니다."

드래곤 올킨에게 인정받은 엘프 부부의 이야기.

'설마…….'

이야기의 맥락이 보여 왔다.

그러나 그건 누군가의 의도적인 인도가 있는 것처럼, 지금의 나에겐 너무나도 공교로운 이야기였기에 쉽게 받아들이기가 힘들었다.

그때 메이센이 안도의 한숨을 쉬며 말한다.

"치료가 다 됐어요. 예리하게 베여서인지 오히려 흉터가 남지는 않았어요."

"감사합니다."

다시 출발을 하기 위해 재정비를 하기로 한 나는 먼저 에오를 구해 주기로 했다.

"으으……."

에오니아는 쭈구리가 되어 유미르에게 된통 혼나고 있었다.

가스파르의 말마따나 이마가 아니라 눈을 스쳤으면 실명이 되는 아찔한 상황이었기에, 유미르도 화가 난 모양이었다.

"그만해라, 유미르. 에오니아도 최선을 다한 걸 거야."

일리야 스승은 상처 한두 개쯤 훈장과 같은 거라며 유미르를 만류하고 있다.

"스승 말이 맞아. 난 괜찮으니까 그만해."

"하지만 도련님……!"

"정 그렇게 걱정되면 유미르 너도 나를 따라오든가."

"그렇게 하겠습니다."

거절 않고 받아들이는 유미르. 애초에 내 휘하가 아니라는 점이 살짝 불만이었던 모양이다.

나는 이참에 조를 재편하기로 했다.

상대의 전력이 예상을 상회하고 있는 만큼 두 개의 조를 하나로 묶어 움직이기로 한 것이다.

그렇게 내가 속한 A조와 엘레나의 B조가 같이 행동하기로 했다.

"에오니아의 말에 의하면 쿠라벨 성국의 진법을 유지하는 쐐기는 여덟 개였다고 해요. 여기도 비슷하다고 하면 남은 건 세 개입니다. 그러니 각자가 한 개를 파괴한 뒤, 전부 합류하여 남은 하나를 파괴하겠습니다. 이번엔 적의 저항이 더욱 거세질 테니 충분히 각오하고 가도록 해요. 그럼 바로 출발하세요!"

슬슬 시간이 촉박했다. 이번 작전은 시선 분산용으로 다른 방향에서 하위 전력들이 투입됐기 때문이다.

그쪽은 물량 문제로 구원이동을 사용하지 못한 채 목숨을 걸고 혈전을 벌이고 있으니, 우리가 빨리 중심부를 토벌해야만 했다.

상대의 전력이 예상보다 강하긴 했으나, 그건 상대 입장에서도 마찬가지인 모양이었다.

우리의 힘을 경계했는지, 남은 비석에서는 전투가 벌어지지 않았다.

우리는 비석 두 개를 파괴한 뒤, 다 같이 합류해 마지막 남은 비석이 있는 곳으로 향했다.

그 방향은 중심부였다.

"잠깐, 멈춰!"

"기다려라!"

애쉬와 가스파르가 동시에 경고성을 터뜨린다.

나도 그제야 주변을 에워싸는 기척을 느낄 수 있었다.

"쳇, 포위를 하겠다는 건가."

핑! 탁! 내 머리를 노리고 날아오는 화살을 에오니아가 격
추하며 긴장감이 더욱 팽배해졌다.

"감히! 또다시 알스 님을 노리다니!"

에오니아는 화살이 날아온 곳을 향해 반격.

퍽! 하는 소리와 함께 멀리 나무 위에서 인영 하나가 떨어
진다.

주위를 경계하며 그곳으로 가 보자 화살에 심장이 꿰뚫린
엘프가 보였다.

"이게 고대 엘프······?"

지금의 엘프들과 생김새가 조금 달랐다. 귀가 지금의 순혈
엘프들보다 더 뾰족하고 길었으며, 무엇보다 피부가 푸르스
름한 색을 띠고 있었다.

목숨이 끊어진 고대 엘프는 곧 마나로 변해 사라져 갔다.

"주변을 경계해라! 화살에 대비해!"

일리야 스승이 솔선하여 방진을 구축했다.

그때 소피아가 종종걸음으로 내게 다가와 말한다.

"웨이드, 이대로 멈춰 있을 순 없어요. 우리가 멈춰 있으

면 외부의 피해가 기하급수적으로 커질 거예요."

"알고 있습니다. 여기서 일점 돌파를 하자는 거죠?"

소피아는 무겁게 고개를 끄덕였다.

"제 생각엔 마지막 비석이 있는 곳에 요람이 위치해 있을 거예요."

이미 일곱 개의 비석을 파괴함으로써 진법은 대부분 힘을 잃었다. 적들이 우리를 포위하려는 걸 보면 명확하다.

"좋아요, 내가 신호를 내겠습니다."

나는 가신들에게 한 가지 작전 신호를 내렸다. 이에 가신들은 고개를 끄덕이곤 준비를 했다.

파직! 내 손에서 형성되는 비전의 구체.

이것을 공중으로 서서히 부상시키자, 우리를 감시하고 있는 적들의 시선이 구체에 모이는 게 느껴졌다.

"지금입니다!"

내가 신호하자 가신들은 팔로 눈을 가렸다.

그와 함께 팡! 비전의 구체가 폭발하며 내부에 있던 강렬한 빛이 비산했다.

이로 인해 우리를 포위하고 있던 무리는 눈을 당하며 혼란에 빠졌고, 우리는 그 틈을 타 마지막 비석이 있을 것으로 예상되는 중심부로 뛰었다.

다리가 느린 마법사 인원들은 전사들이 들쳐 업고 뛰었다. 나는 가까이 있던 베아트를 안았다.

그녀를 들쳐 업자 특유의 과일 향기가 코를 간질였다.

"뭐 하는 거예요! 이거 놔요!"

"얌전히 있어요, 이것도 다 작전이니까!"

나는 바둥거리는 베아트를 진정시키기 위해 허리 부분을 꽉 잡아야만 했다. 그게 조금 위치가 잘못됐는지 엉덩이를 움켜쥐고 만 모양이었다.

마침내 포위망을 돌파해 안전을 확보하자 내려 달라며 내 등을 두들긴다.

"알겠어요, 알겠으니까 때리지 마요."

"이 무례한 자……!"

베아트는 수치심에 얼굴을 붉혔다. 같은 엘프이자 부하인 마르가리타와 피온에게 같이 말 좀 해 달라는 듯 시선을 보냈으나 둘은 고개를 흔들 뿐이다.

자기들이 굳이 하지 않아도 된다는 것처럼.

"……?"

내가 영문을 몰라 하고 있을 때, 애쉬가 내 어깨를 두들긴다.

"그 용기는 칭찬할게. 다른 아가씨의 엉덩이를 만져 보기 위해서 지옥행을 택하다니. 같은 남자로서 존경스러울 정도야."

"……헉."

조심스레 고개를 돌려보니 싸늘한 눈으로 나를 바라보고

있는 넷이 보였다.

다만 화가 난 것 같지는 않았다. 오히려 좋은 명분이 생겼다며 기뻐하는 것 같기도 했다.

유미르를 제외한 셋은 오늘 밤을 기대를 하라는 듯한 의미심장한 미소를 보낸다.

이거, 오늘도 일찍 잠들기는 글렀을지도 모르겠다.

"어흠!"

나는 헛기침으로 주위를 환기한 뒤 진행 명령을 내렸다.

포위망을 돌파한 이후부턴 속전속결이었다.

지형의 구조를 파악하여 빠르게 중심부로 향한 우리는 마침내 그것과 마주할 수 있었다.

"이건…… 집인가?"

중심부에는 나무로 지어진 자그만 집이 위치해 있었다.

"저게 요람일지도 모르겠어."

뭐가 됐든 저 집 안에 힌트가 있을 거다.

그렇게 그 집에 다가가려 했을 때였다.

"……!?"

우리를 경계하며 하나둘 등장하는 고대 엘프들과 신비한 짐승들.

엘프들은 전면전을 각오하고 있는지 검과 방패로 무장하고 있었고, 짐승들도 마찬가지였다.

거기엔 황금빛의 늑대도 있었고, 들소와 같은 뿔을 가진 사슴도, 맹독을 지닌 듯이 보이는 흉흉한 색의 거대 두꺼비도 있었다.

하나같이 위험한 느낌이 나는 괴물들뿐.

그러나 가신들이 전부 모인 지금은 충분히 상대할 만한 전력이었다.

"모두 전투준비!"

내 호령이 떨어지자 당장이라도 터질 것 같은 일촉즉발의 상황이 됐다.

그러나 그때 베아트가 돌발 행동을 보였다.

알아들을 수 없는 고대 엘프의 언어를 사용하여 상대와 의사소통을 시도한 것이다.

일촉즉발의 상황에서 전면에 나선 베아트는 우리가 알아들을 수 없는 말로 적에게 무언가를 전달했다.

'하지만 의사소통을 할 수 있다고 해도 말이지……'

대화로 해결한다고 하면, 결국 저들이 자진해서 소멸하게끔 유도를 해야 한다. 생사결의 오크들이 그랬던 것처럼 말이다.

하지만 생사결 때도 그랬듯이, 던전이 자진해서 사라지게 하려면 그들이 원하는 무언가를 행해야만 한다.

대화를 해도 그 조건을 맞출 수 있을지는 미지수였다.

베아트의 재잘거림에 고대 엘프의 대표로 보이는 남자는

앞으로 나서 무언가를 전했다. 그러나 그 제스처나 목소리는 결코 호의적이지 않았다.

베아트도 크게 당황하여 어쩔 줄을 몰라 했다.

"저쪽에서 뭐라고 한 거예요?"

내 물음에 베아트는 표정을 구겼다.

"모르겠어요. 제가 알아들을 수 없는 말이에요."

"예?"

"저도 문자만 어렴풋이 배운 건지라……. 저쪽은 제 말뜻을 이해한 것 같긴 하지만, 제가 저쪽의 말을 이해하지 못하니 이 이상은 대화하는 게 불가능해 보여요."

나는 이종족의 인사말이 적힌 책을 꺼내 보았다.

거기에 고대 엘프의 말에 대해서도 적혀 있긴 했으나 정말 간단한 인사말 정도밖에 없었다.

이걸로 허심탄회하게 대화한다는 건 말도 안 됐다.

"그렇담 어쩔 수 없죠, 싸우는 수밖에."

"기다려 줘요!"

베아트는 애원하듯 말을 이어 간다.

"저는 불가능해도 장로들이라면 가능할지도 몰라요! 그, 그래요! 알트론 님이라면 분명 가능할 거예요!"

"그건……."

틀린 말은 아니었다. 장로들은 둘째 쳐도 알트론이라면 가능할 것 같다는 생각이 들었다.

알트론을 이곳으로 데려와 얘기를 나눌 수 있다면 저들이 원하는 게 무엇인지를 알 수 있겠지.

하지만 막대한 손해가 발생한다.

이미 이 던전의 공략에 투입한 물적, 인적자원이 어마어마했으니까.

설령 저들이 원하는 게 뭔지 알아낸다고 해도, 그걸 우리가 해 줄 수 있을지도 알 수 없다.

그때 소피아가 소리쳤다.

"뭘 망설이고 있는 건가요!"

그녀는 내가 철수를 결정할지도 모른다 생각했는지 달려와서 닦달했다.

"뭐 하고 있어요! 당장 공격 명령을 내려요! 웨이드, 여기서 물러난다면 수십 장의 구원이동 주문서가 무의미하게 사라지는 격이 돼요. 게다가 목숨을 걸고 미끼가 돼 준 하위 모험가들의 희생은요!? 그 모든 걸 물거품으로 만들 생각은 아니겠죠?"

이에 반박하듯 베아트가 말한다.

"레이틴 올커스에게 들었어요, 당신은 던전의 과거를 읽게 됐다죠? 고대 엘프들이 이러는 이유가 분명 있을 거예요. 황금 늑대를 비롯한 전설적인 성수들이 전부 모여 있는 걸 보면, 분명 작지 않은 비밀을 품고 있을 거예요. 그 비밀을 안다면 앞으로 있을 일에도 도움이 될 겁니다!"

소피아는 그냥 토벌을 해도 과거를 읽을 수 있을지도 모른다며 일축했다.

"웨이드, 어서 결단을 내려요. 이러는 중에도 미끼 역할을 하고 있는 사람들의 피해가 쌓이고 있을 거예요!"

가능성은 낮더라도 이상적인 방법을 택하느냐, 그도 아니면 냉철하게 현실적인 판단을 내리느냐.

그렇게 묻는다면 내 대답은 정해져 있었다.

"전원…… 공격 개시!"

내 지시가 떨어지자 에리나가 하늘을 향해 손을 들어 올렸다.

"라이트닝 쇼크!"

쿠르르릉! 하늘이 요동치며 적진 중앙에 내리꽂히는 번개.

그러나 그 번개는 순백색 사슴의 뿔에 흡수되더니, 사슴이 우리를 향해 역으로 전류를 방사했다.

이걸 레이틴이 마법 보호막으로 막아 내며 본격적인 공방이 시작됐다.

난전이 벌어진 전장.

우리는 마법사들을 보호하며 적을 하나씩 줄여 가는 것에 주력했다.

뭣보다 성가셨던 건, 고대 엘프들이 아니라 기괴한 짐승들이었다.

마법을 흡수해 반사하는 순백의 사슴도 그랬고, 온갖 독액을 내뿜는 두꺼비도 있었다.

내가 상대했던 황금 늑대도 위협적이었고, 급기야는 거대 민달팽이 무리까지 나타났다.

"뭐야 이건!?"

애쉬는 그 민달팽이의 머리에 창을 찔렀으나 그 몸을 그대로 통과한 창은 민달팽이의 몸속에서 급속도로 녹아 버렸다.

그런 애쉬의 머리 위로 다른 민달팽이 하나가 덮쳐 왔다.

"이런 젠장……."

애쉬는 피하지 못할 거라 판단했는지 멍하니 그걸 지켜보고 있었다.

그러나 쩌저적! 애쉬를 덮치려던 민달팽이는 급속도로 냉동되어 동작을 멈췄다.

그 빙결 마법을 사용한 루크가 소리친다.

"애쉬! 빨리 나와요!"

"아, 알겠어!"

애쉬가 서둘러 빠져나오자 루크는 빙결된 민달팽이를 산산조각 낸 다음 그 파편을 상대 엘프들에게 쏘아 냈다.

"엘레나 님! 지금입니다!"

루크의 신호에 엘레나는 열기를 발산해 민달팽이의 빙결

파편을 녹여 버린다.

그로 인해 산성을 지닌 민달팽이의 파편이 적의 머리 위로 쏟아졌다.

상대 엘프들은 제때 피했으나 일부 짐승들은 그러지 못하고 고통에 몸부림치다 마나로 변해 사라진다.

상당한 전과를 올린 루크는 애쉬를 향해 비릿하게 웃는다.

"훗, 이제 누가 최약체죠?"

"윽……!"

마법을 충분히 활용할 수 있는 상황이 되면 루크레치아의 전력이 애쉬보다 나은 게 사실이었다.

애쉬는 은근히 자존심이 상했는지 등에 차고 있던 검을 뽑아 들어 늑대들을 사냥한다.

'다들 연계가 능숙한걸.'

루크와 엘레나처럼 친분이 있는 쪽은 물론이고 친분이 없어도 평균 이상의 연계를 보여 줬다.

리노아는 자신의 바람으로 레이틴의 화염을 거세지게 하거나 상대의 화살을 빗나가게 만들고 있었고, 귄터는 메이센의 치료 보조를 받아 광전사처럼 날뛰고 있었다.

그럼에도 전황은 개선되지 않고 있었다.

어디서 나타나는지, 계속해서 짐승형 괴물들이 이곳에 나타났기 때문이다.

"도련님! 또 새로운 무리가 오고 있습니다!"

유미르가 경고성을 낸다. 이번엔 거대한 벌레 무리였다.

이에 벌레를 혐오하는 에리나와 리노아의 안색이 새하얗게 질려 버린다.

가스파르는 그 벌레 중 하나의 목을 쳐 버리며 소리쳤다.

"이대로는 끝이 없겠어! 알스! 적의 핵심을 찔러야 된다!"

가스파르가 가리킨 핵심은 중심부에 위치한 목재 집이었다.

"그 요람인지 뭔지는 저 집에 있을 거야."

"하지만 접근이 어려워요."

"그렇담 접근하지 않으면 되지! 멀리서 통째로 박살 내자고!"

나는 고개를 끄덕인 뒤 소피아에게 손짓했다.

"소피아, 당신이 가지고 있는 마강석을 줘요."

"예!? 어, 어째서죠?"

"괜찮으니까 빨리요."

소피아는 내키지 않는 듯 마강석을 내게 넘긴다.

소피아가 가진 생사결의 마강석은 농밀한 마나가 응축돼 있기 때문에 제한 없이 마법을 사용할 수 있었다.

나는 그 마나를 뭉텅이로 뽑아내 비전의 에너지 덩어리를 만들었다.

그리고 이 에너지 덩어리에 흉흉한 파동을 줘 목재 집을 향해 발사했다.

비전 마법의 꽃이자 가장 강력한 공격인 비전 파동을 특대 규모로 발사한 것이다.

이 공격에 상대는 어쩔 줄을 몰라 했다. 요람이 있는 집을 지키기 위해 엘프들이고 짐승들이고, 필사적으로 막아 보려 했으나 중과부적이었다.

ㅡ쿠오오오옷!

황금의 늑대가 정면에 나서 브레스를 내뿜어 막아 보려 했으나 이번엔 그 브레스마저 집어삼키고 늑대의 몸을 찢어발겨 튕겨 내 버린다.

마법을 흡수하는 순백의 사슴은 이 파동을 흡수해 보려 했으나 얼마 지나지 않아 허용치를 초과하고 말았는지 뿔이 폭발하며 사망한다.

"괴, 굉장한데!"

"우와……."

애쉬가 감탄하고 궁정 마법사인 레이틴이 넋을 놓고 이 광경을 지켜보고 있었다.

누구도 막을 수 없는 압도적인 비전의 파동.

짐승들이 몸을 던져 가며 막았기에 기세가 꽤 죽긴 했으나 목재 집을 뭉개 버리기에 여전히 충분한 힘을 지니고 있었다.

상대 엘프 마법사들은 목재 집 주변으로 보호막을 쳐 최후의 방어선을 만들었지만 그것도 바람 앞의 등불이나 다름없었다.

그러나 그 순간이었다.

끼익! 돌연 열리기 시작한 목재 집의 문.

"어……?"

그곳에서 나타난 인물을 본 나는 아연할 수밖에 없었다.

그건 백은의 갑옷을 입은 여성이었다. 그 고고하고 숭고한 기백에 모두가 시선을 뺏기고 만다.

그녀의 손엔 2m에 달하는 기다란 창이 쥐여 있었는데, 그 창끝에서 폭력적인 에너지가 소용돌이쳤다.

그녀는 날아드는 파동을 정면으로 마주하고는 온 힘을 다해 창을 내질렀다.

"하아앗!"

팡! 창끝에서 발사된 날카로운 에너지가 파동을 꿰뚫어 거슬러 올라 내게 향했다.

"쳇!"

나는 마강석의 마나를 끝까지 쥐어짤 심산으로 비전 파동의 힘을 더욱 강화했으나, 마침내는 서로의 기운이 상쇄돼 사라지고 만다.

"이 공격이 막혔다고……?"

당황하고 있는 나를 향해 갑자기 등장한 백은의 엘프는 씨익 웃었다.

마치 '재미군요.'라고 말하듯 중얼거리고는 내 쪽을 또렷

하게 응시하며 빠르게 접근해 온다.

"알스! 조심해라! 심상치 않은 놈이다!"

일리야 스승이 가장 먼저 반응했다.

스승은 나를 향해 접근하는 녀석의 측면을 찔러 공격을 가하며 대결에 들어갔다.

카캉! 치열한 대결을 펼치는 둘.

그러나 머지않아 일리야 스승이 밀리기 시작했다. 때마침 상대 엘프들이 적극적으로 지원을 시작했기에 심각한 열세에 처하게 된다.

"귄터! 애쉬! 일리야 스승을 도와! 가스파르 당신도요!"

나는 급히 지원을 보내 봤으나 스릑! 치명상을 허용해 버린 스승은 구원이동이 발동돼 사라졌다.

오히려 내가 지원을 보낸 셋도 줄줄이 소시지처럼 상대에게 당해 구원이동이 발동한다.

"……."

놈은 마치 구원이동의 이치를 이해한 것처럼 먼 곳을 바라보고 있었다.

그 시선의 방향은 우리가 구원이동을 사용했던 거점지였다.

'이놈은 위험하다!'

본능의 경종이 울려 퍼졌다. 이놈은 여기서 그치지 않고 거점까지 습격할 생각이었다. 그 경우 우리는 정말로 죽을 수도 있었다.

구원이동은 사용한 거점지를 찔릴 경우 효율이 급감하기 때문이다.

일단 발동은 하지만 발동을 해도 근방으로 이동되기 때문에 곧장 공격을 받게 된다.

'어떻게든 이놈만이라도 처치해야 돼!'

그러나 일리야 스승을 비롯한 네 명이 당한 탓에 전체적인 밸런스가 무너져 버리고 말았다.

백은의 엘프를 앞세운 상대의 맹공에 하나둘 구원이동으로 사라지기 시작한다.

유미르마저 당하며 그녀가 지키던 에리나와 에스텔도 스륵하며 사라졌다.

남은 건 나를 지키고 있던 에오니아와 엘레나뿐이었다.

나는 둘을 향해 말했다.

"이미 이 상황은 돌이킬 수 없어. 그러니 저 백은의 갑옷을 입은 녀석이라도 처치해 보자."

내 신호에 둘은 상대를 향해 달려들었다.

나는 그녀들이 잠시나마 결투를 벌일 수 있게끔 주변을 경계하기로 했다.

상대까지 포함해 셋 모두 창을 다루고 있는 만큼, 결투는 창술의 정수가 무엇인지를 보여 주는 수준 높은 대결이 됐다.

"하아아앗!"

"에오! 발을 맞추렴!"

엘레나와 에오는 사제지간의 합을 보여 주며 백은의 엘프를 몰아붙였다.

이게 통했는지는 몰라도 상대는 엉거주춤 뒤로 물러섰다. 그 표정은 왜인지 모르지만 놀라고 있는 듯했다.

그 투지와 전의도 아까에 비하면 눈에 띄게 낮아져 있었다.

그러더니 돌연 미소를 지었다.

'뭐지……?'

상대는 마치 무예 지도를 하듯 둘을 상대하기 시작했다. 그러한 행동에 에오와 엘레나도 기묘함을 느낀 모양이었다.

"서, 설마……?"

던전이 과거의 역사임을 어렴풋이 눈치채고 있던 엘레나는 무언가를 깨달았는지 전의를 잃고 만다.

뭔지 모르는 에오만이 필사적으로 창을 휘두르고 있었으나 상대는 자식의 재롱을 바라보듯 포근하게 웃으며 공격을 받아 내고 있었다.

엘레나는 입술을 질끈 깨물며 내게 말한다.

"일라인! 대화의 여지는 여전히 없는 겁니까!?"

"그건……."

이미 요람의 토벌은 실패했다고 보는 게 옳았다.

지금에 와서 대화가 가능하다면 해 보고 싶지만, 상대가 그걸 받아들일 거라고는 생각하기 힘들었다.

"일단은 거점지로 돌아가도록 하죠. 그 이후에 생각해 봐요."

"큭! 알겠어요, 에오!"

내 지시에 엘레나는 에오를 공격하여 구원이동을 발동시킨 다음, 본인은 발동 장치를 사용해 자취를 감추었다.

둘이 사라지니 나 혼자 덩그러니 남게 됐다.

"전멸……인가."

설마 하던 일이 벌어지고 말았다.

가신들을 전부 투입하고도 던전 토벌을 실패하다니.

그 결과를 초래한 백은의 엘프는 에오와 엘레나가 사라진 것에 화가 났는지 엄한 표정으로 내게 다가왔다.

나는 무기를 들어 저항을 해 보았으나 일리야 스승을 이긴 강자를 당해 낼 순 없었다.

상대의 창이 내 미간을 향해 날아오는 걸 보고 눈을 질끈 감았다.

다시 눈을 떴을 땐 처음 구원이동을 사용한 거점지의 모습이 보여 왔다.

거점지에는 가신들이 전부 모여 있었다.

몇몇은 처음 겪어 보는 구원이동에 속이 뒤집어졌는지 구토를 하고 있다.

내가 나타나자 유미르가 다가왔다.

"도련님! 괜찮으십니까?"

"괜찮아."

속이 조금 울렁거렸지만 처음 구원이동을 사용했을 때보다야 훨씬 나았다.

"알스, 이제 어쩔 거야?"

애쉬가 난감하다는 얼굴로 묻는다.

"어쩔 수 없지. 후퇴하는 수밖에."

토벌은 실패. 그렇담 미끼가 되어 준 외부 인원에 대해서도 후퇴 명령을 내려야 했다.

소피아는 곧장 그 작업에 들어갔다.

그녀는 반절 이상이 소모돼 버린 마강석의 모습에 울상을 지으며 형형색색의 신호탄을 하늘로 쏘았다.

작전 실패의 신호이자 후퇴 신호였다.

나도 곧장 가스파르에게 지시했다.

"가스파르, 당장 경계 태세에 들어가 주세요. 상대가 곧장 이곳을 습격하러 올 수도 있습니다. 다른 인원들도 후퇴 준비! 이 거점지를 빠르게 벗어날 겁니다!"

이 거점지에는 아기들이 머무르고 있는 마차도 있었기에 어서 움직여야 했다.

"알스, 아기들이 탄 마차부터 출발을 시킬까?"

권터의 물음에 난 고개를 흔들었다.

"지금은 외부 인원들이 후퇴를 하는 도중이라 주변이 어수선해요. 혹여나 괴물의 습격을 받을 수도 있어요. 아이들의 마차를 호위하는 형태로 이동을 할 겁니다."

패잔병이라기엔 다들 낙담한 기색은 없었다. 죽은 사람이 없었던 덕이다.

다만 던전에 대한 경각심은 확연히 올라간 듯 보였다.

던전이라고 해 봐야 별거 아니라고 생각하고 있던 사람들에게 이번 패배는 충격적일 수밖에 없었다.

상대의 숫자가 훨씬 더 많았으니 어쩔 수 없었다고 자기 합리화를 할 수도 있긴 했으나, 결과적으로 우리를 전멸시킨 건 그 백은의 엘프 하나였다.

"일라인, 잠깐 얘기를 할 수 있나요?"

엘레나는 그 백은의 엘프에 대해 말하고 싶은지 내게 눈짓한다.

베아트도 그 정체를 간파했는지 당장이라도 이야기를 하고 싶은 기색이다.

"나중에요. 지금은 후퇴가 먼저입니다."

채비를 갖춘 우리는 황급히 숲을 빠져나가기 시작했다.

왔던 길을 알고 있었기에 빠져나가는 것도 어렵지 않을 거라 생각했으나, 이건 큰 오산이었다.

"……멈춰!"

선두를 이끌고 있던 가스파르가 기묘함을 눈치채고 마차 행렬을 멈춰 세웠다.

그는 근처에 있는 나무로 향하더니 거기에 새겨진 표식을 어루만졌다.

곧 내게 말한다.

"알스, 함정에 빠진 모양이다. 우린 지금 같은 곳을 돌고 있어."

"⋯⋯쳇!"

또 그 기묘한 진법인 것 같았다. 이곳은 마나로 이루어진 던전이니 파괴됐던 비석이 순식간에 복구됐을 가능성이 있다.

"어쩔 수 없죠. 일단 이곳을 거점으로 삼아 구원이동을 사용할게요."

"그러는 게 타당할 거다. 적의 습격이 올 가능성이 높으니까 말이야."

그러나 상대는 이미 턱밑까지 다가와 있었다.

피피핑! 어딘가에서 날아온 화살이 마차를 이끌던 말들의 머리를 꿰뚫어 버린 것이다. 그로 인해 마차의 행렬이 멈춰 서고 만다.

"전원 전투준비! 적들이 옵니다!"

내 호령에 제각기 전의를 보였다.

에리나, 레이틴을 비롯한 마법사들은 겁에 질려 있는 반면, 전위의 인원들은 살기등등해졌다.

오히려 구원이동이 무의미해진 지금이 진짜라는 듯 호승심을 불태우고 있었다.

"크핫! 목숨을 건 전투라니, 이제야 좀 흥이 나는군……!"

"동감입니다."

귀기 어린 투기를 내뿜고 있는 가스파르와 일리야 스승.

애쉬와 귄터는 물론이고 나와 에오니아도 마찬가지였다.

전쟁터를 전전하던 우리에게 이런 상황은 전혀 압박이 아니었다. 반대로 잡아먹어 주겠다는 기세로 충만했다.

"어떻게 이런 사람들이……."

"노, 놀랍군."

리노아와 안두하는 그 기백에 압도돼 뭐라 말을 잇지 못했다.

스륵! 하나둘 나타나는 고대 엘프들. 그들은 포위망을 구축하더니 아주 천천히 좁혀 왔다.

물량에선 상대가 압도적으로 많았다. 종속된 던전들의 몬스터들까지 끌고 왔는지 그 숫자가 수백에 달했다.

'큰일이야…….'

도무지 돌파구가 보이지 않았다.

'이대로 가다간 전멸밖에 없어. 어떻게 하지?'

그때 포위망이 멈춰 서더니 우리를 전멸시킨 백은의 엘프가 전면에 나섰다.

그녀는 우리를 향해 뭐라고 말하기 시작했다.

이걸 베아트가 어떻게든 해석을 해 보려 했으나 실패. 상대는 공격 명령을 내리려는 듯 손을 들어 올린다.

그 순간이었다.

"거기까지만 하도록 해라."

메마른 목소리였다. 그 목소리의 주인공인 노인은 지팡이를 짚으며 천천히 걸어 나왔다.

갑작스레 나타난 노인.

나는 그 얼굴을 알고 있었다.

그건 백은의 엘프도 마찬가지였던 모양이다.

그녀는 나직이 말한다.

"반달린……!"

반달린은 고개를 절레절레 흔들었다.

"답답하게 해서 나를 전면에 나서게 하려는 의도였다면 제대로 성공한 셈이다, 알스 일라인."

"……그럴 의도는 없었습니다만, 결과적으로 그렇게 됐다면 다행이네요. 당신과는 한번 얘기를 해 보고 싶었으니까요."

반달린은 책망하듯 말한다.

"어째서 싸우려 한 게냐? 나는 네게 대화하는 방법을 알려줬을 텐데."

"그렇담 더 자세히 알려 주시지 그랬습니까? 저는 저 나름대로 최선의 판단을 한 겁니다."

"허허……."

탁! 반달린은 지팡이로 바닥을 내려치더니 괴물들을 향해
말했다.

"내가 중재를 해 줄 터이니 무리를 물려라!"

그의 호령엔 묘한 힘이 있는지 괴물들이 주춤했다.

백은의 엘프가 다른 엘프들에게 무언가를 전하자 포위망
이 점차 흩어지기 시작했다.

잠시간의 소강상태.

노인의 정체에 의문을 품은 사람들이 내게 다가왔다.

소피아가 대표하듯 묻는다.

"저 노인은 대체 뭐죠?"

"당신도 알잖아요, 대현자 반달린 정도는."

"농담하지 말고요."

"농담 아니에요."

다들 아연실색했다. 반달린이라고 하면 인류의 구원자라
불리는 수백 년 전의 사람이었으니까.

"그 사람이 어떻게 지금까지 살아 있을 수 있는 거죠?"

"사람이 아니니까요."

"……?"

그때 백은의 엘프와 이야기를 나누던 반달린은 가까이 오
라는 듯 내게 손짓했다.

내가 다가가자 엘프는 눈살을 팍 찌푸린다. 내게 호의적이지 않은 건 확실했다.

반달린이 한숨을 쉬며 말한다.

"네가 미라벨의 아이들을 노예 같은 걸로 부린다고 생각하고 있는 거다. 그래서 방금은 너희들을 죽이고 미라벨의 아이들을 구출하려고 한 거야."

"그건 어째서……."

"이 녀석이 살던 시대의 인간들은 엘프를 노예로 부리는 걸 능력과 명예를 뽐내는 일이라며 즐겼거든. 녀석의 인식에서 인간이란 그런 존재다."

"음……!"

그렇게 말하니 할 말이 없었다.

"어쨌든 서로 간의 오해를 풀 필요가 있겠구나."

고대 엘프어를 알고 있는 반달린은 나에 대해 설명하기 시작했다. 내가 에오니아의 남편이라는 걸 설명하고 있는지 엘프의 미간이 찌푸려진다.

겨우 납득을 시켰는지 엘프의 적의가 조금은 옅어진 느낌이 들었다.

반달린은 한숨을 쉬며 내게 말한다.

"이번엔 알스 일라인, 네게 설명을 해야겠군. 이 늪지의 요람이란 곳에 대해서 말이야."

"어렴풋이 짐작은 갑니다. 엘프들이 그 목재 집의 요람을 지키기 위해서 만든 요새인 거겠죠?"

"알고 있었으면서 왜 대화를 하지 않은 게냐?"

"대화를 한다고 해결할 수 있을지 알 수가 없었으니까요. 게다가 외부에서 미끼가 돼 목숨을 걸고 싸워 주고 있던 사람들이 있었습니다. 그들의 희생을 헛되이 할 수가 없었어요."

"후우! 어찌 됐든 좋다. 네게 이곳의 역사에 대해 알려 주마. 아니, 보여 주는 게 빠르겠군."

탁! 그가 지팡이를 두들기자 내 머릿속으로 생생한 비전이 떠올랐다. 그건 생사결 때 느꼈던 그것과 똑같았다.

먼 고대의 시기.

희망을 관장하는 드래곤 올킨은 종족 간의 조화를 꾀하고 있었다.

그걸 위한 일이 인간과 이종족 사이에 아이를 가질 수 있게 하는 것이었다.

그는 그 씨를 뿌리기에 적합한 종족으로 엘프와 수인, 드워프와 소인족을 꼽았다.

그들이 인간과 아이를 가지며 후대를 번성시키면, 인간과 이종족 사이의 불화가 종식될 거라는 희망을 가진 것이다.

그렇게 인간과 자손을 가질 수 있도록 그의 권능을 사용했으나 모든 게 생각대로 되지는 않았다.

특히 엘프들은 인간들을 극도로 혐오하여 관계를 맺기를 결단코 거부했다.

이에 올킨은 엘프들을 이끌 새로운 지도자가 필요하다 인식하고 자격이 있는 엘프를 찾아다녔다.

그때 그의 눈에 띈 것이 이 늪지에 거주하던 엘프 부부였다.

이 부부는 인간들을 차별하지 않았다. 다친 인간이 찾아오면 상처를 치료해 줬고, 음식을 나눠 주었다.

올킨은 그 선량함에 주목하여 그들에게 자신의 권능과 함께 계시를 내린다.

─이곳에서 태어난 너희의 아이가 엘프들을 이끌어 모든 종족의 평화라는 위대한 대업을 이룰 것이다!

올킨은 이 사실을 다른 엘프들에게도 알렸다.

그에 엘프들은 이 늪지로 와 부부를 새로운 왕으로 추대하고자 했으나 권력 욕심이 없던 부부는 한사코 거절을 했다.

그런 와중, 인간들이 이곳에 군대를 파견하게 된다.

올킨이 계시와 권능을 내렸다는 걸 눈치챈 모신이 자신의 권속을 이용해 토벌군을 파견한 것이다.

엘프들은 이 늪지를 버리고 도주하려 했으나 올킨의 계시가 발목을 잡았다. 올킨이 이곳에서 태어난 아이라 지칭한 탓이었다.

그에 대해 묻고자 해도 올킨은 그 시점에서 자취를 감춘 상태였기에 엘프들은 끌어 올 수 있는 모든 전력을 동원해 이곳을 수비했다.

그건 주위에 거주하는 다른 이종족들도 마찬가지였다. 엘프들은 주변 이종족들과 짐승들을 모조리 늪지에 모았다.

그게 늪지의 요람이라는 던전의 정체이자 다른 던전을 종속시키는 이유였다.

요람에서 태어날 아기를 지키기 위한 결사의 항전.

전투의 결과만 놓고 보자면 엘프들의 패배였다.

대부분의 엘프 전사들은 물론이고 성수들이 이 과정에서 죽었으며, 엘프들은 인간에 대한 증오심과 혐오를 키우며 외딴 섬으로의 이주를 계획한다.

그런 희생 속에서 태어난 여자아이에게 붙여진 이름은 미라벨.

미라벨은 엘프들의 지도자로서 추앙받게 되었다.

하지만 이를 의식한 모신이 저주를 내렸다. 그것이 여자아이만 태어나게 하는 저주였다.

그렇게 하면 머지않은 시기에 대를 끊을 수도 있을뿐더러, 엘프들에게 미라벨의 핏줄에 대한 의구심을 심어 줄 수 있기 때문이다.

그런 모신의 계획대로, 엘프들은 미라벨의 핏줄에서 태어나는 남자아이만을 계시의 아이로 떠받들며, 그 외에 미라벨의 여자들은 대를 잇는 씨받이 정도로만 생각하게 됐다.

"허엇!"

머릿속에 떠오른 비전이 사라지며 의식이 선명해졌다.

"이제 알겠느냐?"

"남자애가 중요한 게 아니었군요."

반달린은 고개를 끄덕인다.

"그래, 미라벨의 핏줄이라는 것 자체가 올킨의 축복을 받은 것이다. 그렇기에 미라벨의 아이들은 모두 무예에 능하고 영웅적인 기질을 가지고 있었지. 모신에게 속은 엘프들은 그런 기질을 무시하여 기껏해야 수호대장 자리를 주었지만."

"하지만 그렇담 태어난 남자애는 뭔가요?"

"무슨 소리냐. 말했듯이 모신이 내린 저주로 인해 미라벨의 핏줄에선 남자아이가 태어나지 않는다."

보아하니 반달린은 내 아이들에 대해선 모르는 것 같았다.

"태어났습니다만? 저와 에오니아의 사이에서 남자애가."

"뭐, 뭐라고……?"

당황하는 반달린.

"그게 정녕 사실이냐?"

"지금 당장 보여 드릴 수도 있습니다만."

"어서 보여 다오!"

마침 아기들이 있는 마차도 근처에 있었기에 에드와 에르니를 데리고 나올 수 있었다.

류나도 바깥에 무슨 일이 있나 호기심이 생겼는지 에오의 품에 안겨 따라 나왔다.

반달린은 에드를 보곤 눈을 크게 떴다.

"저, 정말로 남자아이가! 대체 어떻게!?"

"저한테 물으셔도……."

그때 뚫어질 것 같은 시선이 느껴졌다.

백은의 엘프가 쌍둥이들을 지그시 응시하고 있었던 것이다.

그녀는 마치 아기를 안아 보고 싶다는 듯 안절부절못했다.

반달린은 쓴웃음을 지으며 말한다.

"그래, 네가 안아 보거라, 미라벨."

그의 말에 근처에 있던 베아트와 에오, 엘레나가 헛숨을 들이켰다.

맥락으로 보면 이 백은의 엘프가 초대 미라벨이었음이 확실했으니까.

에오니아와 엘레나에게 있어선 근본이 되는 먼 조상이었다.

백은의 엘프 미라벨은 쌍둥이들을 안고선 흐뭇하게 미소 지었다. 내가 아버지라는 걸 알고 나서는 나에 대한 적개심도 완전히 사라져 있었다.

반달린은 진지한 표정으로 중얼거린다.

"이 흉흉한 시기에 미라벨의 남자아이가 태어나다니……. 올킨의 계시가 지금에서야 이뤄지려는 걸지도 모르겠구나."

"미리 말해 두지만, 제 아이를 이용하려 한다면 용서치 않을 겁니다. 그 대업이라는 건 제가 끝을 낼 테니, 아이들에 대해선 신경 꺼 주십시오."

"홋, 그렇게 된다면 더할 나위 없겠지. 기대하고 있겠다. 그보다 이렇게 되면 이 던전도 자진해서 없앨 수 있겠군. 중심부에 있는 요람에 너의 아이들을 눕혀라. 자신들이 지키던 미라벨의 후손이 왔다는 걸 알면 이곳을 지키던 엘프들과 성수들도 여한 없이 사라질 거다."

예상치 못한 사태에 전멸을 하고 말았지만, 반달린의 중재를 통해 결국엔 성공을 한 늪지의 요람 토벌전.

우리는 도리어 고대 엘프들의 안내를 받아 중심부의 목재 집으로 향할 수 있었다.

던전을 토벌하러 왔다가 던전의 괴물들에 의해 안내를 받고 있는 아이러니한 상황.

분위기는 무척 따사로웠다.

백은의 엘프 미라벨이 에오와 엘레나 그리고 쌍둥이 아기들을 호들갑스러울 정도로 귀여워하고 있었기 때문이다.

미라벨은 그들을 낯부끄러울 정도로 격렬히 껴안았다. 에오는 그렇다 쳐도, 나이가 많은 엘레나는 그런 스킨십이 부끄러운지 얼굴이 빨개져 있었다.

엘레나는 놔 달라며 손짓을 한다.

"서, 선조님, 저는 이제 슬슬…… 웃!?"

그러나 미라벨에게 있어선 모두가 갓난아기와 다름없었기에 개의치 않고 엘레나를 귀여워한다.

그 어이없는 광경에 기가 찬 나는 반달린에게 말을 걸었다.

"이 늪지의 요람에 대해선 이미 알고 있었던 겁니까?"

"유명한 사건이었으니까 말이야."

"그런 것치곤 알트론은 아무것도 모르고 있던데요."

그러자 왜인지 반달린은 알트론에 대한 불쾌감을 드러냈다.

"그놈은 본래부터 속세의 일에 크게 관심이 없었거든. 엘프들을 데리고 섬에 틀어박힌 것만 봐도 짐작이 가지 않나? 게다가 유독 수면기가 길어서 말이야. 이 일이 일어났을 땐 팔자 좋게 잠들어 있었던 거지."

"그래서 미라벨에 관해선 소문으로만 알고 있었던 거군요."

나는 한 가지 궁금했던 것을 묻기로 했다.

"반달린, 당신은 내가 계시의 인물이라는 걸 알고 접근한 겁니까?"

"계시의 인물?"

그는 금시초문이라는 듯 고개를 갸웃했다.

나로서도 의외의 반응이었기에 급히 물었다.

"알트론에게 듣자니, 제가 계시의 인물이랍니다. 지금으로부터 30년 후에 그를 찾아 세계의 진실을 듣고 대륙을 통일한다고 하더군요."

"처음 듣는 얘기다. 그런가, 인도의 알트론이 드디어……."

"몰랐다면…… 어째서 당신은 내게 접촉했던 거죠? 람다멘에서 제 속성을 확인하고, 왕립 아카데미로 인도했죠. 그리고 던전의 과거를 읽는 기묘한 마법까지 걸어 놨고요. 전부 의도된 접근이 아닙니까?"

"맞다. 네가 이 세계로 왔다는 걸 알고 너를 찾아 의도적으로 접근을 했지. 뭣보다 연맹으로 가게 두고 싶지는 않았으니까."

"계시를 알고 있는 것도 아닌데 대체 어떻게……?"

"그야 네가 중앙 대륙에서 명성이 자자한 장군 웨이드였기 때문이다."

"……!?"

반달린은 담담하게 말을 이어 갔다.

"난 중앙 대륙을 왕래할 수 있다. 오메론이 중앙 대륙을 분리시킨 이래 계속 연구를 거듭해 방법을 찾아냈지. 쿠라벨 성국의 엘프들이 이 세계로 넘어온 것도 내가 방법을 알려 준 덕분이야."

"아……!?"

"그러던 중 기묘한 일이 발생한 걸 깨달았다. 쿠라벨의 옛 터에 수십 년간 방치돼 있던 전이 마법진이 발동된 걸 느꼈 거든. 난 곧바로 크로싱, 그리고 쿠라벨의 옛터로 향해 조사를 했다. 그리고 알아낸 거야. 천재 장군으로 이름 높은 용병 웨이드가 가신들과 함께 사라져 버렸음을 말이지."

중앙 대륙에서 이름 높은 웨이드가 자신이 개발한 마법진을 타고 이쪽으로 넘어온 불의의 사태를, 반달린은 운명적인 변수로 생각했다고 한다.

"하여 급히 이 대륙으로 넘어와서 너를 찾은 거다. 혹여나 너 같은 실력자가 연맹 쪽에 붙어 버리면 곤란했으니까. 던 전의 과거를 읽는 마법은 겸사겸사 걸어 본 거다. 중앙 대륙 에서 젊은 영웅으로 여겨지는 네가 여기서 어떤 변화를 일으 켜 줄지 궁금했으니까."

"그, 그랬던 거군요. 그 뒤로 계속 지켜보고 있었던 겁니까?"

"가끔씩은. 그렇다곤 해도 설마 왕위 계승전에 개입해 여왕을 왕위에 앉히고, 마정석 창고를 전부 풀어 버릴 줄은 생각지도 못했다. 네가 알트론과 접촉해 엘프들의 섬을 개방시킨 것도 내겐 무척이나 놀라운 일이었어. 그래서 확신했지, 넌 이 세계에 커다란 변화를 가져올 중요한 인물이라고. 그게 좋은 방향인지 나쁜 방향인지는 나도 알 수 없었으나, 그 부분은 네 근본적인 선량함을 믿기로 했다. 그리고 방금 네가 말한 알트론의 계시라는 것으로 확신했지. 넌 세계의 소용돌이 속에 서 있는 운명적인 인물이다."

"허……."

얘기가 조금 거창했지만 요약하자면 반달린은 틈틈이 나를 지켜보고 있었고, 모든 걸 알고 있는 건 아니라는 거다.

"그런 기대가 무색하게도 이런 대혼돈이 발생하고 말았네요."

"흠, 확실히 이건 커다란 사건이긴 하지만 긍정적인 부분도 충분히 있다. 지금 이 늪지의 요람처럼 말이야."

"어떤 긍정적인 부분을 말씀하시는 겁니까?"

"잠자코 보고 있거라."

때마침 목재 집이 있는 중심부에 도착했다.

집 내부에 전부 들어갈 수는 없었기에 나와 에오, 엘레나, 쌍둥이. 그리고 반달린과 미라벨만 집으로 들어가게 됐다.

그때 류나가 동생들을 지키고 싶다며 자기도 가겠다 떼를 썼기에 유미르가 진정시켜야 했다.

"아……."

집의 안에는 남성과 여성, 부부로 보이는 엘프들이 있었다.

그들은 안도의 한숨을 쉬며 돌아온 미라벨을 꼭 껴안았다.

'이곳이 곧 태어날 미라벨을 지키기 위한 요새였다고 하면…….'

이 부부는 미라벨의 부모인 셈이었다.

'그래서 미라벨이 이 집에 있었던 거군. 하지만 그러면 이상한데?'

이 던전의 역사 속의 미라벨은 갓난아기다. 그런데 지금 여기선 전성기적 모습을 하고 있었다.

미라벨은 곧 부모에게 자신의 후손을 소개했다. 그 손짓에 에오와 엘레나가 쭈뼛거리며 부부에게 다가갔다.

부부는 둘을 인자한 얼굴로 쓰다듬더니 이윽고 쌍둥이 아기들에게 시선을 옮겼다.

"아아……!"

아기들을 보자 그들의 눈에서 눈물이 흘렀다.

미라벨도 감격스러운지 함께 울고 있다.

부부는 쌍둥이들을 소중히 안아 들고는 침대 옆의 요람에 눕혔다.

그 순간 요람이 빛나며 주위의 사물들이 마나로 변해 사라져 갔다. 뜻을 다한 던전이 스스로 소멸하기 시작한 것이다.

던전이 사라지기 시작하며 던전의 역사가 내 머릿속에 펼쳐졌다.

그 내용은 반달린이 보여 준 것과 별반 다를 게 없었지만 몇몇 다른 부분이 있었다.

바로 인간 측이 보여 준 광기였다.

인간들은 이종족들을 생포하여 노예로 부리려 하는 건 물론이고, 죽은 엘프들의 시체를 모욕하거나 짐승형 몬스터들의 고기를 무차별적으로 포식하는 등의 광기에 찬 모습을 보였다.

'이건 분명히 이상해.'

전쟁터를 전전하며 여러 광기를 목격한 나조차도 눈살이 찌푸려지는 것들이었다. 마치 무언가에 홀린 것 같은 행태랄까.

"하아! 하아! 하아……!"

비전이 끝나자 머리가 지끈 아파 오고 숨이 차올랐다.

어쨌든 그 비전이 끝나자 던전의 소멸이 가속화됐다.

미라벨은 사라져 가는 부모를 끌어안고 오열하고 있었다.

마침내 던전, 그리고 이곳을 지키던 고대 엘프들과 짐승형 몬스터들도, 마나로 생성된 자연들도 전부 사라지고.

남아 있는 것은 마강석으로 변한 던전과 우리들, 그리고 미라벨뿐이었다.

목재 집도 사라진 탓에 바깥에 있던 가신들도 이 모습을 볼 수가 있었다.

"......어?"

나는 어리둥절할 수밖에 없었다. 던전이 사라졌는데 미라벨은 어떻게 이곳에 있는가.

이에 대해 반달린이 말한다.

"미라벨은 늪지의 요람에 속하지 않았으니까 그런 거다."

"그렇담 이 던전에 종속돼 있었다는 겁니까!?"

"아니, 그 던전 종속도 상위의 존재에게는 통하지 않아. 이 녀석이 바로 그렇지. 이 녀석은 그저 부모를 만나기 위해 이곳에 와 있었던 거다. 내가 데리고 왔지."

"이 사람은 다른 상위 던전의 일부라는 겁니까?"

"그래, 마경의 여제라고 들어는 봤나?"

북대륙의 던전이자 연맹의 마정석 창고에 보관돼 있던 걸로 알려진 던전. 사람들은 그 던전을 두고 이렇게 부른다.

"가장 흉악하다는 10대 던전!"

"그래, 이 녀석은 그곳의 주인이다. 지금이야 자리를 비웠으니 기능을 잃었겠지만."

과거 늪지의 요람이 던전으로 발생했던 적이 있다. 그리고 마경의 여제도 던전으로 발생한 적이 있었다.

"당시엔 시기가 맞질 않았지만 이번엔 달랐어. 두 던전이 동시에 풀려났으니까. 그 덕에 미라벨이 수천 년의 시간을 건너 부모와 재회할 수 있었던 거다."

"그런 일이 있을 수가 있다니……."

어이가 없어서 말문이 막혔다.

그런 내게 미라벨이 다가와 악수를 하자는 듯 손을 내밀었다.

반달린은 씨익 웃으며 말했다.

"너를 따라가겠다는 거다. 녀석은 인간을 증오하긴 하지만 근본적인 목적은 배후에서 암약하고 있는 모신과 모신의 권속을 척결하는 것. 너와는 뜻이 일치하지. 뭐, 일단은 데려가서 말부터 가르치도록 해라."

"헉……."

설마하니 던전의 몬스터를 가신으로 받게 되다니.

이 충격적인 일에 나는 물론이고 가신들도 입을 떡 벌리고 있었다.

과정이야 어찌 됐든 결국엔 성공으로 끝난 늪지의 요람 토벌전.

'처음에 실패한 건 당연한 결과였을지도 모르겠네.'

10대 던전의 우두머리가 기습적으로 난입한 거였으니 말이다.

그 기습에 우리의 핵심 전력인 일리야 스승이 당해 버렸으니 이후엔 수습할 여지가 적었다.

"후훗!"

미라벨은 세상 행복한 듯, 쌍둥이들을 안아 들고 있었다. 그걸로 모자라 에오니아를 자신의 무릎에 앉혀 놨다.

엘레나는 미리 도망갔기에 망정이지, 그렇지 않았다면 그녀도 희생양이 됐을지도 모를 일이다.

"으으, 알스 님, 도와주세요."

에오도 애 취급이 부끄러운지 얼굴이 상기돼 있었다.

"미안……. 말이 안 통하니까 어떻게 말릴 수가 없네. 뭣보다 나는 별로 안 좋아하는 것 같기도 하고."

그래도 한번 말려 보기 위해서 에오니아만이라도 놔 달라고 손짓을 해 봤지만, 미라벨은 위협을 하듯 눈을 부라렸다.

그 기운이 어마어마해서 등골이 서늘할 지경이었다.

같은 마차에 타고 있던 가스파르가 말한다.

"이런 괴물은 또 처음이군. 이놈……. 안톤 녀석보다도 강하다."

소름이 돋는지 가스파르의 털이 곤두서 있었다.

그가 그런 평가를 내릴 정도로, 무인으로서 미라벨의 기백은 상상을 초월했다.

"그건 모를 일이죠. 쥬라스에게 듣자니 안톤은 우리가 사라진 이후 무예 수련에만 몰두했다는 듯해요. 지금은 훨씬 더 강해져 있을 거예요."

"하긴, 안톤 녀석도 괴물이긴 하니까. 어떤 승부가 될지는 직접 해봐야 알겠군."

"······아마 안톤이 유리할 거예요."

"그건 왜지?"

"이쪽은 약점이 있거든요."

반달린이 알려 준 약점이었다.

그건 바로, 미라벨이 구원이동의 혜택을 보지 못한다는 부분이다.

"신체의 근본이 마나로 이루어져 있는지라 공간 이동을 할수 없다는 듯해요. 그러니 구원이동도 안 되죠."

"과연······. 일대일 대결에서 구원이동의 유무는 크긴 하지."

3시간 정도 이동하자 곧 바이언이 보이기 시작했다.

지휘실로의 보고는 소피아와 레이틴이 해 주기로 했기에, 우리는 곧장 저택으로 돌아올 수 있었다.

미라벨은 으리으리한 저택의 모습에 호기심이 동했는지 쌍둥이를 안은 에오, 그리고 엘레나까지 끌고 저택을 둘러보기 시작한다.

나는 다른 가신들을 두고 말했다.

"저도 아직 받아들이기 힘들긴 하지만······ 어쨌든 그렇게 됐어요. 그런 의미에서 미라벨에게 언어를 가르쳐 줄 사람이 필요해요."

저런 꼴이라면 에오와 엘레나는 교사 역할로서 합당하지 않았기에 다른 사람에게 맡겨야 했다.

"……."

침묵하는 일동. 그 시선은 자연스럽게 비스케타에게 쏠렸다.

연륜도 많고, 박식하고, 엘프와 밀접한 관계가 있는 쿠라벨 성국의 재상이기도 했으니 적임이긴 했다.

비스케타는 쓰게 웃으며 고개를 끄덕인다.

"알았어요, 내가 해 볼게요. 나 참, 에오에게 글자를 가르치던 시절이 떠오르네요."

"정말 고맙습니다, 비스케타 씨."

"그보다 일라인? 이렇게 되면 저택의 공간이 조금 부족해지지 않나요? 나중에 다른 가신들도 합류한다고 하면 더더욱이요."

"예, 당신 말대로 이미 포화 상태입니다. 그래서 로자 여왕에게 새로운 저택을 요구할까 생각 중이었어요."

"그런 거라면 내가 건설을 진두지휘한 저택을 사용하도록 해요."

"아."

그러고 보니 바이언의 외곽에 저택을 짓기로 했었다. 로자가 좋은 저택을 하사해 줬기에 필요성이 사라져 잊고 있었으나, 비스케타는 꾸준히 진행을 한 모양이다.

"마침 그 저택이 완성을 앞두고 있거든요. 일부 인원은 그쪽으로 이사를 가는 게 어떨까 하는데요."

"음, 알겠습니다. 그 인원 분배는 천천히 상의를 해 보죠."

시험 삼아 떠보니 의외로 외곽의 저택으로 이주하고 싶은 사람들이 많은 듯했다.

왜 그러나 애쉬에게 슬쩍 물어보니 녀석은 울부짖는다.

"네가 매일 밤 부인들이랑 꽁냥대니까 그런 거 아니냐! 그러니 눈치껏 빠져 주려는 거라고!"

"그, 그런 거였구나."

그런 이유로 다른 저택으로 가려는 거면 조금 미안했기에 외곽에 지어지는 저택 이외에도 로자에게 저택을 하나 더 달라고 해서 넉넉하게 인원 분배를 하기로 했다.

저택으로 돌아와 여독을 푼 뒤, 나는 반달린을 만나러 왕궁으로 향했다.

그와는 아직 해야 할 이야기가 남아 있었다.

나는 로자를 이끌고 왕궁의 정원으로 향했다.

사전에 사정을 들은 로자는 아직도 믿기지 않는 모양이었다.

"정말로 반달린이 맞아? 사기꾼 아니야?"

"본인이 그렇게 믿고 싶으면 그렇게 믿는 거죠."

"아니, 그런 뜻은 아니고……. 아무리 그래도 너무 허황된 얘기라서……."

곧 반달린이 지팡이를 짚으며 걸어왔다. 로자는 근위병의 경계를 감쪽같이 통과한 것에 화들짝 놀랐다.

반달린은 로자를 한번 응시했으나 별 흥미가 없는지 곧 내게로 시선을 돌렸다.

"알스 일라인, 네가 부탁하고자 하는 것에 대해서라면 이미 그럴 필요가 없다."

"다 안다는 듯이 말씀하시는군요."

"중앙 대륙과 왕래를 시켜 달라는 것 아니냐? 하지만 그건 쥬라스 파밀리온 그놈이 이미 조치를 취했지. 곧 성과가 나올 테니 느긋하게 기다리거라."

"그렇습니까……."

주요한 부탁은 안 되는 모양이다. 그러니 다음으로 넘어가기로 했다.

"당신은 제가 이곳에 온 것을 알고 저를 찾았다고 했죠?"

"그래서?"

"그 과정에서 다른 실종자들을 본 적은 없습니까?"

반달린이라면 잃어버린 땅에도 자유자재로 갈 수 있을 테다. 그러니 아직까지 찾지 못한 실종자들에 대한 단서를 가지고 있을지도 모른다고 생각했다.

이에 반달린은 난감하다는 듯 표정을 흐렸다.

"당시의 난 네 무리 중에 누가 있는지 자세히 알지 못했다. 너를 찾는 게 무엇보다 중요하기도 해서 너 이외엔 관심도 없었고 말이야."

"서론이 길다는 건 찾았다는 거군요."

"으음……. 하지만 널 찾은 뒤에 다시 그곳으로 갔을 때 그녀는 보이지 않았다."

"그녀라면……!"

율리아 누나, 리시테아, 멜로디아나 공주. 셋 중 하나란 뜻이다.

하지만 율리아 누나는 올라프와 함께 있을 가능성이 높았으니 다른 둘이라는 뜻이었다.

반달린은 고개를 끄덕이며 말을 이어 갔다.

"그래, 지금에서야 추측에 불과하지만……. 멜로디아나 말로른을 동대륙에서 발견했었던 것 같다."

지금까지도 행방이 묘연했던 실종자의 단서.

"멜로디아나가 동대륙에……! 어디쯤에서 발견한 거죠?"

"그건 지금에선 의미가 없다. 이후에 내가 다시 그곳을 수색했을 땐 모습이 보이지 않았으니까."

"그건……."

"십중팔구 죽고 만 거겠지. 동대륙은 그런 곳이니까."

"젠장! 왜 발견한 그 시점에 보호하지 않은 겁니까!"

"거듭 말하지만 네 가신들을 전부 파악하고 있었던 건 아니었다. 게다가 난 어지간하면 인간들 앞에 모습을 드러내지 않아. ……솔직하게 말하자면 인간 하나 따위를 구하기 위해 그런 수고를 들이고 싶지 않았다. 나중에서야 가신을 자기 몸처럼 아끼는 네 성향을 알고 수색을 해 봤지만 헛수고였지."

이놈도 결국엔 드래곤이라는 것이다. 생각하는 방식이 사람과는 다르다.

녀석의 관심은 오로지 나 하나뿐. 가신들에 관해선 애초에 별 관심이 없었다.

"쯧! 그래도 시체는 발견하지 못한 것 아닙니까? 그렇다면 살아 있을 가능성도 있습니다."

"괜한 기대는 하지 않는 게 좋다. 동대륙은 너희들의 말을 빌리자면 마굴과 같은 곳이다. 그곳에서 아무런 힘도 없는 인간이 살아남을 수 있는 가능성은 희박해."

"참 위안이 되는 말이네요."

"쓸데없는 고생은 하지 말라는 거다."

반달린은 고개를 절레절레 흔들었다.

"묻고 싶은 게 그것뿐이라면 나는 이만 가 보겠다."

"잠깐만요. 이렇게 또 홀연히 사라져 버리면 곤란합니다. 최소한 당신에게 연락을 취할 수 있는 방법이라도 알려 줘요."

"그거라면 미라벨이 알고 있을 거다. 나중에 미라벨에게 물어보도록."

"그냥 당신이 제게 알려 주면 안 되는 겁니까?"

"복잡하다."

"그래도……."

"시간이 걸린다."

"……."

알트론을 보고 드래곤도 정신적으로 초월한 존재는 아니란 건 알고 있었지만 이놈은 더 심했다.

은근히 속을 긁는 기질이 있다고 할까.

왜 알트론이 이놈을 괴짜라 칭했는지를 알 것 같았다.

"그럼 난 이만 가 보겠다."

반달린은 떠나려는 듯 몸을 돌렸다.

나는 지나가는 듯이 말했다.

"그러고 보니 알트론이 당신을 만나면, 자기를 만나러 와 달라 전해 달라더군요. 기분이 내키면 가 보지 그러십니까?"

"……!"

이에 왜인지 반달린은 오만상을 찌푸리며 분노를 드러낸다.

"그놈이 무슨 염치로 나를 만나고 싶다는 게냐! 그 무능하고 책임감도 없는 놈이!"

"그가 무슨 잘못을 하기라도 했습니까?"

"엄청난 잘못을 했지! 다른 이를 인도해야 하는 숙명을 가진 놈이 아무것도 하지 않은 채 수수방관을 했으니까 말이야! 그놈이 제대로 일을 했으면, 메파트라가 미쳐 버려 혼돈의 존재로 전락하지도 않았을 거고, 올킨도 희망을 잃지 않았을 거다! 오메론도 그런 과격한 짓은 하지 않았겠지! 뭐가 인도의 알트론이냐! 엘프들을 이끌고 섬에 처박힌 주제에!"

쩨나 감정의 골이 깊은 듯했다.

"나와 얘기를 나누고 싶으면 찾아와서 엎드려 빌라고 전해라! 그러면 한마디 정도는 들어 주겠다고 말이야!"

"아니, 그런 건 본인이 말해요. 애들도 아니고 왜 남한테 부탁합니까?"

"모른다! 네가 전해라! 난 그놈과 만나고 싶지 않으니까!"

성이 났는지 거친 발걸음으로 떠나가는 반달린.

그 모습을 본 로자가 의심의 눈초리로 내게 말한다.

"역시 사기꾼 맞지? 대현자 반달린이 저렇게 유치한 사람일 리가 없잖아."

"……그러게요."

뭐라 반박할 말이 없었다.

반달린과의 대담을 끝낸 나는 잠시 차를 즐기며 로자와 얘기를 나누었다.

"늪지의 요람 토벌전은 정말 잘해 줬어. 역시 중앙 대륙에서 명성을 떨친 영웅이라고 할 만하네. 제대로 된 성과를 내고 있는 건 너희를 포함해 세 곳밖에 없어."

"과찬입니다. 제가 토벌하고 있는 건 최상위 던전은 아니니까요."

"그런가? 소피아가 말하길 이번 늪지의 요람은 10대 던전에 비견될 만한 곳이었다고 하던데?"

"아, 그건 사실이에요."

10대 던전의 우두머리인 미라벨이 난입을 했으니까 말이다.

"반달린이 중재를 해 줬기에 망정이지, 그러지 않았으면 전멸했을 거예요."

"너희가 전멸!? 여, 역시 던전은 생각 이상으로 위험하구나."

"예, 제 가신들도 이번 일을 통해 절실히 깨달은 모양이더군요. 설령 구원이동이 있다고 해도 던전이란 걸 절대 얕봐선 안 된다는 걸."

"……."

로자는 우물쭈물하더니 조심스럽게 말한다.

"……웨이드, 네게 부탁하고 싶은 게 있어."

"칠죄종의 토벌이라면 안 합니다."

정곡을 찌른 모양이었다. 로자는 다급히 말을 덧붙인다.

"최대한 지원을 할게! 필요한 게 있으면 뭐든 말해도 돼! 그러니까……!"

"그렇게까지 말하는 걸 보면, 우리가 늪지의 요람에 가 있던 동안에 무슨 일이 일어난 거군요."

"……몇 시간 전에 정보가 들어왔어. 칠죄종의 영향하에 있는 남부에서 기묘한 사건들이 연달아 벌어지고 있다고 해. 그리고 그 대부분이 인명 피해와 직결되고 있어."

로자는 품에 가지고 있던 서류를 하나 내밀었다.

"이건……?"

"지금까지의 인명 피해를 집계한 거야. 추정치이긴 하지만."

서류를 보니 로자가 왜 안절부절못하고 있는지를 알 것 같았다.

최근 남대륙에서 전달받은 내용에 의하면 추정 인명 피해가 실종을 포함해 10만에 이른다고 한다.

그리고 여기 서대륙에서도 똑같은 10만의 피해가 집계됐다.

철저하게 준비를 한 게 무색할 정도의 막대한 피해였다.

그 이유는 명백했다.

"칠죄종으로 인한 피해만 7만……!?"

"그래, 심지어 그 피해가 계속 커지고 있어. 웨이드…….

아니, 알스! 부탁해. 이걸 해낼 수 있는 건 너희밖에 없어!"

로자가 이렇게까지 말하는 이유는 칠죄종이 구원이동을 무력화하는 성질이 있다는 게 밝혀졌기 때문이다.

이 때문에 다른 정예 전력들도 나처럼 칠죄종의 토벌을 거부하고 있었다.

그도 어쩔 수 없었다. 그들은 언제나 구원이동이라는 보험을 가지고 행동을 했으니까. 정말로 목숨을 걸라고 하면 겁을 먹는 게 당연하다.

반면 우리는 달랐다. 목숨을 걸고 작전을 수행하는 것에 거부감이 없다.

"어휴……."

"앗! 그러고 보니 반달린에게 뭔가 들은 건 없어!? 그 사람이라면 칠죄종에 대해 뭐라고 조언을 해 줬을 것 같은데?"

"뜬구름 잡는 얘기를 했어요."

"뜬구름 잡는 얘기라니?"

"저도 잘 모르겠어요. 그냥 '그곳에 적 같은 건 존재하지 않는다. 스스로가 만든 추악한 괴물들만이 존재할 뿐이지.'라더군요."

"뭐야 그게, 더 자세히 물어봐야지."

"물어봐도 제대로 대답을 안 해 준다니까요. 아까 말하는 거 봤잖아요."

"끄응……. 뭐가 됐든 칠죄종은 시급하게 토벌을 해야 돼.

어떻게 방법이 없을까?"

"당분간은 어쩔 수 없어요. 쥬라스 녀석이 그곳을 조사하고 있으니 그걸 기다리는 수밖에요."

"……미안해, 이런 부탁밖에 할 수가 없어서."

로자는 면목이 없다며 표정을 흐린다.

뭔가 위로를 해줄까 했으나, 그때 마침 소피아가 정원에 나타났다.

"웨이드, 반달린이라는 노인과의 얘기는 끝났나요?"

"끝났어요. 당신도 늪지의 요람에서 가져온 마강석의 분석이 끝났나 보죠?"

소피아는 함박웃음을 짓는다.

"맞아요, 이게 엄청나더라고요! 생사결에서 얻은 마강석보다도 마나의 양이 훨씬 더 많아요!"

"잘됐네요."

"그런데 왜 그렇게 기운들이 없는 건가요? 골칫덩이였던 늪지의 요람이 토벌된 참인데."

"칠죄종 때문에 그래요."

"으음……. 그래도 그거라면 쥬라스 그 작자가 뭔가를 알아 왔다는 듯해요."

"녀석이 돌아왔나요?"

"방금요. 지금쯤 집무실에 있을걸요."

"만나러 가 봐야겠네요."

나는 소피아에게 로자를 부탁하고 곧장 쥬라스의 집무실로 향했다.

멜로디아나 공주의 건도 얘기를 해 놔야 한다.

그렇게 방문한 쥬라스의 집무실은 왜인지 날이 선 공기가 흐르고 있었다.

쥬라스 녀석은 집무실 의자에 앉아 불쾌한 듯이 허공을 바라보고 있었다.

녀석은 내가 찾아온 것을 보곤 희미하게 웃었다.

"늪지의 요람은 토벌한 모양이군요."

"어떻게든요. 그보다 혼자입니까? 요리스는요?"

"칠죄종에서 죽었습니다."

"……!?"

요리스는 안면이 있는 장교였기에 나도 모르게 움찔하고 말았다.

"당신, 설마 칠죄종에 갔다 온 겁니까?"

"예, 조사의 기본은 자신이 직접 보는 것이니까요. 그런데 거기서 묘한 일이 벌어지더군요. 단순히 근처에 간 것뿐인데도 몇몇 부하들이 발광하기 시작하지 뭡니까?"

"그건……."

"이왕 그렇게 된 거 칠죄종에 들어가 보기로 했죠. 그리고 함께 들어간 부하들은 전부 죽었습니다. 요리스도 마찬가지고요."

"그, 그래서요? 칠죄종에 무엇이 있었던 거죠?"

"검 한 자루가 있었습니다."

"검이라고요……?"

"던전의 중심지에 검 한 자루가 꽂혀 있어요. 그걸 뽑는 게 던전의 열쇠가 되는 듯했지만, 저는 뽑을 수 없더군요. 그래서 그냥 돌아왔습니다."

쥬라스는 무척이나 기분이 나쁜 듯이 중얼거린다.

"내겐 아무것도 없이 텅 비었다는 겁니다. 질투, 교만, 나태, 탐욕…… 그 어떤 것도. 그래서 검을 뽑을 자격이 없었어요."

"자, 잠깐만요."

이 녀석은 그 악명 높은 칠죄종에 들어간 걸로도 모자라 혼자 살아 나왔다고 말하고 있었다.

심지어 별다른 영향을 받지 않은 듯, 예전과 전혀 다르지 않은 모습이었다.

"그 던전은 대체 뭐였던 거죠?"

"글쎄요. 그래도 하나 확실한 건 그 검을 뽑아야만 던전을 없앨 수 있다는 겁니다. 그 외에 어려운 부분이라면 내가 설명해 줄 수 있어요. 그러니 알스, 당신이 갔다 오십시오."

"제가 말입니까……?"

"당신이라면 해낼 수 있을 겁니다. 조금 어려울 수도 있지만……. 아니, 별로 어려운 것도 아닙니다."

녀석은 칠죄종에 대한 흥미가 사라졌는지 표정이 메말라 있었다.

"그보다 당신이 토벌한 늪지의 요람에 대해 들려주겠습니까? 제겐 그쪽이 더 궁금하군요."

"당신…… 부하들이 전부 죽었는데 아무런 감상도 없는 겁니까? 아니, 묻는 게 바보 같은 짓이었네요."

"정말로 바보 같은 짓이죠."

나는 녀석에게 늪지의 요람에서 벌어진 일에 대해 얘기를 했다.

쥬라스는 그제야 불쾌한 표정을 고치고 입꼬리를 올리며 웃었다.

"역시 당신의 이야기는 재밌어요. 대현자 반달린과 고대의 영웅 미라벨이라……"

"혹시 둘을 만나 보고 싶습니까?"

"별로요. 그 둘에게 흥미는 없습니다."

"그렇게 말할 줄 알았어요."

뭐가 녀석을 기분 좋게 했는지는 몰라도, 분위기가 한결 밝아져 있었다.

나는 멜로디아나에 관해서도 얘기해 두기로 했다.

"흠, 동대륙입니까……"

"반달린의 말로는 생존 가능성은 희박하다고 해요. 정말…… 면목이 없네요."

이렇게 되면 멜로디아나는 내가 죽인 거나 다름없게 되니까.

그러나 쥬라스는 어깨를 으쓱일 뿐이다.

"당신이 의도해서 죽인 거라면 모를까, 그게 아닌 이상 탓할 이유도 없습니다. 뭣보다 디아나가 아직 죽었다고 단정 짓기에도 이르고요. 그녀는 어렸을 때부터 묘하게 운이 좋았거든요. 이건 제 직감일 뿐이지만 아마 살아 있을 겁니다. 그리고 내 직감은 틀린 적이 없죠."

녀석이 이렇게 말하니, 나도 멜로디아나가 살아 있을 거라는 확신이 들었다.

"하지만 그렇다고 해도 찾을 방법이 없어요. 지금 상황에서 동대륙에 사람을 보낼 수 있을 리도 없고요. 정확한 위치를 안다면 모를까……."

그때 떠오르는 인물이 있었다.

특수한 추적 마법을 사용하는 엘리엇의 존재다.

쥬라스도 동시에 거기까지 생각이 미쳤는지 고개를 끄덕인다.

"아마 머지않아 중앙 대륙과 왕래가 가능해질 겁니다. 그렇게 되면 실종자들과 관련이 깊은 물건들을 가져올 수 있어요. 위치를 알아낼 수 있을 겁니다."

"하지만 엘리엇과의 연락은 두절된 지 오래예요. 이번 대혼돈의 건으로 인해 우리에게 배신감을 느낀 모양이거든요."

"그 부분은 내가 어떻게든 하겠습니다. 새로운 소일거리로 딱 좋겠군요."

이 녀석이 엘리엇의 수색을 맡아 준다고 하니 이토록 든든할 수가 없었다.

그렇게 쥬라스와 앞으로의 일을 상의한 나는, 녀석이 작성해 준 칠죄종의 정보를 들고 저택으로 돌아갔다.

저택에선 미라벨이 비스케타에게 언어를 배우고 있었다.

비스케타는 사물과 사람의 이름을 알려 주는 중이었다.

"에오니아!"

"에오니아……?"

"에오니아 미라벨! 이 애의 이름입니다."

"에오니아 미라벨!"

어린애처럼 웃고 있는 미라벨. 백은의 갑옷이 아닌 사복으로 갈아입은 그녀는 얼핏 보기엔 그냥 소녀 같아 보였다.

고대 엘프 특유의 푸르스름한 피부가 튀긴 하지만, 그 부분을 감안해도 아름다웠다.

그런 미라벨의 입가에는 과자 부스기가 잔뜩 묻어 있었다. 근처에 과자 더미가 쌓여 있는 걸 보면 무지막지하게 먹어치운 모양이다.

'누가 에오와 엘레나의 선조 아니랄까 봐……'

얼빠진 부분도 똑 닮았다.

그때 비스케타가 저택에 돌아온 나를 보며 눈을 빛냈다. 그러고는 나를 가리키며 미라벨에게 말한다.

"알스! 알스 일라인! 에오니아 미라벨의 남편입니다."

"알스…… 일라인!?"

미라벨은 눈을 부라리며 나를 위협했다. 아직도 내가 마음에 안 드는 모양이다.

다가온 유미르가 내 외투를 받아 들어 준다.

"도련님, 돌아오셨습니까."

"응, 근데 괜찮았어? 미라벨이 난리를 피웠다거나 하지 않았어?"

"괜찮았습니다. 기본적으로는 에오나 엘레나 님과 성향이 비슷한 분인 것 같아요. 쌍둥이들은 물론이고 류나에 대해서도 귀여워했습니다."

"싫어하는 건 나밖에 없다는 건가. 나중에 말을 배우면 왜 싫어하는지 얘기나 좀 들어 봐야겠네."

미라벨의 관한 건 둘째 치고.

나는 칠죄종 토벌을 위해 가신들을 재소집했다.

가신들은 10대 던전인 칠죄종 토벌을 진행한다는 말에 표정이 굳었다.

당장 늪지의 요람에서 그 위기를 겪었으니 당연하다.

"안심해요. 그래도 나흘 정도는 휴식을 취할 거니까요. 게다가 지금은 칠죄종에 대한 중요한 단서가 생겼습니다."

쥬라스는 칠죄종에서 발생하는 일에 관해 설명을 하며, 그걸 파훼할 방법도 같이 알려 주었다.

"이 공략을 위해선 메이센, 당신의 힘이 필요합니다."

꼭 필요한 준비물이 있었기 때문이다.

"당신은 지금부터 해주 주문서를 만들어 주세요."

저주를 해소하는 주문서. 그게 칠죄종 공략의 핵심이었다.

3장

늪지의 요람 토벌을 끝내고 칠죄종 토벌 준비를 시작하며
잠시 얻은 휴일.

휴일이라고 해 봐야 아기들이 태어난 뒤로는 아기들을 돌
보는 게 전부라 집에 있는 경우가 많았지만, 아기들이 성장
을 하면서 이번에는 외출을 할 수 있게 됐다.

멀리 나갈 수는 없었기에 소소하게 갈 생각이었지만……

"나 참, 전쟁이라도 하러 가게?"

호위로 따라붙은 인원이 무지막지했다. 엘프의 호위병들
도 에드를 지키겠다며 따라나섰고, 우리 가신들도 마찬가지
였다.

"잠깐 나갔다 오는 거니까 유난 떨 거 없어요. 음, 에오니

아……는 안 되겠고. 에리나, 에스텔, 유미르, 같이 가자."

에오는 버림을 받은 강아지처럼 울 것 같은 표정을 지었지만, 미라벨 때문에 어쩔 수 없었다.

"도련님, 그렇담 저도 에오와 함께 있겠습니다. 세 분이서 함께 갔다 오세요."

"음……. 그럼 다음에 나갈 땐 너와 에오, 그렇게 셋이서 나가자."

"후훗, 예. 기대하고 있겠습니다."

이런 약속을 한 탓인지 에리나와 에스텔은 이게 중요한 데이트라고 생각한 모양이다.

"잠깐만요, 알스 님!"

"잠시만 기다려 주세요!"

둘은 좋은 옷으로 바꿔 입고 오려는 듯 자기 방으로 뛰어간다.

그렇게 30분 정도 지나자 옅은 화장과 함께 화사한 드레스를 입고 나타났다.

우리가 향한 곳은 아카데미의 정원이었다.

그곳에 자리를 잡고 점심을 먹기로 했다.

"꺄하하!"

류나는 풀밭을 뛰어다녔다. 넘어져도 즐거운지 함박웃음을 짓는다.

쌍둥이들도 그런 류나의 뒤를 쫓아 열심히 기어 다녔다.

에스텔은 만약의 경우를 대비해 애들을 따라다닌다.

"보고만 있어도 행복해지네요."

에리나가 흐뭇하게 웃으며 말한다.

"아기들이 이렇게 귀여운 거라는 걸 최근에 들어서야 알게 됐어요. 알스 님의 아이라서 그런 걸까요?"

"애정을 가지고 바라보면 뭐든 귀여운 법이야. 뭐, 우리 애들이 특히 귀여운 것도 있고."

"제 아이도 분명 귀엽겠죠?"

"어?"

에리나가 은근한 눈빛을 보낸다.

"알스 님과 제 아이도 무진장 귀여울 것 같아서요. 안 그래요?"

"그, 그렇지. 당연히 귀엽겠지."

"어서 그 아이를 보고 싶지 않으세요?"

에리나가 유혹하듯 슬쩍 몸을 붙여 온다.

그러나 그때 우다다! 하며 달려온 류나가 공격적으로 내 품에 안겼다.

"아빠, 과자!"

"배고파? 그럼 이르지만 지금 밥을 먹을까?"

"으응, 과자 먹을래!"

앙탈을 부리며 과자를 달라고 조르는 류나에게 에리나가 주섬주섬 바구니에서 쿠키를 꺼낸다.

"자, 류나야. 과자야."

과자를 받아 든 류나는 앉아 있는 내 품에 안겨 오도독 과자를 먹기 시작한다.

"류나! 그렇게 뛰어가면 어떡하니?"

에스텔이 쌍둥이들을 안은 채 달려온다.

풀밭을 기어 다닌 탓인지 쌍둥이들의 옷이 더러워져 있었다.

에스텔은 미리 준비해 온 여분의 옷을 꺼내 애들을 갈아입힌다.

이후에는 아기들에게 밥을 먹이며 잡담을 시작했으나 이야기를 주도하는 건 전적으로 에리나였다.

아카데미는 에리나의 홈그라운드나 다름없기도 했고, 추억거리도 그녀 쪽이 훨씬 많았으니까.

게다가 에스텔은 애초에 사교적인 에리나와 달리 말주변이 없는 편이었다.

이에 경쟁심을 느낀 건지 에스텔이 몸을 바짝 붙여 오며 말한다.

"저기…… 알스 님? 한 가지 부탁드리고 싶은 게 있어요."

"무슨 부탁인데?"

"저번에 에오니아 씨가 하는 걸 봤어요. 둘만 있을 땐 말을 편하게 하시더라고요. 저도 그러면 안 될까요?"

"그런 걸 부탁할 필요가 어디 있어. 그냥 하면 되는 거지."

"그러면…… 알스?"

에스텔은 부끄러운 듯 배시시 웃는다.

이에 에리나는 충격을 받은 듯한 표정이 된다.

"에, 에스텔? 그런 건 쉽게 결정할 문제가 아니잖아."

천생 아가씨인 에리나는 반말을 하는 걸 어려워하는 경향
이 있었다. 공작가에서 교육을 받을 때 남성을 향해서는 항
상 존댓말을 해야 한다고 배웠던 탓이란다.

에스텔은 씨익 웃는다.

"응, 그래서 허락을 받은 거야. 허락을 받았으니 된 거잖
아?"

"그, 그건 그렇긴 한데……!"

"정 그러면 에리나 너도 편하게 얘기하면 되는 거잖아."

"으윽……!"

에리나는 우물쭈물하더니 눈을 치뜨며 말한다.

"아, 알스……! 나도 이제부터는……."

그러나 곧 고개를 흔든다.

"못 하겠어요!"

어색함을 견디지 못하겠는지 몸부림을 친다.

이후에도 어떻게든 반말을 해 보려 했으나 실패하더니 연
습을 하고 오겠다며 어디론가 사라졌다.

애들도 밥을 먹고 졸렸는지 자기 시작했기에 얘기를 나누
는 건 나와 에스텔밖에 없었다.

"에스텔, 하나 묻고 싶은 게 있어."

"응, 뭔데?"

"저주에 대해서 얼마나 알고 있어?"

"……."

에스텔의 표정이 살짝 굳어진다.

"그걸 나한테 묻는다는 건 알고 있다는 거구나. 흑마법에 위험한 저주가 있다는 걸."

저주 자체는 어떤 마법에든 있다. 내 매혹도 일종의 저주라 할 수 있으니까.

다만 정말로 악랄한 효과를 주는 저주는 흑마법이 대부분이었다.

"칠죄종에는 총 일곱 가지의 저주가 있다고 해. 질투, 교만, 인색, 분노, 색욕, 탐욕, 나태. 그 저주가 칠죄종 주변의 사람들을 괴롭히고 있어."

쥬라스의 얘기를 들어 보자면 그 수준이 굉장히 심각하다고 한다.

내면에 있는 부의 감정을 극대화시켜 그 사람을 미쳐 버리게 하는 것이다.

분노의 저주에 걸린 사람은 사소한 것에도 극도로 화를 내고, 탐욕의 저주에 걸린 사람은 다른 사람의 것을 뺏는 것을 전혀 주저하지 않게 된다.

그러니 그 주변이 초토화가 되고, 구원이동이 무력화되는 것이다.

구원이동은 신체적인 사망에 대하여 발동하는 것이니만큼 정신을 보호해 주지는 못한다.

구원이동이 발동된 후에도 미쳐 있는 건 똑같기에 이후에 스스로 자결을 하거나, 다른 이에게 죽고 마는 것이다.

에스텔은 무겁게 고개를 끄덕였다.

"비슷한 저주가 있어. 사람을 분노하게 하여 싸움밖에 모르는 존재로 만들어 버리는 저주라든가. 남을 시기하여 죽이게 만드는 저주라든가."

"분노의 저주와 질투의 저주……. 똑같은 게 있네. 그럼 그 저주를 해제하는 데 저주 해제 주문서가 통할까?"

"그건 나도 잘 모르겠어. 애초에 이곳에서 저주 해제 주문이라는 걸 들어 본 적이 없는걸."

"그렇겠지. 여기는 신성마법이 없으니까."

"어……? 그럼 메이센 선배님에게 부탁한 이유가……."

"맞아. 메이센이 신성마법을 다룰 줄 알기 때문이야."

메이센은 중앙 대륙에 있던 시절에 신성마법을 익혔다. 그 신성마법 중에는 외상을 치료하는 마법 외에 저주를 해제하는 쓸모없는 주문이 있었다.

"중앙 대륙에선 쓸모가 없는 마법이었지. 거긴 저주를 논하기 이전에 마법 자체가 없었으니까."

하지만 이곳은 달랐다. 쓸모없다고 여겨졌던 저주 해제가 빛을 볼 수 있게 된 것이다.

에스텔은 고개를 끄덕인다.

"어째서 신성마법은 우리 대륙에서만 전해졌던 걸까? 여기엔 그보다 급이 낮은 치유마법밖에 존재하지 않는 건 또 어째서고."

"글쎄, 중앙 대륙을 분리시켰다는 드래곤을 만나 보지 않는 이상은 알 수 없지."

"그것도 그건데……. 이전에 칠죄종을 토벌한 사람들은 대체 어떻게 성공했던 거야? 저주 해제도 없었을 텐데."

나도 그 부분은 궁금했다.

'쥬라스가 말한 던전 중심부에 꽂힌 검 한 자루……. 그리고 단 한 명의 생존자.'

그게 중요한 열쇠인 건 분명해 보였다.

본격적인 칠죄종 토벌에 앞서 메이센은 바쁘게 저주 해제 주문서를 만들고 있었다.

이 주문서 제작은 굉장히 고된 일이었다.

주문서 한 장을 만들기 위해서 상당한 양의 마나가 필요하기 때문이다.

이 탓에 구원이동 주문서도 대량생산이 되질 못하는 것이었다.

'필요한 저주 해제 주문서는 대략 100개…….'

개인에게 하나씩 지급하고, 여분을 세 개 정도씩 둔다고 하면 그 정도의 숫자가 된다.

이 경우 메이센은 꼬박 100일 동안 주문서를 만들어야 한다는 것이니 토벌 일정이 맞질 않았지만, 우리에겐 막대한 양의 마나를 품은 마강석이 있었다.

마나가 얼마 남지 않은 생사결의 마강석으로 시험을 해 보니 효율은 떨어져도 제작은 가능했다.

그렇담 주저할 것 없었다. 늪지의 요람 마강석을 곧장 주문서 제작에 투입했다.

"그럼 시작할게요."

메이센은 조심스러운 손길로 주문서를 작성하기 시작했다.

주문서에 넣는 건 신성마법이라고 해도, 주문서를 제작하는 것 자체는 마법으로 하는 것이기 때문에, 마법을 익히기 시작한 지 얼마 되지 않은 메이센은 무척 긴장하고 있었다.

그리고 마찬가지로 긴장하고 있던 건 소피아였다. 자신의 마나통이 될 마강석이 소모되는 것이기 때문이다.

"후우……! 성공했어요. 잘 발동될지는 모르겠지만……."

"그거야 시험해 보면 되죠."

내 매혹도 일종의 저주. 그렇다면 발동을 할 터였다.

그래도 혹시 모르니 이미 나에 대한 호감도가 높은 사람을 대상으로 사용하기로 했다.

"에오, 잠깐만 내 눈을 봐 볼래."

"예? 아, 옛!"

나는 에오와 눈을 마주한 채 강하게 매혹을 사용했다.

쿵! 에오의 동공이 살짝 풀리고.

"으읏!?"

에오는 저항을 하듯 움찔했으나 곧 순응을 했다. 기분 탓인지는 모르겠으나 나를 바라보는 시선이 무서울 정도로 뜨거웠다.

"알스 님……!"

"잠깐…… 읍!?"

그녀는 다른 사람의 시선 따위는 신경조차 쓰이지 않는다는 듯 입을 맞추었다.

혀가 얽히는 야시시한 소리가 흐르자 그제야 다른 사람들도 정신을 차린다.

"에, 에오! 이런 곳에서 뭐 하는 건가요!"

엘레나가 다급히 에오를 떼어 냈다.

"일라인! 에오에게 무슨 짓을 한 겁니까!"

"서, 설마 더 올라갈 호감도가 있을 줄은 몰랐어요. 일단 해제해 보겠습니다."

주문서를 찢자 주문서를 중심으로 신성한 기운이 널리 퍼져 나갔다. 그 기운을 받은 에오는 또다시 몸을 움찔하더니 정신을 차렸다.

그런 그녀의 얼굴이 새빨개졌다.

"내, 내가 대체 무슨 짓을……!"

부끄러움을 참지 못하고 방으로 도망가 버린다.

엘레나와 미라벨이 나를 쓰레기 보는 듯이 바라보고 있었기에 슬쩍 시선을 피했다.

"어쨌든 주문서 제작은 잘되는 것 같네요. 심지어 하나를 사용하면 그 광역으로 효과가 퍼지는 것 같고요. 이러면 100장까지는 제작하지 않아도 되겠네요."

그 소식에 마강석을 아끼게 된 소피아가 쾌재를 불렀다.

새로이 정한 목표치는 50개.

메이센은 그 50개를 채우기 위해 이틀 밤을 꼬박 새워야 했다.

그쯤이었다.

중앙 대륙에서 소식이 온 것은.

중앙 대륙에서 온 기별.

그 소식을 들은 나는 곧장 왕궁으로 향했다.

거기에 쥬라스를 비롯한 궁정 마법사들이 기다리고 있었

다.

"알스, 왔습니까?"

"기별이 있었다고 들었어요!"

"아직 호들갑을 떨 단계는 아닙니다. 일단 같이 내려가 보죠."

전이 마법진은 왕궁 지하 깊숙한 곳에 있었다.

그 깊이는 지하 10층에 달했다. 그 10층의 깊이에 튼튼한 나선계단까지 만들었으니 무척 커다란 공사를 한 셈이다.

"용케 이런 걸 단기간에 만들었군요."

"이곳엔 마법이란 편리한 것이 있으니까요. 마법 없이 만들려 했으면 5년은 넘게 걸렸을 거예요."

나선형 계단을 다 내려가자 마법진이 그려진 방 하나가 펼쳐졌다.

그것은 내가 쿠라벨 성국의 옛터에서 본 그 방과 완전히 똑같았다.

그 방의 중심에서 마법진 일부가 빛나고 있는 중이었다.

"저게 기별이라는 건가요?"

"그렇습니다. 여기 마법사들의 말을 빌리면 좌표를 정하고 있는 거죠."

"좌표요? 그렇단 건……!"

"예, 적어도 제가 보낸 마법사가 크로싱에 도착했다는 뜻이죠."

"그럼 성공한 거잖아요!"

"아직 기뻐하기는 일러요. 그도 그럴 게 전이 마법 자체가 실패할 수도 있는 거니까."

그러면서 쥬라스는 실패할 수도 있는 이유를 열 가지나 말했다. 그 모습은 얼핏 마법의 대가처럼 보였다.

"그런데 쥬라스 당신, 마법 공부는 안 한다고 하지 않았습니까?"

"공부는 하지 않습니다만? 가끔씩 서적을 한두 권 읽는 정도예요."

그 정도로 이 정도의 수준 높은 지식을 뽐내다니. 이 녀석답다면 이 녀석답다.

지잉! 그때 중심부에 있던 마법진의 빛이 주변으로 번져가기 시작했다.

이에 레이틴이 탄성을 지른다.

"저쪽에서 좌표를 확정하고 전이를 시도하고 있어요! 우리 전이 마법진도 반응하고 있습니닷!"

점점 환해지는 빛.

그 빛은 눈이 부실 정도로 밝아지더니 섬광이 터지듯 번쩍였다.

천천히 눈을 떠 보자 마법진의 중심에는 익히 아는 얼굴이 있었다.

"안톤!"

내 가장 충성스러운 가신이지 최강의 가신. 그가 이곳으로 찾아온 것이다.

수려하면서도 늠름한 외모의 남자.

안톤은 전이를 한 것에 놀란 듯했으나 곧 내 모습을 발견하곤 눈을 크게 뜬다.

곧장 내 앞에 달려와 한쪽 무릎을 꿇는다.

"무사하신 것 같아 기쁩니다. 이 안톤 퀸테르, 다시금 주군을 곁에서 모시겠사옵니다!"

"휘유! 잘 왔어요. 혼자 온 건가요?"

"그렇습니다. 이전에 특무대가 이동한 이후 처음 시험하는 전이이기도 했고, 로브의 남자가 말하길 마강석이라는 것도 부족하다고 하더군요."

아무래도 챙겨 간 마강석을 통해 전이마법을 발동시킨 모양이었다.

쥬라스가 말한다.

"흠, 충분히 챙겨 보냈다고 생각했는데……. 그 양으로도 한 명밖에 전이시키지 못한다는 거군요."

"어느 정도를 챙겨 보낸 거죠?"

"당신이 가지고 있던 던전의 마강석 절반 정도 마나양은 됐을 겁니다."

"그 정도의 양으로 한 명밖에 전이시키지 못한다고요!?"

"본디 이 마법진은 지맥에 쌓인 막대한 자연의 마나를 이용하는 거니까요. 돌멩이 몇 개로 발동시키기에는 애초에 힘들었던 겁니다. 뭐, 어차피 수백 명이 이동할 것도 아니니 별상관은 없지 않습니까?"

"그건 그렇지만요……."

어쨌든 성공했다는 부분이 중요했다.

안톤은 쥬라스에게도 인사를 한다.

"쥬온, 알스 님을 도와준 점, 정말 고맙다."

"훗, 쥬온이라니……. 당신답지 않게 감상적이 됐군요. 아내를 만나는 게 그렇게 기쁩니까?"

"……! 일리야는 이곳에 있는 건가?"

쥬라스는 어깨를 으쓱이며 내게 시선을 돌렸다. 나는 고개를 끄덕여 보였다.

"있습니다. 곧 만날 수 있을 거예요. 그보다 아기는 데리고 오지 않은 건가요?"

"가웨인이라면 왕궁에 맡겨 놨습니다."

"지난번엔 가웨인의 미래를 생각해서 쥬라스와 동행하지 않았던 것 아닙니까?"

"그때와 달리 이번엔 전이가 성공할 거라는 확신이 있었으니까요. 앗, 그러고 보니 루트거 님도 계십니까?"

"그게 조금 곤란해요."

"……?"

"일단 올라가죠."

나는 안톤을 데리고 먼저 알현실로 향했다.

로자는 혹시 위험할지도 모른다는 신하들의 말에 알현실에 대기하고 있었다.

이곳의 왕이라는 내 설명에 안톤은 정중하게 예를 차려 인사를 올렸다.

"이국의 여왕께 인사드립니다. 저는 알스 님의 충실한 신하이자 크로싱 특무대 2대대를 이끌고 있는 안톤 퀸테르라 하옵니다!"

중앙 대륙의 말로 한 탓에 로자는 당연히 알아듣지 못했다.

"무슨 뜻인지는 모르겠는데……. 아무튼 알스 네 가신인 거지?"

"맞아요. 그것도 가장 강한 가신이에요. 기운이 느껴지죠?"

"기운? 글쎄?"

"거기 루크레치아는 느끼는 모양인데요?"

안톤의 기백에 압도됐는지 루크는 마른침을 꼴깍 삼키고 있었다.

"아무튼 알스의 친구라면 저로서도 환영합니다. 편안히 여독을 풀도록 하세요."

로자와 알현을 마친 후에는 곧바로 저택으로 향했다.

안톤은 이국의 모습에 눈을 크게 뜬다.

"이곳이 마법의 세계⋯⋯."

"별다를 건 없어요. 여기가 조금 더 풍요롭게 사는 정도라고 할까요."

나는 그사이 가볍게 상황을 설명해 두었다.

실종자들의 현황, 그리고 이곳에 발생한 던전이란 것들에 관한 것도.

이에 안톤도 중앙 대륙의 현황을 얘기했다.

"캘리퍼와 툰카이의 전쟁이 나날이 격화되고 있습니다. 스벤너와 에우로페, 알바드도 참전을 하려 하면서 대륙이 다시금 전화에 빠지려 하고 있습니다."

"흠⋯⋯. 왕위 다툼을 하고 있는 뷜랑은 어떤 상태죠?"

"핵심 첩보원이었던 카시우스 로이드가 신분을 밝힌 후에는 저희도 뷜랑에 대한 심층 첩보를 얻어 내지 못하고 있는 상황인지라⋯⋯. 자세히는 알지 못하나 왕자들 사이에서 무언가 합의가 있다는 첩보가 있었습니다."

"흠⋯⋯. 고마워요, 자세한 건 그곳으로 돌아가서 확인을 해 봐야겠네요."

내 말에 안톤은 조심스럽게 묻는다.

"돌아가실 생각이십니까?"

"당연하죠. 여기에만 있을 수는 없는 노릇이니까요. 왜요, 안 돌아갈 거라고 생각했나요?"

"제 사견으로는 돌아오지 않으려 하실 수도 있다고 생각했습니다."

"그건 어째서죠?"

"전쟁터를 떠날 수 있으니까요."

"확실히……."

그건 매력적이다. 전쟁의 참혹한 광경을 다시 보지 않아도 되니까.

"예전이었다면 그랬을 수도 있겠네요. 그래도 지금은 달라요. 모든 전란을 끝내는 게 내게 주어진 사명 같은 거라고 생각하게 됐으니까."

"그 숭고한 사명. 제가 곁에서 지탱하도록 하겠습니다."

곧 저택의 모습이 보여 왔다.

갑자기 기별이 왔기에 저택엔 알리지 않고 나왔었다.

그래서인지 다들 일상을 보내고 있었다.

일리야 스승도 마찬가지였다.

스승은 미라벨과 대련을 하고 있었다.

나는 안톤이 뛰쳐나가려는 걸 팔로 저지했다.

"잠깐 지켜보죠."

"앗, 예."

일리야 스승은 미라벨과의 대치에 온 신경을 쏟고 있는지 안톤의 기척을 눈치채지 못했다.

"하아앗!"

기합을 내지르며 파고드는 스승.

미라벨은 씨익 웃으며 어렵지 않게 받아 냈다.

미라벨의 무술은 경지에 다다라 있다는 말이 딱 어울렸다.

에오니아와 엘레나가 사용하는 발키리 무술의 극의라고
할까.

특히 거리를 유지하는 것에 있어선 타의 추종을 불허했다.

2m에 달하는 장창을 연달아 찌르며 접근조차 허용하지 않
았다.

심지어 그 창끝에서 유형의 기운이 발산되는지, 창의 궤적
에 있던 벽에 구멍이 난다.

"크윽……!"

스승은 이대로는 안 되겠다 판단했는지 도박을 걸었다. 모
험적으로 파고들어 미라벨의 심장을 노린 것이다.

그러나 미라벨이 최근에 배운 그 말을 중얼거린다.

"늦어."

어느새 태세를 갖춘 미라벨은 그대로 스승의 머리에 창을
쏘았다.

이에 안톤은 화들짝 놀랄 수밖에 없었다. 나도 마찬가지였
다.

본래 이런 대련에 구원이동을 사용하고는 하지만 구원이
동이 귀해진 지금에는 그런 본격적인 대련은 하지 않았기 때
문이다.

뭐가 됐든 이렇게 대련을 한다는 건 구원이동을 사용했다는 뜻이긴 했다.

스륵! 머리를 찔리기 직전, 스승의 몸이 어디론가 사라졌다.

'대체 어디서 구원이동 주문서가 난 거야?'

내게는 그런 의문밖에 없었으나 안톤은 달랐던 모양이다.

그는 스승이 어떤 식으로든 당해 버렸다고 생각했는지 살기를 피워 올렸다.

등에 차고 있던 월도를 뽑아 들어 다짜고짜 미라벨에게 덤벼들었다.

"네 이놈, 감히 일리야를……!"

미라벨에게 이입하여 대련을 구경하고 있던 엘레나는 눈을 크게 뜬다.

"넌 누구냐!"

미라벨도 의문을 표했으나 곧 덤벼 보라며 호기로운 표정을 짓는다.

"하아앗!"

"……!?"

쾅! 주르륵 밀려 나는 미라벨. 그만큼 안톤의 오러는 위압적이었다.

그는 압도적인 오러의 양과 강도를 앞세워 미라벨이 찌르는 창을 쳐 내며 조금씩 접근했다.

미라벨의 표정에서 점차 여유가 사라진다.

그녀가 창을 회전시키며 기합과 함께 안톤의 심장을 노린다.

"핫!"

"어림없다."

텁! 안톤은 그 창끝을 왼손으로 움켜잡았다. 미라벨은 창을 빼내려 했지만 외려 안톤의 오러가 창을 타고 흐른다.

"흥."

안톤은 코웃음을 치며 오른손으로 월도를 크게 휘둘렀다.

창이 잡혀 발이 묶인 미라벨은 창을 버리고 뒤로 뛰는 수밖에 없었다.

안톤은 그 창을 멀리 던져 버렸다. 보아하니 엘레나의 창인 듯했다.

"……."

월도 끝에 베였는지 미라벨의 광대에서 피가 흘러내렸다.

형국은 무기를 뺏긴 미라벨이 패배한 듯 보였으나 애초에 미라벨은 창 하나하나에 구애되지 않았다.

우웅! 마나가 일렁이더니 그녀의 팔에 검과 방패가 나타난다.

"그게 마법인가?"

안톤은 그렇게 중얼거리고는 재차 태세를 가다듬는다.

나는 그제야 번뜩 정신을 차리고 말리러 들어갔다.

"그만둬요, 안톤! 일리야 스승은 죽은 게 아니에요! 미라벨 당신이요! 엘레나! 당장 미라벨을 말려요!"

안톤은 구원이동을 사용하지 않은 상태다. 미라벨은 존재 자체가 구원이동을 사용할 수가 없다.

그런 둘이 진심으로 싸운다면 둘 중 하나는 죽게 된다는 뜻이었다.

겨우 진정된 상황. 그때 구원이동으로 이동했던 스승이 다시 대련장에 나타났다.

스승은 안톤을 확인하고는 눈을 부릅떴다.

"아, 안톤?"

"오, 일리야……."

안톤은 창을 잡았던 왼손에서 흐르는 피를 닦을 생각도 하지 않고 그대로 다가가 스승을 와락 안았다.

"보고 싶었어, 일리야."

"안톤……. 정말 안톤인 거지? 마법으로 만들어 낸 환상 같은 게 아닌 거지?"

스승도 당황했는지 웬일로 소녀 같은 말을 한다.

그 소란에 저택에 있던 사람들이 하나둘 얼굴을 내밀었다.

"뭐야! 안톤이잖냐! 하하! 오랜만이군!"

"가스파르 님도 잘 지내신 모양이군요."

마침 내일 칠죄종 토벌을 갈 예정이었기에 전부 저택에서 개인 정비를 하고 있었다. 파티를 열기 딱 좋은 상황이었다는 것이다.

⊕

　대부분 안톤과 안면이 있긴 했지만 안면이 없는 사람들을
위해 소개를 해야 했다.
　"루크레치아, 레이틴, 인사해요. 내 가신인 안톤 퀸테르라
고 해요."
　루크레치아는 안톤이 로자를 알현할 때 같이 있긴 했으나
둘이 정식으로 인사하지는 않았었다.
　루크는 정중하게 인사를 했다.
　"루크레치아 아카샤라고 합니다. 괜찮다면 언제 한번 대
련을 해 주셨으면 하는데, 가능할까요?"
　그 말을 통역해서 들려주자 안톤은 크게 기뻐한다.
　"반갑습니다, 루크레치아 님. 대련이라면 언제든 환영입
니다."
　이후엔 엘프 베아트와 피온, 마르가리타에게도 소개를 했
다.
　무도가인 피온과 리타는 안톤의 기백에 눌린 듯했다.
　"뭐야, 이 형씨는⋯⋯."
　"숨이 막힐 정도예요. 엄청납니다."
　여기 세계의 사람들에게 내 가신이 인정받는다고 생각하

니 나도 덩달아 기분이 좋았다.

우리나라 축구 선수가 외국에서 대활약을 하고 있는 걸 보고 있는 느낌이라고 할까.

"하하! 맞습니다, 맞아요. 내 가장 충직한 가신이죠. 누구보다 강하기도 하고요."

그러자 반발하는 사람이 있었다.

"납득할 수 없습니다!"

에오는 울상을 짓고 있었다. 다른 사람이 뭐라고 하는 건 참아도, 내가 안톤을 가장 충직한 신하라고 하는 건 참지 못하겠던 모양이다.

"알스 님! 가장 충직한 건 저라고 하지 않으셨습니까!"

"에오, 그게…… 지금은 안톤을 환영하는 자리잖아. 네가 이해해 줘."

"으그극……!"

평소부터 안톤을 라이벌로 생각하고 있던 에오에게는 참기 힘든 상황이었던 모양이다.

그러나 안톤은 오히려 흐뭇하게 웃는다.

"미라벨 님은 변함이 없으시군요. 예, 알스 님을 생각하는 당신의 충의는 저보다 분명 위에 있습니다."

안톤의 어른스러운 대처였지만 에오는 그게 더 가증스럽게 느껴진 모양이다.

"에잇! 기다려라!"

그녀는 후다닥 방으로 올라가더니 쌍둥이를 안고 내려온
다.

"자! 보이지?"

"그 애들은……!?"

"후하핫! 알스 님과 내 아이란 말씀!"

"설마 그쪽의 아이는 남자아이입니까!?"

"그래! 난 주군의 후계자를 낳았다! 이것이야말로 충의의
극치! 어떠냐!"

"그, 그런!"

이에는 안톤도 진짜 충격을 받는다. 안톤이 더 어른스럽긴
해도, 근본적으론 에오와 별반 다르지 않기 때문이다.

"이건 인정하지 않을 수 없군요. 당신의 승리입니다……."

"훗."

득의양양하여 승리의 미소를 짓는 에오. 하여간 못 말린
다.

그렇게 안톤의 환영이 끝난 뒤에는 내일 시작될 칠죄종의
토벌에 대해 얘기를 나누기 시작했다.

나는 쥬라스가 모은 정보를 토대로 세 개의 팀을 짰다.

"그의 얘기를 듣자면 칠죄종에는 동굴처럼 이뤄진 세 개의
통로가 있다고 해요. 각 팀이 그 통로를 통과해 중심지인 숲
에서 합류하는 게 이번 토벌의 개요입니다. 그 후 중심지에
꽂혀 있는 검을 뽑을 건데, 만약 제가 뽑지 못하면 다른 사람

들이 시도를 해 볼 거예요. 뭐, 그건 그때 가서 얘기를 하기로 하고. 먼저 첫 번째 팀입니다."

쥬라스의 말대로라면 칠죄종의 저주는 인원수에 따라 다르게 작용한다고 한다.

가령 한 명의 사람만 진입을 하면 그 한 명의 사람에게 일곱 개의 저주가 전부 작용하지만 일곱 명이 들어가면 각각 한 개씩만 작용을 한다.

"잠깐, 그러면 수백 명이 진입을 하면 되는 거 아니야?"

애쉬의 당연한 의문이었다.

"그 경우에도 그 수백 명에게 각각 하나씩 저주가 걸리는 것 같아. 그렇게 되면 어떻게 되는지는 알지?"

수백 명이 광란하여 서로 죽고 죽이기 시작한다.

그렇기에 칠죄종 공략은 물량으로 밀어붙일 수가 없다.

최저 1명. 최대 21명서 공략을 해야 한다.

"저주 해제 주문서가 있긴 해도, 그건 여차할 때 사용하는 용도입니다. 하나의 저주는 스스로가 극복을 해야 해요. 그러니 각 팀은 최대한 유대감이 깊은 쪽으로 편성을 하겠습니다."

그 편성이 발표되자 가신들은 납득을 한다며 모두 수긍을 했다.

칠죄종 토벌 당일.

우리 일행은 아침부터 마차를 타고 이동을 했다.

칠죄종이 위치한 지역은 이미 금지 구역으로 지정이 돼 있었기에 우리는 철저히 대비를 하며 그곳으로 향했다.

한편으론 앞으로의 일에 대해 상의할 겸 안톤과 소피아, 애쉬가 내 마차에서 함께 이동하고 있었다.

"그렇군요, 베카비아는 결국⋯⋯."

"예, 신변의 위협을 느낀 베카비아의 왕족들은 각각 툰카이와 캘리퍼에 투항을 했습니다. 툰카이와 캘리퍼는 그 왕족들을 이용해 베카비아 지역 정복의 명분을 세울 생각이고요."

"알려 줘서 고마워요."

그래도 지금까지는 쥬라스가 헛소리를 했을 수도 있다고 생각했는지, 소피아도 일말의 기대를 걸고 있었던 모양이지만 안톤의 확인 사실에 이제 체념을 한 듯했다.

"⋯⋯괜찮아요?"

위로를 해 주기 위해 그렇게 묻자 소피아는 묵은 한숨을 내뱉는다.

"최근에 그런 생각을 했어요. 국민들에게 국가란 뭔가 하고요."

"꽤나 철학적인 고민을 했군요."

"그냥요, 여기 엘란 왕국도 난리가 났잖아요. 여기저기서 국가를 원망하는 목소리가 들리고, 왕족을 헐뜯는 소리도 들리고……. 그걸 보니 국가란 건 언제든 망하고 흥하는 덧없는 거라는 걸 깨달았어요. 예를 들어 그런 거예요. 웨이드, 당신이 마음만 먹으면 엘란 왕국은 사라지고 새로운 왕국이 들어서겠죠?"

"그거야 뭐……. 마음을 먹는다면 그렇게 되겠죠."

"우습지 않나요? 수백 년의 역사를 가진 엘란 왕국이 사람 한 명의 변덕에 따라 존속이냐 멸망이냐가 정해지다니."

"……."

"우리 베카비아도 그랬던 거예요. 흥망성쇠의 굴레를 벗어날 수 없었던 나약한 국가. 그렇게 생각하니 비통하지도 않네요."

이 모습에 애쉬가 내게 속삭인다.

"뭐야, 저 세상 다 산 할머니 같은 사람은."

"조용히 해, 인마."

전부 들렸는지 소피아는 쓰게 웃으며 말한다.

"그보다 앞으로는 어떡할 거죠? 조만간 중앙 대륙에 돌아갈 수 있을 텐데요."

"그거에 대해서인데, 시간이 꽤 필요할 것 같아요."

"마강석 때문인가요?"

"예, 한 번 전이를 하는 데에만 당신이 애지중지 품고 있는 그 마강석 정도가 필요해요. 그걸 왕복을 한다고 하면 훨씬 더 많이 필요하겠죠."

게다가 이건 한 명 기준이다. 세 명, 네 명까지 이동한다고 치면 필요한 마강석의 숫자가 훨씬 더 늘어난다.

"그거라면 조만간 괜찮아지겠죠. 당신이 던전을 토벌할수록 마강석이 확보될 테니까요."

"시간문제이긴 하죠."

그때 애쉬가 중얼거린다.

"……뭔가 작위적인 느낌이 드는걸."

"작위적이라니, 뭐가?"

"아니, 그냥. 전이에 막대한 양의 마강석이 사용된다는 건 그렇다 쳐. 꺼림칙한 건 그 귀한 마강석을 이렇게 형편 좋게 구할 수 있게 됐다는 거야. 만약 이런 대혼돈의 시기가 아니었다고 하면, 그런 최상품의 마강석을 구하기는 힘들지 않았을까?"

"그건……."

"그래, 우리가 중앙 대륙과 왕래를 할 수 있게끔 때마침 대혼돈이 발생한 것처럼 보이잖아."

"본래 던전을 토벌해도 마강석은 생성되지 않아. 증발하는 마정석이 나올 뿐이지. 그걸 마강석으로 만드는 건……."

"너만 가능한 건 아니잖아? 던전 스스로가 자멸을 선택하면 마강석이 되는 거니까."

"으음……."

"만약 그 비밀을 알고 있는 누군가가 마강석을 모아서 중앙 대륙과 왕래를 시작한다면?"

"전이 마법진은 어쩌고?"

"그 부분은 모르겠지만……. 뭔가 방법이 있을 수도 있는 거지."

애쉬가 제기한 의문은 한동안 내 머릿속에서 소용돌이쳤다.

그러나 얼마 지나지 않아 칠죄종의 영역에 들어왔기에 정신을 새로이 고치며 이 화제는 뒷전으로 밀어 놔야 했다.

칠죄종의 영역 앞은 왕국의 경비대가 지키고 있었다.

우리가 그 토벌을 하러 왔다고 하자 경비대는 절박한 표정으로 애원한다.

"부탁드립니다! 제발 이 악몽을 끝내 주십시오!"

"알겠습니다. 그러니 막고 있는 장애물을 치워 주세요."

"예, 용사 나으리!"

경비대가 장애물을 치우고 나서야 다시 출발을 할 수 있었다.

그렇게 구역에 진입하자 마차 주변으로 불온한 기운들이 느껴졌다.

가스파르가 속삭인다.

"알스, 누군가가 우리를 노리고 있다."

"칠죄종에 지배당한 도적이라도 되는 거겠죠."

"어쩔까, 처치하고 갈까?"

"아뇨, 그럴 시간은 없습니다. 간단히 위협만 주면 도망갈 거예요."

그 역할은 레이틴이 맡아 주었다.

"불꽃놀이 좋아하시나요!? 흐아아앗!"

레이틴이 발사한 불덩이가 하늘로 솟구치더니 콰앙! 하며 폭발했다. 이에 우리를 노리던 도적들은 화들짝 놀라 기척을 숨겼다.

그렇게 쥬라스가 이전에 거점으로 삼았던 지점까지 도착할 수 있었다.

"여기서부턴 흩어져야 해요. 엘레나, 일리야 조는 이곳에서 구원이동을 사용한 뒤 다른 진입 지점으로 이동해 주세요!"

이번 토벌에 동원된 세 개의 조.

조 구성의 기준은 각 인원의 유대감이었다.

먼저 내가 속한 조의 구성은 나, 에리나, 에스텔, 에오니아, 애쉬, 가스파르, 유미르의 조였다.

유대감 최고치의 가장 안전한 팀으로, 주력을 맡는다.

다음 엘레나가 리더인 팀에는 루크레치아, 레이틴이라는 소꿉친구 듀오와 엘프들인 베아트, 피온, 마르가리타, 나머지 엘프 수호대 하나가 들어가며 일곱 명이 된다.

마지막 일리야 스승의 팀에는 안톤, 리노아, 안두하, 귄터, 소피아, 그리고 쥬라스가 붙여 준 첩보원 하나가 더해져 일곱 명이다.

그리고 지금 여기 구원이동을 사용한 거점지에 보조팀인 메이센과 미라벨, 비스케타가 있었다.

메이센은 구원이동으로 돌아온 이들의 저주를 해제하기 위함이고, 미라벨은 호위 역할, 비스케타는 그 미라벨이 돌발 행동을 하지 못하도록 막는 억제 수단이다.

도합 24명의 중규모 파티.

마침내 다른 진입 지점에서 준비가 완료됐다는 신호탄이 쏘아지며 칠죄종 토벌이 시작된다.

"동굴 내부를 지나치면 숲이 나타난다고 해요. 그곳까지 최대한 빠르게 이동하겠습니다!"

칠죄종의 내부로 들어가는 동굴에는 귀기가 흘렀다.

입구에는 피로 쓰인 글귀가 다수 있었고, 시체 썩는 냄새도 은근히 풍겨 왔다.

칠죄종 자체에는 괴물들이 존재하지 않지만, 미쳐 버린 사람들과 토벌을 갔다 죽거나 실종이 된 사람들이 아직 내부에 있었던 것이다.

'이곳이 칠죄종……'

가장 흉악하다는 10대 던전.

그 흉악함을 깨닫게 된 것은 동굴에 발을 내디딘 그 순간부터였다.

"윽……!?"

가슴을 옥죄는 불길한 기운.

그 기운은 마치 내 내면에 있는 추악함을 끄집어내려는 듯이 들쑤셨다.

'이건……!?'

인색의 저주. 다른 이에게 베풀기를 거부하며 오직 자신만을 생각하게 되는 저주다.

나는 기본적으로 베푸는 사람이긴 하지만 그건 내 지인들에 한해서다. 나도 다른 이들을 상대로는 이기적이게 구는 경우가 많다.

저주는 그 부분을 극대화시켜 내 정신을 지배하려 했다.

"후우……!"

나는 심호흡을 하며 그 저주를 다스렸다. 쥬라스가 말하길 한번 그 저주에 굴복하지 않으면 당분간은 괜찮다는 모양이다.

그 말대로 평정을 찾고 나니 버틸 만해졌다. 여전히 불온한 것이 가슴을 옥죄고 있긴 했지만 이 정도면 문제없었다.

인색의 저주를 극복한 나는 동료들을 살펴보았다.

먼저 애쉬의 경우다.

"우오오옷! 부자가 되고 싶어! 돈을 벌어서 나만의 하렘을 건설하고 싶다고! 우오오옷!"

탐욕의 저주에 걸렸는지 울화통을 터뜨리는 애쉬. 심각한 건가 했으나 녀석은 곧 평정을 되찾았다.

"휘유! 토해 내니까 좀 편해지네."

"나 참, 놀랐잖아."

"그냥 해 본 거야. 애초에 내가 돈에 관심이 있었던 것도 아니고."

"그건 그렇지."

어쨌든 애쉬가 탐욕의 저주를 극복해 줬다.

다음은 가스파르다.

"아……. 진짜 귀찮네. 그냥 여기서 자면 안 되냐?"

나태의 저주가 분명했다.

"난 노인이라고. 노인네를 이렇게 굴려서 쓰냐? 어휴……. 좀 자련다, 깨우지 마라……."

그러나 그런 가스파르를 유미르가 호된 목소리로 다그쳤다.

"뭐 하고 계세요, 아버지! 당장 일어나세요!"

"헛!?"

처음으로 나온 아버지라는 호칭에 가스파르가 번뜩 정신

을 차렸다.

"미, 미안하다!"

유미르가 혼쭐을 내자 가스파르는 순식간에 나태의 저주를 극복해 냈다.

새삼 자기가 아버지라는 걸 들켰다고 생각하니 부끄러웠는지 어쩔 줄을 몰라 한다.

가스파르를 혼낸 유미르는 곧장 내게 시선을 돌렸다.

"도련님도 도련님입니다! 언제까지고 편식을 하시고! 제가 음식을 얼마나 고심해서 만들고 있는지 아세요! 그걸 고통스럽게 드시고 있는 모습을 보면 제 마음도 찢어진다고요!"

"미, 미안."

분노의 저주가 확실해 보였다.

"앞으로는 조금 자제할게."

"조금 자제하는 정도로는 안 됩니다! 다시는 편식하지 않겠다고 맹세하세요!"

"하핫……."

"왜 웃으시는 거죠!?"

"아니, 네가 그렇게 감정을 내보이니 뭔가 흐뭇해서."

"……헛!?"

그제야 냉정을 찾았는지 유미르가 당황한다.

"도련님, 이건 그게……."

"내가 편식하는 게 그렇게 싫었으면 전에도 지금처럼 따끔

하게 말하지 그랬어."

"아, 아뇨……."

"다른 부분은 화나는 거 없어? 류나를 키우는 것에 대해서라든가."

"없습니다. 도련님이 최선을 다해 주시는 건 언제나 알고 있으니까요."

유미르는 부끄러워졌는지 시선을 피한다. 어쨌든 분노의 저주는 극복한 모양이다.

칠죄종이라고 해서 무척 긴장하고 있었지만 은근히 재밌는 구석이 있었다.

그다음 에오니아는 가관이었다.

"저기, 에오니아 씨?"

애쉬의 말에 에오는 미간을 팍 찌푸린다.

"……어느 안전이라고 내 이름을 서슴없이 부르느냐! 나 에오니아 미라벨! 쿠라벨 성국의 발키리이자 왕족이니라! 고개를 조아려라, 우민!"

"아, 옙. 그러십니까."

교만의 저주에 걸린 에오는 자기가 신이라도 된 것처럼 행동하고 있었다.

애쉬는 못 당하겠다며 내게 맡겼다.

나는 에오에게 다가가 눈을 마주쳤다. 에오가 멈칫한다.

"그, 그러니까 나는……. 저기……."

"왜, 우민이라고 해 봐."

"아뇨, 저기⋯⋯. 알스 님에게 그런 말을 할 수는 없는 노릇이고⋯⋯."

"정신 차렸어?"

"⋯⋯옙. 난리를 피워 송구합니다."

에오를 한 방에 제압한 나는 기세를 이어 에리나에게 향했다.

'이제 남은 건 색욕와 질투.'

에리나가 무엇인지는 금방 알 수 있었다.

그녀는 몸을 배배 꼬며 뜨거운 눈으로 날 바라보고 있었던 것이다.

"아, 알스 님⋯⋯."

"헉."

이건 생각 이상으로 위험했다. 내가 손을 대면 오히려 역효과가 날 것 같았다.

에리나는 본능을 이기지 못하고 내게 달려들려 했다.

'곤란한데.'

이러면 어쩔 수 없이 저주 해제 주문서를 사용해야 했는데, 이 저주 해제 주문이 광역으로 발동하는 탓에 다른 사람의 저주도 사라지고, 초기화된다.

저주는 어차피 다시 랜덤으로 발동하기 때문에 오히려 또 다른 저주를 극복해야 하는 안 좋은 상황이 되는 것이다.

그러니 어떻게든 에리나가 색욕의 저주를 극복해 줬으면 했다.

"저 더 이상은 못 참겠어요! 지금 당장 안아 주세요!"

내가 같은 팀에 있는 게 오히려 역효과가 난 듯했다. 에리나는 옷의 단추를 풀어 헤치며 당장이라도 입을 맞출 것처럼 뛰어든다.

그 어깨를 꾹! 에스텔이 붙잡았다.

'잠깐, 에리나가 색욕이라면 에스텔은 그럼 질투의 저주에 걸렸다는 건데……?'

이 상황에서 질투를 한다면 어떤 과격한 짓을 벌일지 몰랐다.

나는 서둘러 에스텔을 막으려 했으나 에스텔은 짝! 에리나의 뺨을 때리며 소리친다.

"정신 차려, 에리나! 공작가의 영애가 그런 본능 따위에 지면 되겠어!?"

"읏……!"

그게 효과가 있었는지 에리나는 가까스로 진정을 한다.

"고, 고마워, 에스텔."

"알면 됐어."

이런 게 유대감인가 싶었으나 그 에스텔이 질투의 저주에 걸리고도 이런 평정심을 가지고 있는 게 더 놀라웠다.

"저기 에스텔……?"

"왜 그래?"

"아니, 괜찮아? 질투의 저주에 걸린 거 아니야?"

그러자 에스텔은 코웃음을 쳤다.

"질투 따위 옛날 옛적에 초월했거든. 알스 네가 에리나와 밀회를 하던 때부터……. 아카데미 여자애들과 시시덕거리던 것도 전부……. 그때에 그걸 극복한 내게 이딴 저주가 대수겠어?"

"대박사건."

저주가 아예 통하지 않는 질투의 경지라니.

모두가 에스텔의 정신력에 전율하고 있었다.

그렇게 일곱 명 모두가 저주를 하나씩 극복한 뒤, 우리는 본격적으로 칠죄종 내부로 향했다.

칠죄종의 내부로 향하는 동굴은 어두컴컴했다.

그나마 쥬라스가 탐험을 할 때 개척을 해 놓은 모양이었지만, 그럼에도 앞이 잘 보이지 않았다.

'빨리 내부의 숲이 나왔으면 좋겠는데.'

당장은 각자가 저주를 극복하긴 했지만 일시적인 것이었다.

저주는 계속해서 마음을 뒤집고 유혹을 했다.

질투의 저주를 완벽하게 극복한 에스텔을 제외하면 다들 점점 힘들어했다.

나태의 저주에 걸린 가스파르는 틈만 나면 쉬고 싶어 했고, 유미르도 계속 울컥하는지 감정을 다스리기 어려워했다.

색욕의 저주에 걸린 에리나는 아까부터 얼굴이 새빨개 내쪽을 진득하게 응시하고 있을 정도다.

에오니아는 아예 저주에 굴복을 한 상태였다.

"우민! 어서 앞으로 가라! 흥, 이러니까 우매한 녀석들은!"

교만의 저주에 걸린 그녀는 나를 제외한 전부를 깔보고 있었다. 오직 나만이 컨트롤할 수 있었다.

"에오, 그렇게 말하는 네가 앞장을 서."

"웃, 가, 감히……."

"감히? 계속 말해 봐. 나한테 우민이라고 하고 싶으면 해도 돼."

"아, 아뇨! 제가 어떻게 알스 님에게 그러겠습니까! 앞장을 서겠습니다!"

그렇게 겨우 동굴을 빠져나오자 나무가 울창한 숲이 나타났다.

"휘유! 이제 좀 한숨 돌리겠네."

시원한 공기를 마시니 머리가 상쾌해지는 것 같았다.

"자, 그럼 빨리 중심부로 갑시다. 가스파르! 앉아 있지 말고요!"

그때 애쉬가 내 어깨를 붙잡았다. 녀석은 불쾌하단 표정을 지으며 말한다.

"알스, 미안한데 저주 해제 주문서를 써 주지 않겠냐?"

"왜, 아까는 괜찮다며."

"그게 그런 줄 알았는데…… 탐욕이라는 게 돈에만 국한된 게 아니더라고."

"뭐?"

"친구의 여자를 뺏어 버려라……. 빌어먹을 게 그렇게 내게 속삭이고 있어. 내가 이딴 생각을 한다는 것 자체가 혐오스러워서 미쳐 버릴 것 같은 느낌이야."

애쉬는 진심으로 그렇게 말하고 있었다.

나는 그제야 이 칠죄종의 저주가 생각보다 더 위험하다는 걸 깨달았다.

처음엔 버텨 내도 결국엔 굴종시켜 버리기 때문이다.

"알스 님……? 저도 부탁드릴게요. 이젠 정말 참기가 힘들어요."

에리나가 몸을 배배 꼬며 말했다. 에스텔이 붙잡고 있지 않았다면, 이미 내게 달려들었을지도 모르는 일이었다.

"어쩔 수 없네. 그럼 사용할게."

솔직히 말하면 지금 이 저주 상태가 최선이라고 생각했다.

가스파르가 분노하거나 애쉬가 나태해지면 어떻게 될지 불 보듯 뻔했기 때문이다.

그래도 애쉬와 에리나가 너무 괴로워하니 저주 해제로 재분배를 하기로 했다.

찌익! 저주 해제 주문서를 사용하자 청량한 기운이 파동치며 우리를 감쌌다.

그러자 나를 괴롭히고 있던 인색의 저주가 사라지는 게 느껴졌다.

그러나 곧 새로운 저주가 나를 덮쳤다.

"으⋯⋯!"

세상 모든 것을 내 것으로 만들고자 하는 탐욕의 저주.

잠깐 괴로웠으나 나는 기본적으로 무욕적인 편이었기에 금방 극복을 했다.

"후우! 다들 괜찮아?"

그러나 괜찮지 않았다. 다들 가슴이나 머리를 부여잡고 괴로워했다.

"일단 참고 나아가자. 정 힘들면 저주 해제를 한 번 더 사용할 테니까."

나는 앞으로 나아가며 각자의 상태를 점검했다.

먼저 유미르는 색욕의 저주에 걸려서 꼬리와 귀를 바쁘게 움직이고 있었다. 은근히 내 쪽을 곁눈질한다.

그나마 유미르가 색욕을 맡아 준 게 다행이었다.

자제심이 높은 그녀는 꾹 참고 조용히 걸어가고 있었다.

에오니아의 경우엔 분노의 저주였다. 건드리면 물겠다는 듯한 분위기가 감돌아서 무척 위험해 보였으나 이것도 내가 컨트롤할 수 있었다.

"에오, 나한테 뭐 기분 나빴던 일이라도 있어? 화를 내고 싶으면 내도 돼."

"아닙니다! 알스 님에게 제가 어떻게……."

내가 보기에 분노와 질투, 탐욕, 색욕의 저주가 가장 위험했다. 이 네 개만큼은 정신력이 강한 사람이 맡아 줘야만 했다.

그나마 질투는 가스파르가 맡아 주었다. 그는 딱히 질투할 게 없다는 듯 무난하게 극복을 해 주었다.

인색에 걸린 에스텔도 문제는 없었지만, 교만에 걸린 에리나는 견디기 괴로워했다.

공작가 장녀로서의 특권 의식이 차오른 것이다.

걱정이 된 에스텔이 손을 내밀자 탁! 그 손을 거칠게 쳐 버렸다.

"내 몸에 손대지 마! 불결하니까!"

"에, 에리나……?"

에스텔은 강한 충격을 받은 듯했다. 이건 내가 나설 수밖에 없었다.

"에스텔, 너도 계속 걸어. 에리나는 내가 맡을 테니까."

"……응, 에리나를 잘 부탁해."

나는 에리나를 부축해 일으켰다.

그녀는 입술을 앙 깨물며 무언가를 참고 있었다. 그러면서도 방금 에스텔에게 한 행동을 자책하며 눈물을 흘리고 있었다.

"알스 님……. 어서 이 던전을 토벌해요……. 이 이상 가다간……."

"알고 있어. 조금만 견뎌 줘."

왜 칠죄종이 그만한 희생자를 냈는지 이제는 확실히 알 것 같았다.

유대감이 가장 높은 내 파티가 이럴 정도였으니, 다른 쪽은 어떤 상황일지 무척 걱정이 됐다.

거점지에서 대기하고 있던 메이센은 곤혹스러운 표정으로 주변을 눈짓하고 있었다.

어느새 그녀가 있는 곳을 수십 명의 도적들이 포위하고 있었기 때문이다.

"미, 미라벨 씨, 조심하세요, 저들이 언제 달려들지 몰라요!"

"……."

그러나 미라벨은 메이센의 말을 귀담아듣지 않고 칠죄종의 중심부가 위치한 곳을 멍하니 바라보고 있을 뿐이었다.

그런 그녀의 곁으로 탁! 하는 지팡이 소리와 함께 반달린이 나타났다.

그가 다시 지팡이를 바닥에 내리치자 청아한 소리와 함께 주변을 포위하고 있던 도적들이 하나둘 기절하기 시작한다.

미라벨은 중얼거리듯 말했다.

"반달린, 이곳이 바로 메파트라를 타락시켰다는 그곳입니까?"

고대 엘프어로 한 말이었기에 메이센과 비스케타는 알아듣지 못했다.

반달린은 잠시 뜸을 들인 뒤 답한다.

"그렇다. 내 동포인 공존의 메파트라가 만든 곳이지."

"이곳에서 대체 무슨 일이 있었던 거죠?"

"녀석은 인간을 시험하여 결과적으로 고발하고자 했다. 인간이 범하는 일곱 가지의 죄들을 모아 인간의 추악함을 보여 주려 했어. 그걸 통해 인간은 공존할 수 없는 종족이며 해악한 존재라는 걸 모든 이에게 알리고, 본인 스스로도 그렇게 합리화하려는 거였지. 녀석은 공존이라는 자신의 사명이 흔들리는 것을 무척 괴로워했으니까."

"인간은 공존할 필요가 없는 존재라는 걸 자기 스스로에게 납득시키고자 한 겁니까?"

"그래."

"하지만 메파트라는 결국 혼돈의 존재로 전락하고 말았어요. 그렇다는 건 인간이 그의 시험을 통과했다는 거군요. 그는 그걸 받아들이지 못하고 미쳐 버린 거고요."

"정확하다."

이 칠죄종은 그렇기에 지키고 있는 괴물이 존재하지 않았다. 던전의 주인인 메파트라는 미쳐 버린 채로 여전히 생존해 있었으니까.

"그 알스 일라인이라는 인간이 메파트라의 시험을 통과할 수 있을까요?"

"나도 모르겠다. 쉬운 일은 아니니까."

"……."

미라벨은 걱정스러운 얼굴로 칠죄종을 바라보고 있었다.

그러던 중 스륵! 하며 구원이동을 통해 누군가가 나타났다. 다름 아닌 에리나였다.

에리나는 무언가를 간신히 참는 것처럼 사색이 되어 있었다.

"에리나!?"

메이센은 다급히 저주 해제 주문을 외웠다. 그제야 에리나가 숨을 몰아쉬며 안정을 찾았다.

그것도 잠시, 절박한 표정으로 소리친다.

"다, 당장 알스 님을 도우러 가야 해요!"

"무슨 일이 있었던 거예요?"

"내 탓이에요……. 내가 너무 힘들어한 탓에……!"

에리나가 사정을 설명하기도 전에 스륵! 스륵! 계속해서 구원이동이 발동하여 사람들이 나타나기 시작했다.

그 전부가 알스의 파티였다.

저주 해제를 받은 애쉬는 욕지거리를 내뱉었다.

"그 빌어먹을 녀석! 혼자 짊어지려고 하다니!"

내막은 간단했다.

정신력이란 소모되기 마련이다. 사람들은 저주가 계속될수록 점점 더 버텨 내기 힘들어했다.

그럴수록 저주 해제 주문서는 빠르게 줄어들어 갔고, 결국엔 바닥이 나기에 이른 것이다.

예상한 것보다 저주 해제 주문서의 소모량이 빨랐던 것.

그런 상황이 되자 양자택일을 할 수밖에 없어졌다.

일단 후퇴를 하든가, 그도 아니면 억지로라도 중심부로 향하든가.

"알스 님이 혼자서 중심부로 향하셨어요! 위험할 땐 구원 이동으로 빠져나온다고 말하셨지만……!"

알스가 혼자가 됐다는 건 일곱 개의 저주를 혼자 받고 있다는 뜻이었다. 평범한 사람이라면 당장 미쳐도 이상하지 않은 수준이었다.

"그, 그런……."

메이센은 마른침을 꼴깍 삼켰다.

저주 해제 주문서가 없는 이상 저주 해제 주문을 사용할 수 있는 본인이 무리를 이끌고 칠죄종에 진입을 해야 했기 때문이다.

"이제 어떡하죠? 반달린 님!"

공황 상태에 빠진 그녀가 반달린에게 물었다. 그러면 무슨 해답이라도 줄 거라 생각했으니까.

그러나 반달린은 짧게 대답했다.

"그때도 이러했다."

"예……?"

"칠죄종이 실제 역사에서 발생했을 때도, 던전으로 나타나 토벌이 됐을 때도 똑같았단 말이다. 결국 중심부에 도착한 건 세 명뿐이었어. 이제 곧 다른 무리에서도 한 명이 뽑히겠지."

그는 고개를 절레절레 흔들었다.

"첫 번째와 같은 기적이 일어날지, 두 번째와 같은 참사가 벌어질지……."

그 말이 끝나기 무섭게 스륵! 구원이동이 발동하여 다른 파티의 사람들이 나타나기 시작했다.

그 숫자는 각각 다섯 명과 여섯 명이었다.

"뭣……?"

이에는 반달린도 미간을 좁혔다. 한 명이 아니라 두 명이 중심부로 향한 무리가 있다는 뜻이니까.

이는 반달린조차 예상치 못한 상황이었다.

정신이 아찔했다. 악을 쓰고 버티지 않으면 당장이라도 미칠 것만 같았다.

일곱 개의 저주가 내 머릿속을 거칠게 헤집으며 이성을 끊으려 하고 있었다.

"후우! 다른 사람들을 보내 놔서 다행이네."

색욕의 저주가 특히 견디기 힘들었다. 다른 사람들을 보내 두지 않았다면 내 이성의 끈이 끊어졌을지도 몰랐다.

"방향은 여기가 맞는데……."

숲의 종착점.

수풀을 헤치고 나아가자 검이 꽂혀 있는 평지가 보였다.

"저게 바로……!"

그 검은 굉장한 보검으로 보였다. 손잡이에는 형형색색의 보석이 박혀 있었고, 검신은 돌을 간단히 벨 수 있을 정도로 날카로워 보였다.

그걸 보자 내 탐욕의 저주가 꿈틀거렸다. 당장이라도 저걸 차지해 자기 것으로 만들라 소리쳤다.

"진짜 시끄럽네."

나는 그 내면의 외침을 무시한 채 검이 있는 지점으로 향했다.

그때 부스럭! 하는 소리가 양쪽에서 들려왔다.

먼저 나타난 건 놀랍게도 베아트였다. 그녀도 무언가를 견디는 것처럼 이를 악물고 있었다.

나를 보더니 씨익 웃는다.

"그쪽도 같은 결론에 이르렀나 보군요. 저도 마찬가지였어요."

"……당신 무리의 대장은 엘레나였을 텐데요."

"그녀는 정신적으로 불안한 면이 있으니까요."

동감이었다. 엘레나가 일곱 개의 저주를 버텨 낼 거라고는 생각하기 힘들었다. 당장 일리야 스승에 대한 호승심을 보면 질투의 저주나 분노의 저주를 버티지 못했을 거다.

"윽……. 저는 당신이 나타난 탓에 색욕을 견디지 못하겠거든요."

"덮칠 거면 덮쳐 보든가요."

"그런 자극적인 말은 하지 마요. 정말 견디기 힘드니까."

"흥."

팔짱을 끼며 시선을 돌리는 베아트. 그리고 머지않아 부스럭하는 소리와 함께 일리야 스승과 안톤이 나타났다.

"주군! 무사하십니까!"

"무사해요. 그런데 그쪽은 둘인가요?"

"예, 저도 일리야도 버틸 만했으니까요. 다른 분들은 그 구원이동이라는 걸 사용해서 보내긴 했습니다만."

안톤은 정말 아무렇지도 않아 했다.

반면 일리야 스승은 색욕의 저주가 조금 견디기 힘든지 말이 없었다.

"어쨌든 이걸로 중심부에 도착하긴 했는데 말이죠······."

여기서부터 어떻게 하느냐를 알 수 없었다.

베아트가 말한다.

"검을 뽑아 보지 그래요?"

"역시 그래야 하는 걸까요? 조금 꺼림칙한데요. 아까부터 저 검을 차지하라, 차지하라 누군가 속삭이고 있는 것 같아서요."

"······저도 마찬가지예요. 그러니까 어서 뽑아 버려서 끝내 버리자고요."

"알겠습니다."

나는 성큼성큼 검을 향해 다가갔다. 그럴수록 검에서 느껴지는 요기 같은 것이 강해지는 것 같았다.

'보면 볼수록 명검이네.'

보석이 박힌 보검들은 보통 실용성이 떨어지기 마련이건만, 이 검은 그런 것 같지도 않았다. 검을 주력으로 사용하지 않는 나조차 사용해 보고 싶을 정도로.

꽉! 손잡이를 움켜쥐자 충만한 기운이 손을 타고 흐르는 게 느껴졌다.

쥬라스는 이걸 뽑지 못했다고 했으나 내가 힘을 주자 드르륵! 아무런 저항 없이 검이 뽑혀 나왔다.

"아……."

아찔한 자태의 검신. 나는 홀린 듯이 검신을 응시했다. 시험 삼아 오러를 사용해 보니 마치 물이 흐르듯 자연스럽게 검신을 타고 흘렀다.

그럴수록 내면에서 강렬한 목소리가 흘렀다.

이 검은 내 것이며 절대로 다른 이에게 줘선 안 된다고 인색과 탐욕의 저주가 소리쳤고, 이 검이 다른 자에게 있었다는 사실에 대한 질투와 분노. 그런 갖가지 감정이 한데 어우러져 매섭게 소용돌이쳤다.

그건 내가 아닌 다른 사람에게도 마찬가지였다.

베아트는 더 이상 버티기 힘든지 무릎을 꿇고 있었다. 그러면서도 시선은 내 검에 고정돼 있었다. 내 착각인지는 모르겠으나 빼앗고 싶어 하는 느낌이었다.

그러자 절대 뺏겨선 안 된다며 내 안의 누군가가 소리쳤다.

'그런 건가…….'

왜 칠죄종에서 생존한 사람은 역사적으로 한 명뿐이었는가. 그 진실을 알 것만 같았다.

몇 명이 이곳에 도착하든 이 검을 두고 자중지란을 벌였던 것이다.

'이 검을 파괴해야 돼.'

도무지 마음이 내키지 않았다. 그러나 나는 초인적인 자제심을 발휘하여 검을 들고 있지 않은 왼손으로 검을 뽑았다.

그걸로 검신을 부술 생각이었다.

그러나 그때였다.

"도무지 참을 수가 없군."

안톤이 대뜸 그렇게 말하며 무기를 뽑아 들고 내게 접근했던 것이다.

"안톤……!? 오지 마요……!"

그가 내게 다가올수록 여러 추악한 감정들이 고개를 들었다. 이 검을 뺏으러 오는 게 분명하니 공격해 무찌르라며 소리를 치고 있었다.

"크윽……!"

보검을 쥔 이후로 그런 부정적인 감정이 너무 강해졌다. 심지어 안톤이 무기를 빼 들고 다가오니 더 참기가 힘들었다.

왼손에 들고 있던 검으로 안톤의 목을 찔러야 한다는 생각이 강해졌다.

'그럴 순 없어! 내 가신에게 검을 휘두르다니……!'

철컹! 나는 필사적으로 손아귀에 힘을 풀어 왼손의 검을 떨어뜨렸다.

"홋."

안톤은 그걸 보고 씨익 웃고는 부웅! 오러를 잔뜩 실은 월도를 휘두른다.

나는 죽음을 각오했으나.

캉! 베어져 나간 건 내 목이 아니라 들고 있던 검의 날이었다.

안톤은 분노에 찬 목소리로 소리친다.

"감히 간사한 목소리로 주군에 대한 내 충성심을 이간질하다니, 어림도 없다!"

"안톤……!"

"알스 님, 그 검을 제게 주십시오. 완전히 부숴 버리겠습니다."

그는 검을 쥐고 있는 내 손을 부드럽게 펼치더니 검을 뺏어 들었다.

그 순간 안톤에게도 검의 추악하고 강렬한 목소리가 들린 듯했지만, 그는 피식 웃고는 그 검을 공중으로 내던졌다.

그러고는 휘릭! 획! 월도를 무참하게 휘두르며 수십 조각으로 부숴 버린다.

완전히 형체를 잃은 검.

그와 함께 칠죄종이 마나로 변해 사라지며 내 머릿속에 생생한 비전이 떠오르기 시작했다.

머릿속을 헤집고 들어오는 칠죄종의 역사.

먼저 떠오른 건 던전으로 생성돼 토벌된 역사였다.

이땐 끔찍한 비극이 일어났다.

칠죄종의 성격에 대해 잘 알지 못했던 왕국에서 1만에 달하는 대규모 병력을 파견해 토벌을 하려 했던 것이다.

이곳은 진입 인원이 많으면 많을수록 역효과가 나는 곳이었기에 1만의 병사들은 전부 저주에 당해 칠죄종을 배회하는 미치광이로 변모하고 만다.

그런 그들의 광기가 칠죄종의 저주를 빠르게 퍼뜨렸고, 결국 그 국가가 망하게 된다.

그 멸망한 국가 속에서 태어난 게 엘란 왕국이었다.

엘란 왕국의 초대 국왕인 메테우스는 칠죄종의 토벌을 위해 선별하고, 또 선별한 용사 집단을 토벌에 투입하게 된다.

그 집단의 리더는 최고의 전사이자 국왕 메테우스의 장남인 코라였다.

─제가 그 무시무시한 마굴을 소탕하고 오겠습니다, 아버님!

코라는 전술적인 수완을 발휘해 칠죄종을 배회하는 미치광이들을 쓰러뜨리며 자신을 믿고 따르는 가신 서른 명과 함께 칠죄종에 진입했다.

"윽……!"

머리가 지끈 아파 왔다.

그와 함께 참극이 생생하게 떠올랐다.

시작은 곁에 있던 두 가신 중 하나가 코라가 뽑은 보검을 노리고 공격을 가한 것이었다.

이에 커다란 배신감을 느낀 코라는 그 누구도 믿지 않게 됐고, 걸려 있던 탐욕의 저주가 광란하여 칠죄종에 들어온 가신들 모두를 찾아서 죽이기에 이른다.

그 과정에서 가신들은 제각각의 반응을 보였다.

누구는 크게 슬퍼하며 주군의 광란을 그대로 받아들였고, 누구는 분노하여 역공을 하기도 했다.

그렇게 최후의 순간에 혼자가 된 코라는 보검을 차지했다는 생각에 뛸 듯이 기뻐했지만, 보검과 칠죄종은 마나가 되어 사라져 갔다.

마치 인간의 추악함을 비웃는 것처럼.

뒤늦게 자신의 잘못을 깨달은 코라는 크게 후회했다.

영웅으로 추앙받으며 왕궁으로 돌아왔지만, 그는 머지않아 자결을 하고 만다.

"허억! 허억!"

그 비전이 끝나자 강한 탈진감이 몸을 덮쳤다.

"알스 님! 괜찮으십니까!?"

"괜찮아요. ……윽!"

칠죄종이 사라지는 속도가 더욱 빨라졌다. 그러면서 내게 마지막 비전이 떠올랐다.

그건 최초의 일. 실제 역사 속에서 벌어진 일이었다.

수천 년 전, 칠죄종 토벌을 진행한 건 전설의 용사라 이름이 높은 인간들이었다.

그 리더는 센텀이라는 희대의 보검을 가지고 있었다.

그가 그 보검을 치켜들기만 해도 사람들은 용기를 얻었으며 그를 영웅이라 칭송했다.

그 용사 무리는 칠죄종의 중심부까지 무리 없이 다다랐으나, 그곳에서 메파트라는 드래곤을 마주한다.

거기서 메파트라는 일곱 가지의 저주를 용사들에게 퍼부으며 보검에 대한 욕망을 부추겼다.

일찍이 성스러운 징표였던 보검이 욕망의 징표가 된 것.

이에 용사의 동료들이 자중지란을 벌였다. 성녀는 죽었고, 용사조차 치명상을 입고 죽음을 눈앞에 두었다.

메파트라는 그런 인간들을 크게 비웃었다.

-이것이야말로 인간의 본성! 뭐가 용사냐, 뭐가 성녀냐! 보검에 눈이 멀어 짐승처럼 서로를 죽고 죽이고 있지 않느냐!

그러나 그때 한 남자가 나타났다. 무리의 짐꾼이었던 그 렉이라는 남자였다.

그는 짐꾼이라는 이유로 동료들에게 멸시받고 무시받던 자였다.

폭언은 일상이었고, 일을 조금만 그르쳐도 폭행을 당하기 일쑤였다.

그런 그가 죽어 가는 용사를 향해 다가갔다.

메파트라는 일곱 개의 저주를 받고 있는 그렉이 용사를 죽이고 그 보검을 탐할 거라 생각했으나, 그렇지 않았다.

－당신은 왕국 모두의 희망이자 버팀목이야. 그런 당신이 이런 짓을 벌였다는 게 세간에 알려져선 안 돼.

그는 죽어 가는 용사의 눈을 감겨 준 뒤 그 보검을 잡았다.

그 보검에서 요기가 흘러나와 그렉을 유혹했지만, 그는 굴하지 않고 그대로 푸욱! 검을 땅에 꽂아 넣었다.

그러고는 왕국으로 돌아가 이렇게 보고했다.

－용사와 성녀는 훌륭하게 임무를 수행했지만, 내가 그의 보검을 탐하여 모두를 죽이고 말았다.

그렇게 그는 용사들의 치부를 모두 떠안고는 처형을 당하게 된다.

이게 실제 역사에 있었던 칠죄종의 일이었다.

이 일로 인해 두 마리의 드래곤은 강한 충격을 받았다.

희망의 올킨은 인간에게서 가능성을 보았고, 공존의 메파트라는 이러한 숭고함을 인정하지 못하고 미쳐 버리고 말았다.

"이것이 진실······."

너무나도 슬픈 과거였다.

"······실로 놀랍구나."

반달린의 목소리였다.

그는 언제 다가왔는지 옆에 있었다.

"설마하니 그 누구도 죽지 않고 일을 끝낼 줄이야!"

"반달린······! 젠장, 이런 위험한 곳이었다면 경고라도 해주지 그랬습니까!?"

정말로 위험했다. 조금만 잘못했어도 최악의 상황이 벌어졌을 정도로.

그러나 반달린은 고개를 흔들었다.

"무슨 소리를 하는 게냐. 난 네게 칠죄종을 토벌하라고 말한 적은 단 한 번도 없었다."

"······예? 그, 그거야."

그렇긴 했다. 반달린은 오히려 칠죄종에 대한 정보를 주려하지 않았었다.

"그런데도 넌 칠죄종으로 향한 거다. 내가 반대로 너에게 묻지, 넌 어째서 칠죄종의 토벌을 결심한 게냐?"

그렇게 들으니 칠죄종 토벌을 부추긴 건 다른 사람이었다.

"······쥬라스 녀석 때문입니다."

녀석이 나라면 대수롭지 않게 토벌할 수 있을 것이라 얘기를 했기 때문에 나도 안심을 할 수 있었던 거다.

"그놈이 저라면 어렵지 않게 끝을 낼 수 있을 거라 하더군요."

"쥬라스 파밀리온인가……. 그놈은 나로서도 속을 읽을 수 없는 불가사의한 인간이다. 하지만 이 결과를 보면 그의 통찰력이 옳았던 것 같군. 넌 보기 좋게 이곳을 소멸시켰으니까 말이다."

반달린은 칠죄종이 소멸하여 나타난 큼지막한 마강석을 내게 내밀었다.

이는 이제 칠죄종이 다시는 나타나지 않을 거라는 뜻이었다.

칠죄종을 소멸시키고 바이언으로 돌아오는 길.

가신들은 이번 칠죄종에서의 일을 떠들고 있었다.

"하하하! 그래서 있잖아. 유미르 씨가 가스파르 씨에게 버럭 화를 냈다니까? '아버지! 어서 일어나세요!'라면서 말이야."

애쉬는 우리 파티의 치부를 낱낱이 드러내고 있었다.

유미르는 입 좀 다물라며 눈치를 보낸다.

"맞아, 에오니아 씨가 백미였지! 갑자기 '비켜라, 우민!'이라면서 잰척을 했거든. 그런데 알스에게만은 그렇게 못 하겠는지 순한 토끼가 되더라니까?"

"에잇! 닥쳐라, 애쉬! 그게 무슨 좋은 일이라고 떠들고 다니는 거냐!"

에오의 호통에도 애쉬는 말을 멈추지 않았다.

"난 이런 걸 터놓고 얘기해야 한다고 생각해요. 속에 담아 두고 끙끙거리는 것보단 낫잖아요? 아, 그리고 에스텔이랑 에리나도 엄청났거든!"

애쉬가 떠들면서 분위기를 띄우자 다른 무리에서도 얘기가 나왔다.

다른 파티도 상당한 우여곡절이 있었던 듯했다.

특히 엘레나 파티가 가관이었다.

루크레치아와 레이틴이 키득거리며 말한다.

"엘레나 씨가 갑자기 '어서 움직이지 못할까, 굼벵이들! 이래서 우민들은!'이라고 소리를 쳤거든요. 이 부분은 에오니아 씨를 닮은 것 같네요."

"루크! 조, 조용히 하세요!"

"그러다가 저주 해제 주문서를 쓰고 나태의 저주에 걸리고 서는 가고 싶지 않다며 난리를 피우셨죠."

"크웃!"

애쉬의 말이 맞았다. 이런 부정적인 감정들을 속에 감춰 두기보단 이런 식으로 허심탄회하게 얘기를 하는 게 더 나았다.

그러던 중, 마지막에 대한 이야기가 나왔다.

다들 중심부에서 어떤 일이 벌어졌는지 궁금했기 때문이

다.

이에 베아트가 대표해서 설명을 했다.

"저 안톤이라는 남자는 정말 충성스럽더군요. 보검의 간사한 속삭임에 오히려 화를 내며 보검을 부러뜨려 버렸어요. 감히 자신의 충성심을 시험하냐면서 말이죠."

"베아트 님, 부끄럽습니다. 거기까지만 하시지요."

안톤은 극구 말렸으나 베아트는 고개를 흔들었다.

"엄청난 정신력과 충성심이었어요. 인간 중에는 당신과 같은 인물도 있는 거군요. 게다가 알스 일라인도 대단했죠. 상대가 덤벼드는 거라 오해할 수 있는 그 상황에서 자신을 보호하는 게 아니라 가신을 보호하기 위해 검을 버렸거든요."

'오오오!' 하는 탄성이 흐른다.

안톤은 부끄럽다는 듯 손사래를 친다.

이런 모습을 에오니아가 그냥 두고 볼 수 있을 리가 없었다.

"으그극⋯⋯!"

안톤의 충성심이 칭송받고 있는 모습에 에오는 이를 갈고 있었다.

그러면서 내게 속삭여 온다.

"알스, 그 칠죄종이라는 거 다시 만들 순 없어? 이번엔 내가 보검을 부러뜨려 보일게! 나도 그렇게 할 수 있단 말이야!"

"......!"

나는 그제야 쥬라스가 왜 칠죄종 토벌을 권유했는지, 그게 왜 나에겐 쉬운 일이라 했는지를 알 것 같았다.

녀석은 잘 알고 있었던 것이다.

그 최후의 순간에 가신들이 날 도울 것을, 내가 가신에게 절대로 위해를 입히지 않을 거라는 것을 말이다.

이번에는 안톤이 그 역할을 맡았지만 아마 유미르도, 에오니아도, 애쉬도, 가스파르도, 대부분의 가신들이 내가 쥐고 있는 보검을 파괴해 줬을 것이다.

나는 그렇게 될 거라는 걸 마음속 깊이 확신하고 있었다.

드르륵! 마침내 마차를 타고 칠죄종 구역을 벗어나자 구역을 봉쇄하고 있던 경비병들이 눈을 크게 뜨고 맞이한다.

"칠죄종 토벌을 끝마치신 겁니까!?"

"예, 칠죄종은 소멸했습니다. 지금 당장 수도에 전갈을 보내 이 소식을 전하도록 하십시오."

"대단한 일을 하신 겁니다! 당신은 영웅이에요! 영웅!"

악몽이 끝난 것에 감격을 했는지 눈물까지 흘리는 경비병들. 그만큼 스트레스가 상당했던 것이다.

우리는 그 경비대의 호위를 받으며 바이언에 복귀를 했다.

소식이 이미 전해져 있는지 시민들이 집을 나와 우리의 복귀를 축하하고 있었다.

여기저기서 칭송의 목소리가 울려 퍼진다.

나야 늦지의 요람 토벌전 때문에 바빠서 몰랐던 거지만, 칠죄종의 악명은 이미 수도까지 퍼져 있었던 모양이다.

'어서 집으로 돌아가서 아기들을 보고 싶은데 말이지……'

시민들의 인파가 우리 마차의 행로를 강제로 왕궁 쪽으로 향하게 했다.

왕궁 내부에 마차를 세운 나는 피곤함에 기지개를 켰다.

"소피아, 나머지 일은 당신이 처리해 줄래요? 전 좀 쉬고 싶은데요."

그러자 소피아는 고개를 흔들었다. 그녀는 방금 막 궁정 신하에게서 무언가를 귀띔받은 모양이었다.

"웨이드, 당신도 잠깐 가 줘야 할 것 같아요. 로자가 성대한 공치사를 준비하고 있다는 듯하니까요."

"귀찮게시리……"

나는 가신들을 저택으로 보낸 뒤 소피아와 둘이 알현실로 향했다.

근위대장인 루크레치아와 궁정 마법사인 레이틴도 뒤를 따랐다. 둘은 왜인지 비장한 표정을 짓고 있었다.

"루크, 무슨 일이라도 있는 겁니까?"

"……"

루크는 입을 꾹 다물었다. 뭔가 있는 게 확실했다.

그걸 캐내고 싶었으나 금방 알현실에 도착하고 말았다.

그곳에는 로자를 비롯해 궁정 신하들이 모두 자리하고 있었다.

한껏 차려입은 로자는 우리를 보고선 씨익 웃는다.

"칠죄종 토벌을 성공적으로 끝마쳤다고 들었다. 알스 일라인."

"……예, 폐하가 분부하신 대로 끝마쳤습니다."

"그대에겐 고마운 마음뿐이다. 왕위를 계승할 때도 연맹의 악행을 폭로해 나를 도와줬었고, 이런 대혼돈의 시기에 생사결, 늪지의 요람이라는 최상위 던전은 물론이고 칠죄종이라는 10대 던전까지 토벌을 해냈으니까. 이건 위대한 업적이다!"

왜 이렇게 혀가 긴 건지는 금방 알 수 있었다.

"그런 그대에게 합당한 지위를 주고자 한다. 알스 일라인, 그대를 지금부터 우리 엘란 왕국의 공작 위에 임명하겠노라!"

"……!?"

너무 놀라 말이 안 나왔다. 그냥 귀족 작위를 주는 것만 해도 놀라 자빠질 만한 일인데 심지어 그냥 귀족 작위도 아니고 공작이라니.

공작이라면 국가에 몇 없는 절대적인 대귀족을 말함이었다.

그때 소피아가 시선을 돌리지 않은 채 입만 움직여서 사정을 설명했다.

"기존의 공작 위를 가지고 있던 두 가문이 지난 왕위 계승전과 이번 대혼돈으로 인해 몰락했어요. 그 빈자리를 채울 필요가 있었던 거죠."

"칠죄종의 토벌은 딱 좋은 명분이 됐다는 거군요."

"그런 셈이죠."

이어서 로자는 소피아에게도 백작 작위를 내리며 공치사를 끝냈다.

궁정의 신하들은 수군거리며 우리의 눈치를 보았다. 나와 소피아의 영향력이 커진 것에 대한 불안이 보였으나 이상하게도 불만은 보이지 않았다.

소피아가 한숨을 쉰다.

"쥬라스 그 작자예요. 그 작자가 이미 불만을 가진 신하들을 전부 숙청해서 왕궁의 규율을 꽉 잡았거든요. 그러니 당신이나 저에 대한 불만이 있을 수가 없죠."

"헉."

그런 상황이니 로자가 나를 공작으로 임명하는 것도 무리가 없었던 것이다.

로자는 이제야 내게 제대로 된 자리를 만들어 줬다는 듯, 무척 기뻐하고 있었다.

그런 그녀의 순수한 호의를 봐서라도, 이번 공작 위는 거절하지 않기로 했다.

작위 수여식이 끝나고, 알현실을 나온 나는 왕궁 정원으로 향했다.

그곳에서 쥬라스가 기다리고 있었기 때문이다.

정원 의자에 앉은 나는 곧바로 축 늘어졌다.

신체적인 피로는 없었지만 정신적인 피로감이 대단했다.

"훗, 의외로 고생한 모양이군요."

"의외로가 아니라고요. 어서 저택으로 돌아가서 쉬고 싶은 마음뿐이에요. 그래서 뭡니까? 저한테 하고 싶은 말이라는 게."

"몇 가지가 있습니다만, 우선 당신 이야기를 좀 해 주지 않겠습니까?"

"칠죄종 토벌에 관해서라면 당신이 예측하고 있던 대로 진행이 됐습니다."

"내 예측이라뇨? 전 무엇도 예측한 적이 없었습니다만."

"시치미 떼지 마요. 그 보검을 보고 온 당신이라면 칠죄종의 본질이 뭔지는 알아냈을 것 아녜요."

"훗, 역시 그런 것이었습니까. 그래서 누구였죠? 당신을 정신 차리게 해 준 건."

"안톤입니다."

그러자 쥬라스는 흥미가 팍 식었다는 듯이 메마른 표정을 짓는다.

"가장 재미없는 경우의 수군요. 개인적으로는 애쉬 페이튼이나 귄터, 소피아 베론이 그 역할을 하길 원했는데 말이죠. 그쪽은 혹시나의 변수가 있으니까요."

"뭐래요. 이제 당신 얘기나 해 봐요."

"흠."

녀석은 한번 뜸을 들이더니 입을 뗀다.

"그 요상한 추적 마법을 사용할 수 있는 엘리엇이란 자를 발견했습니다."

"정말입니까? 그는 지금 어디 있죠!?"

"북대륙에 있는 연맹 지부 감옥에 갇혀 있어요. 도로시 그림우드도 마찬가지입니다."

"도로시도요!? 감옥엔 왜 갇혀 있는 겁니까?"

"연맹의 권력 다툼 때문이죠. 당신이 이전에 연맹을 헤집어 놓은 탓에 그곳은 이미 폭발하기 직전이었어요. 이번 대혼돈은 좋은 구실이 됐죠. 이 혼란 속에서 연맹들이 대대적인 권력 다툼을 시작한 겁니다."

"엘리엇과 도로시의 연맹은 그 권력 다툼에서 지고 만 겁니까?"

"아무래도 그렇겠죠."

남은 실종자를 찾기 위해서라도 엘리엇은 확보를 해야 한다. 도로시의 안전도 마찬가지다.

"당장 구출 작전을 생각해야겠네요. 정보 고맙습니다."

"아, 그리고 한 가지가 더 있습니다. 오히려 이게 핵심이에요."

"뭐죠?"

"제가 뿌린 정보원이 극비리에 입수한…… 조금 믿기 힘든 정보입니다."

드물게도 쥬라스의 표정에서 여유가 없어 보였다. 그 또한 받아들이기 힘든 정보라는 뜻이었다.

이어지는 그의 말에는 나도 귀를 의심할 수밖에 없었다.

"연맹이 던전의 괴물을 포섭하여 부활시키고 있다고 합니다."

"포섭이요……!?"

"당신과 비슷한 경우죠. 미라벨이라고 했나요?"

"아……."

그렇게 생각하니 포섭에 대한 건 가능할지도 몰랐다.

"하지만 부활이라니요!?"

"저도 믿기 힘들었지만, 정보원은 정확하게 그렇게 말했어요. 마나로 된 괴물들이 신체를 얻었다고."

"대체 어떤 방법으로……?"

그 방법은 나와도 인연이 있는 것이었다.

쥬라스가 나직하게 말한다.

"다름 아닌 혈마법입니다."

4장

칠죄종 토벌을 하러 가던 중에 애쉬가 그런 말을 한 적이
있었다.

중앙 대륙으로 갈 수 있게 되는 방법과, 대혼돈으로 인해
때마침 손쉽게 구할 수 있게 된 마강석의 존재가 작위적으로
느껴진다고 말이다.

나는 지금 쥬라스의 말을 듣고 확신했다.

'배후에서 움직이고 있는 세력이 있다……!'

그리고 그들은 이 대혼돈을 의도적으로 일으킨 게 분명했
다.

"던전의 몬스터를 부활시키다니……. 그게 정녕 가능한
일입니까?"

쥬라스도 고개를 절레절레 흔든다.

"나도 믿기지가 않아요. 하지만 당신의 예를 보고 알았습니다."

"미라벨을 포섭한 것 말입니까."

"그렇죠. 포섭이 가능한데 부활이라고 불가능할까 하는 생각이 들더군요."

"혈마법……."

에스텔에게 수혈을 해 줄 수 있게 한 마법이자 혈석을 만들었던 그 마법이다.

"부활에 대해 구체적인 건 모릅니까?"

"잘은 모릅니다. 다만, 그 부활에 막대한 산 제물이 필요하다는 듯해요. 그것도 수백 수천 명의 산 제물이 말이죠."

"……설마."

섬뜩한 것이 등골을 타고 지나갔다.

상위 연맹의 노예사냥에 관한 일이었다. 당시엔 지하 광산에서 일하게 하기 위해 노예사냥을 한 거라고 결론을 지었지만, 후에 판명된 바로는 그 숫자가 맞질 않았다고 들었다.

노예사냥으로 인해 실종된 숫자와, 지하 광산에서 일하던 광부들의 숫자가 일치하지 않았던 것이다. 실종된 사람들의 숫자가 훨씬 더 많았다.

'그게 전부 산 제물을 위한 준비였다고……?'

그렇다고 하면 정말 오래전부터 이 일을 준비했다는 뜻이 된다.

그때 쥬라스가 차를 홀짝이며 말했다.

"그렇다 해도 몬스터가 육체를 가지고 부활한다니, 대사
건이군요. 본래라면 정치적으로 공론화를 해 매장시켜 버리
는 게 상책이긴 합니다만……."

"이런 혼란의 시기에 그런 게 가능할 리가 없어요. 쥬라
스, 지금은 그것보다 상대의 의도를 파악하는 게 먼저예요.
먼저 하나 묻겠습니다만, 이 짓거리를 한 건 그 팍스 녀석과
녀석이 속한 상위 연맹입니까?"

"그렇습니다. 그 의도라고 하면 결국 대륙의 패권을 쥐는
것이겠죠. 다만, 괴물을 몇몇 포섭했다고 대륙의 패권을 쥘
수 있을 거라곤 생각하기 힘들어요."

"그게 그렇지도 않아요. 던전은 과거의 역사니까요. 과거
의 걸출한 인물을 포섭할 수 있게 되거든요."

"역시 그랬습니까."

"아……."

쥬라스는 어깨를 으쓱인다.

"늪지의 요람과 칠죄종의 자료를 보면서 대충 알았습니
다. 던전이란 과거의 역사적인 사건이라는 걸. 그렇다면 한
가지, 상대의 목적으로 짐작 가는 게 있습니다."

"뭐죠?"

"전쟁의 귀재를 포섭하는 것."

"……!"

"단 몇 명의 인물로 대륙의 패권을 쥐려면 그 정도의 인물이 필요합니다. 과거의 대장군을 되살려서 전쟁을 치르게 하는 것이죠."

"하지만……."

뭐라 말하고 싶었지만, 딱히 반박할 말이 떠오르지 않았다.

그렇다면 애쉬가 말한 위화감이라는 것도 설명이 됐기 때문이다.

"애쉬가 말했어요. 이번 일련의 일들은 작위적인 성격이 있다고. 우리 외에 다른 누군가도 중앙 대륙으로 가려고 할지도 모른다고요."

"호오……. 부활한 이 세계의 장군이 우리 대륙으로 간다……?"

"가능성은 얼마나 될 것 같습니까?"

"원한다면 그렇게 되겠죠. 게다가 그렇게 보면 혈마법을 통해 육체를 부활시켜 주는 것도 이해가 갑니다. 그 미라벨의 경우에도 마나로 된 신체이기 때문에 공간이동이 불가능하다고 하지 않았습니까?"

"마, 맞아요!"

"육체가 생기면 그것도 가능해진다는 거죠. 우리 대륙으로 넘어올 수 있습니다."

하지만 왜? 왜 우리 중앙 대륙을 넘보는 건가? 그 의문에 대해서는 아직 해답을 낼 수가 없었다.

지금 이것도 가설에 불과했기 때문이다.

지금은 그저 누군가가 던전의 괴물들을 부활시켰고, 그걸로 무언가를 도모하고 있다는 것 정도로 정리할 수밖에 없었다.

"쥬라스, 이 부분은 당신이 계속해서 감시를 해 줘요."

"알겠습니다. 엘리엇에 대해선 어떻게 할 생각이죠?"

"당장 구출 작전을 진행하고 싶습니다만⋯⋯."

"그럼 알스, 이렇게 합시다."

쥬라스는 타협안을 제시했다.

"구출 작전에 대해선 군이 당신까지 갈 필요까지는 없습니다. 가스파르, 안톤 정도를 빌려주면 제가 처리를 해 놓죠. 그사이에 당신은 중앙 대륙에 한번 돌아가 줬으면 합니다."

"중앙 대륙에요⋯⋯?"

"어차피 실종자들의 물건을 가져오기 위해 한번 갈 필요가 있지 않았습니까? 그곳의 형세도 파악하고 올 겸, 당신이 갔다 왔으면 합니다."

"⋯⋯알겠습니다. 그렇게 하죠."

"아, 그리고 그 인원에 관해서인데. 당초 예상보다 더 많이 갈 수 있게 됐습니다. 반달린이라는 그 노인이 부족했던 부분을 보충해 줬거든요."

그 덕에 이동할 수 있는 인원이 총 다섯 명으로 늘어났기에, 그 인원을 정하는 작업에 들어가야 했다.

저택으로 돌아온 나는 이번 일에 대해 간략하게 설명했다.

사람들은 던전의 괴물이 부활한다는 것에 대해 쉽게 받아들이지 못했다.

그러나 흑마법에 연이 있는 에스텔은 달랐다.

"그, 그럴 수가……."

"에스텔, 왜 그래?"

"아니 그게, 그런 얘기가 있었거든. 우리 아티클의 궁극적인 목표는 죽은 사람을 정말로 되살리는 것. 그걸 위해 흑마법을 수련하는 거라고……. 난 그게 그냥 언데드를 다루는 거라고 생각했는데……."

"아무래도 전부 다 계획된 일이었던 것 같네."

일이 심상치 않게 돌아가고 있는 건 이미 확정적이었다.

"어쨌든, 그건 계속해서 예의 주시를 할 겁니다. 그보단 이번에 중앙 대륙으로 돌아갈 사람을 선별하고 싶어요. 안톤과 가스파르는 특무를 위해 남게 되겠습니다만, 다른 사람들은 돌아가고 싶다면 돌아갈 수 있을 거예요. 혹시 가고 싶은 사람이 있나요?"

그러자 서로가 눈치를 보기 시작했다. 그러다 에오니아가 번쩍 손을 들었다.

"전 알스 님의 곁에 있겠습니다!"

그러나 비스케타가 그 팔을 살짝 꼬집었다.

"에오, 쌍둥이들을 두고 어디를 가겠다는 거니. 넌 남아 있어."

"으으……."

비스케타의 말이 맞았다. 그런 이유로 에오니아와 유미르는 제외였다.

"그것에 관해서입니다만."

루크레치아가 한 발 앞으로 나서며 말한다.

"로자 여왕님께서 제게 동행하라 하셨습니다."

"로자가요?"

"예, 당신이 중앙 대륙에 가서 돌아오지 않게 되면 곤란하니까요. 감시역이라고 생각해 주십시오. 게다가 저도 궁금했습니다. 난세가 벌어진 중앙 대륙은 대체 어떤 곳인가 말이죠."

"거기에 가면 진짜 죽을 수도 있어요. 구원이동 같은 건 없으니까. 그래도 괜찮습니까?"

"바라던 바입니다."

루크에겐 전쟁에 대한 묘한 환상 같은 게 있는 것 같았다.

어쨌든 로자가 동행을 시킨 거라면 데려가기로 했다.

"이제 나머지 세 명이에요."

난 슬쩍 어머니를 바라보았다.

그러나 어머니는 고개를 흔들었다.

"난 괜찮단다. 남편과 아들들이 잘 지내고 있는 건 안톤에게 들어서 알고 있으니까. 엘시와 첼시가 걱정되긴 하지만……. 지금은 더 중요한 일을 해야 할 때니까."

"고맙습니다, 어머니. 아버지와 형들에게 안부를 전해 놓을게요."

그때 툭툭툭툭! 손가락을 굴리며 생각에 빠져 있던 애쉬가 마침내 결심을 마치고 고개를 끄덕였다.

"나도 갈게. 툰카이의 상황을 보고 싶거든. 소피아 씨도 같이 가실 거죠?"

"……."

그러나 의외로 소피아는 고개를 흔들었다.

"전 이쪽 일로 바빠요. 게다가 제가 대뜸 나타나 봤자 혼란만 가중시킬 뿐이에요. 베카비아는…… 이미 멸망했으니까."

말은 그렇게 해도 속으론 상황을 보고 싶어 하는 것 같았다.

뭐가 됐든 본인이 거부를 했으니 다른 사람을 데려가기로 했다.

그때, 의외의 사람이 손을 들었다.

"딱히 가고 싶은 사람이 없는 거라면 제가 가도 될까요?"

엘레나였다. 그녀는 아련한 듯 희미하게 미소를 지었다.

"남편의 묘에 가 보고 싶거든요. 아직 제대로 있을지는 모르겠지만……."

"좋습니다. 이제 마지막 한 명이에요."

가장 유력했던 일리야 스승은 남기로 결정했다. 남겨 두고 온 아기 가웨인이 걱정되긴 해도 지금은 이 세계에 적응하지 못한 안톤이 더 걱정이 된 모양이었다.

하여 이번 도로시 구출 작전에 동행을 한다고 한다.

메이센도 혹시 모를 경우를 대비해 저주 해제 주문서를 만들어야 했기에 제외. 귄터도 굳이 갈 필요는 없다며 거절을 했다.

그렇게 되자 남은 건 에리나와 에스텔뿐이었다.

다만 에스텔의 경우엔 유일한 가족인 루트거가 이미 이 세계에 넘어와 있었기에 돌아갈 만한 이유가 있는 건 에리나밖에 없었다.

"에리나, 네가 갔다 와."

"응……. 그래야겠네."

에스텔의 부추김에 에리나는 고개를 끄덕였다.

그렇게 루크, 에리나, 애쉬, 엘레나로 네 명의 일행이 정해지면서, 나는 중앙 대륙으로 돌아갈 채비에 들어갔다.

중앙 대륙으로 돌아가면 대략 한 달가량은 그쪽에 체류를 해야 하는 상황이었으니, 마지막 날까지는 애들과 놀아 주기로 했다.

장난감을 흔들며 유인을 하자 쌍둥이 애기들은 뭣 모르고 꺄꺄거리며 신나게 기어 다니고 있었지만 류나는 달랐다.

영특한 류나는 내가 멀리 떠난다는 걸 본능적으로 눈치를 챘는지 심통이 나 있었다.

급기야는 가지 말라며 엉엉 울기 시작했다.

"어휴, 애가 너무 똑똑해도 문제네."

류나가 흘린 눈물 콧물로 인해 내 가슴께는 축축하게 젖어 있었다.

"도련님, 떠나실 때까지 당분간은 류나와 거리를 두시는 게 좋을 것 같아요."

"아니야, 그러면 오히려 더 상처를 받을 거야. 차라리 떠날 때까지 계속 같이 있어 주려고."

"그러신가요……."

"그보다 유미르, 너는 괜찮겠어?"

"솔직히 많이 불안합니다. 에오나 일리야도 대동하지 않으시니……."

"그래도 엘레나가 있잖아."

"그분은 그게 조금……. 실력에 비해 불안한 면모가 있으신 것 같아서요."

"그 말은 절대 본인 앞에서 하면 안 돼."

이참에 나는 사람들을 돌며 내가 부재중일 때의 일을 지시해 두기로 했다.

그 지휘역을 맡아 줄 사람으로는 비스케타를 뽑았다.

비스케타는 내게 찰싹 안겨 있는 류나를 보며 싱긋 웃더니 고개를 끄덕인다.

"맡겨 줘요. 사람들을 적재적소에 활용할게요."

"너무 험하게 굴리지는 말아 주세요."

"그런데 일라인. 이번에 공작 작위를 받았다는 게 사실인가요?"

"아, 예. 맞습니다."

"그렇담 영지도 하사를 받았겠군요?"

"그게 아직이에요. 아직 영토가 정상화되지 않은 시점이니까요. 추후에 하사를 한다고 하더라고요."

"만약 고를 권리가 있다면 라야드를 하사해 달라고 요청하도록 해요. 그곳이 바이언 다음가는 가장 큰 도시거든요."

"하핫, 욕심도 크셔라. 일단 귀담아 두겠습니다."

그렇게 인수인계를 하고 있자니 순식간에 3일이 지나 출발을 눈앞에 두게 되었다.

그때 나는 갑작스러운 경사를 맞이하게 됐다.

돌연 에스텔의 임신 소식이 밝혀진 것이다.

"헉……."

짐작 가는 바가 너무 많았던 나는 뭐라 말을 잇지 못했다.

다른 가신들은 정말 잘됐다며 다들 덕담을 하고 있었다.

"축하합니다, 에스텔 님."

"축하해, 에스텔!"

에스텔은 행복을 주체하지 못하겠다는 듯 화사하게 웃고 있었다.

아직 전혀 부풀어 오르지 않은 배를 쓰다듬으며 나와 에리나에게 눈웃음을 짓는다.

반면 에리나는 에스텔이 먼저 아이를 가졌다는 부분에 대해 심경이 꽤 복잡한 듯했다.

곧 가족들을 만나러 가야 한다는 것 때문도 있었을 테다.

그렇게 그날은 에스텔의 임신을 축하하는 파티를 치르고, 우리 일행은 다음 날 정오를 기해 중앙 대륙으로 가는 마법진에 몸을 실었다.

중앙 대륙으로 돌아가는 당일.

아침부터 저택이 소란스러웠다.

내 바짓가랑이에 매달려 있는 류나 때문이다.

"아빠 가지 마! 가지 마아!"

용케도 오늘이 출발일인 걸 알았는지 아침부터 울부짖으며 떼를 쓰고 있었던 것이다.

보다 못한 유미르가 억지로 떼어 내며 엄하게 꾸짖는다.

"떽! 아버지를 곤란하게 하면 안 돼요!"

"으아아앙!"

나로서는 마음이 아프면서도 굉장히 대견하게 느껴졌다.

수인들이 성장이 빠른 건 거듭 느끼고 있는 거지만, 이 정도일 줄이야.

유미르는 류나를 아예 떼어 놓을 생각인지 2층 방으로 올라가 버렸다.

나는 에오니아에게 물었다.

"에오, 짐은 다 챙겨 놨어?"

"예, 가방에 챙겨 놨습니다. 가지고 내려올까요?"

"출발할 때 가져오면 되지 뭐."

출발은 정오를 기해 가기로 했다.

그때가 대기의 마나가 가장 안정된 시기라나 뭐라나. 지하에 있는 전이마법진을 사용하는 거니 크게 상관은 없었으나 좋은 게, 좋은 거라고. 정오에 출발하기로 했다.

그렇게 정오가 됐을 때, 나는 저택의 사람들과 작별 인사를 했다.

"유미르, 류나는 어쩌고 있어?"

"떼를 쓸 땐 언제고 지금은 방에서 얌전히 자고 있습니다. 데려올까요?"

"아니야, 괜히 깨울 필요는 없지."

그때 주방 쪽에서 어머니가 유미르를 불렀다.

"유미르? 잠시 스튜를 봐주겠니?"

유미르와 교대하여 거실로 나온 어머니는 나를 꼭 안아 주었다.

"가족들에게 난 잘 있다고 전해 주렴."

"예, 꼭 전하겠습니다."

그때 2층으로 올라간 에오가 큼지막한 가방을 들고 내려왔다.

"뭘 그렇게 많이 넣었어."

"그, 그러게요. 저는 많이 넣지 않았습니다만……. 유미르나 에스텔이 물건을 넣어 둔 듯해요."

가방을 등에 메니 무척 무거웠다.

그렇게 작별을 나누고는 왕궁으로 향했다.

왕궁에선 애쉬와 루크레치아가 티격태격 말다툼을 하고 있었다. 엘레나는 못 말리겠다며 어깨를 으쓱인다.

배웅을 나온 로자는 복잡한 표정으로 말한다.

"알스, 준비는 다 됐어?"

"충분합니다."

"어휴, 네가 이내로 돌아오지 않으면 어떡하나 걱정이야."

"그래서 당신이 루크를 붙인 거잖아요. 걱정 말아요, 가신들을 두고 사라질 생각은 없으니까."

"그것도 그러네. 점심은 먹고 출발할 거야?"

"아뇨, 공간이동을 하면 속이 메스꺼워지거든요. 점심은 먹지 않고 갈 겁니다."

"그래, 아쉽네……."

곧 쥬라스 녀석도 얼굴을 내밀었다.

녀석은 나와 내 배낭을 보더니 코웃음을 친다.

"요란하게도 출발하는군요."

"전이마법진은 잘 가동하겠죠?"

"뭐…… 6명 정도면 가능할 겁니다. 마강석은 충분하게 준비했으니까요."

"6명이라뇨, 5명입니다."

"……훗, 그럼 바로 가겠습니까?"

"뜸을 들여서 뭐 하겠어요. 바로 가요."

우리는 왕궁 지하의 나선형 계단을 내려갔다.

그 와중에 쥬라스가 중앙 대륙에서 할 일을 얘기해 줬다.

"가능하다면 캘리퍼와 툰카이를 중재하도록 하세요. 그걸 그대로 놔두면 대륙 전쟁으로 비화할 겁니다."

"캘리퍼는 제가 어떻게 한다고 쳐도……. 툰카이도 막을 수 있을 거라곤 생각하기 힘든데요."

"그 부분은 애쉬 페이튼. 당신이 나서 주십시오. 툰카이의 왕자인 당신이라면 조금이나마 영향력이 있을 테니까요."

애쉬는 떫은 표정을 짓는다.

"노력을 해 보죠. 왕가의 치부로 취급되는 내가 어느 정도까지 할 수 있을지는 모르겠지만."

함께 따라오던 소피아는 계속 뭔가를 말하고 싶어 했다.

애쉬는 이해를 한다며 고개를 끄덕여 보였다.

"걱정 말아요, 소피아 씨. 베카이아 왕족들의 안위에 대해서도 조사를 할 테니까요."

"……고마워요, 애쉬. 용기 없는 저를 대신해서 부탁할게요."

"당신이 왜 용기가 없습니까."

둘 사이에 묘한 공기가 흐르는 것 같았다.

조금 오글거렸기에 초를 치려고 했으나 왜인지 루크레치아가 먼저 화제를 돌린다.

"그, 그보다! 에리나, 당신은 그곳에서 공작가의 영애라고 했나요?"

"예……. 맞아요."

"과연, 이곳에서 시종으로 일할 때부터 묘하게 기품이 있는 것 같더니. 그런 이유였군요."

곧 전이마법진이 설치된 지하 공간에 도착했다.

궁정 마법사들이 이미 좌표를 잡았는지, 마법진이 발광하고 있었다.

나는 쥬라스가 준 마강석 자루를 소중하게 품었다.

이게 없으면 돌아올 수가 없기 때문이다.

"따로 할 작별 인사는 없습니까?"

"이미 다 하고 왔어요. 어서 발동이나 시켜요."

"그럼 시작하겠습니다."

우리가 마법진 중앙에 서자 궁정 마법사들이 본격적으로 주문을 외기 시작했다. 그건 예전에 에스텔이 무언가에 홀린 듯이 외웠던 주문과 비슷했다.

그 주문이 이어질수록 마법진의 발광이 강해졌다.

그 탓이었을까.

꼼지락!

배낭이 움직인 듯한 느낌이 들었다.

"……어?"

그러나 마강석 자루를 안고 있던 나는 그걸 확인할 수가 없었다.

그때 우당탕 하는 거친 소리와 함께 유미르가 나타났다.

"도련님! 그 배낭에 류나가……!"

스륵!

공간이 비틀리며 시야가 흔들렸다.

그 기묘한 감각을 10초 정도 참아 내니 눈앞에 완전히 다른 공간이 펼쳐졌다.

쿠당!

1m 정도를 허공에 떠 있던 우리는 가볍게 착지를 했다. 그런 내 앞에 크로싱의 장교가 무릎을 꿇고 예를 취한다.

"제1특무대 13번 장교 오린이라고 하옵니다. 웨이드 장군

님을 뵙습니다!"

"아, 예……. 고맙습니다."

나는 대충 인사를 한 뒤, 애쉬에게 마강석 자루를 건넸다. 그다음 메고 있던 배낭을 펼쳐 보았다.

"꺄하하!"

거기선 류나가 몸을 말고 있었다. 공간 이동의 감각이 무척 재밌었는지 나와 눈이 맞자 꺄르르 웃는다.

"아빠!"

"허……!"

얼이 빠진 나는 한동안 우두커니 서 있을 수밖에 없었다.

일이 이렇게 벌어졌으니 어쩔 수 없었다.

나는 행복해하는 류나를 품에 안고 크로싱 내에 설치된 전이 마법진 바깥으로 나갔다.

전이 마법진이 설치된 곳은 크로싱의 수도인 크로스 혼의 교외였다.

잠시 미치를 타고 이동하니 곧장 크로싱의 왕궁이 보여 왔다.

"진짜 못 말리겠네. 설마 배낭에 숨어 있었을 줄이야."

애쉬는 헛웃음을 지었다.

"이제 어떻게 할 거냐?"

"어떻게 할 거냐니."

"지금이야 너랑 있으니 마냥 행복하겠지만, 나중엔 울며 불며 엄마를 찾을지도 모른다고."

"분명 그렇겠지."

류나는 특히나 낯을 가리니 더욱 곤란했다.

달리 의지할 수 있는 건 에리나밖에 없었다.

크로싱의 왕궁에 도착하고 나선 곧장 파라인 국왕을 알현할 수 있었다.

2년이나 지나서 그런지는 몰라도 파라인 국왕은 부쩍 늙어 보였다.

"오오……. 돌아왔구나. 외부 대륙으로 나갔다는 쥬온의 말이 정녕 사실이었어……!"

파라인은 그 부분 자체를 아직 믿지 못하고 있었던 듯했다.

"강녕하셨습니까, 폐하."

"나야 강녕했지. 대륙의 정세는 그렇지 못했지만 말이야."

"……."

"쥬온 녀석이 자리를 비웠다는 걸 알고는 놈들이 우리 크로싱까지 넘보려 하더구나."

"놈들이라면……."

"뷜랑과 알바드, 그리고 툰카이다. 이 부분은 차차 얘기를 하자꾸나. 그보다 지금은 외부 대륙에 대한 얘기를 해 주지 않겠나?"

파라인은 아이처럼 흥분하고 있었다.

마법을 사용하는 미지의 대륙이라는 부분이 그의 감수성을 자극한 듯했다.

그 얘기를 대충 마친 나는 그에게 사과를 건넸다.

"멜로디아나 공주에 관한 일은 정말로 면목이 없습니다."

"흠, 괜찮아. 당돌한 그 아이라면 어딘가에서 분명히 잘 살아 있을 테니까."

"그렇게 말씀해 주시니 정말 힘이 됩니다. 그것에 관해서입니다만……."

나는 멜로디아나 공주와 밀접한 관련이 있는 물건을 물었다.

그러자 파라인 국왕은 한참이나 고민하더니 머리를 정돈하는 빗을 내밀었다.

"그 애가 세 살 적일 때부터 쓰던 물건이다. 이거면 되겠는가?"

"혹시 모르니 다른 물건들도 준비해 주셨으면 합니다."

"돌이기는 건 언제라고 했지?"

"한 달 뒤입니다."

"무척 이르군. 알겠다. 준비를 해 놓도록 하지. 그보다 이제부턴 어찌할 생각인고?"

"우선은 가족을 만나려고 합니다. 그 후엔 아무래도 캘리퍼에 가 봐야겠죠."

"흠, 조심하는 게 좋을 게다. 현재 캘리퍼의 권력 구조는 네가 알던 것과 크게 다를 테니까 말이야."

"명심하겠습니다."

이후엔 크로싱의 정보원에게서 대륙의 정세가 담긴 문서를 받아 보았다.

거기엔 캘리퍼에 관한 이야기가 잔뜩 있었다.

눈에 띄는 부분은 하나였다.

－가레스 국왕의 병세가 위독해짐에 따라 왕자들이 권력다툼을 시작했음.

－살레온 공작가가 2왕자를 앞세워 국가 권력을 장악. 다툼을 벌이던 헬리안 공작은 유폐되었음.

－외교관이었던 길버트 살레온이 헬리안 공작을 대신하여 재상에 취임. 실권을 잡았음.

마찬가지로 이 정보를 보고 있던 에리나는 입술을 앙 깨물었다.

"아버님이……."

"난감하게 됐네. 에리나 네 아버지의 입장에서 나는 눈엣가시 같은 존재일 거야."

에리나는 화들짝 놀라며 손사래를 친다.

"그, 그렇지 않을 거예요! 만약 그렇다고 해도 제가 아버님을 설득할게요!"

"조심하는 게 좋을 거야, 에리나. 여차하면 너까지……."

제거하려 할 수도 있다.

그렇게 말하려고 했지만 차마 입이 떨어지지 않았다.

우리는 일단 흩어지기로 했다.

애쉬는 루크레치아와 함께 툰카이로 향했고, 에리나는 그란셀에 있는 살레온 공작가 본가로, 엘레나는 남편의 성묘를 하겠다며 쿠라벨 성국의 옛터로 향했다.

내가 향한 곳은 우리 가족의 영지인 레인폴이었다.

내가 실종됨에 따라 레인폴도 상당한 변화를 맞이하게 됐는데, 결정적인 건 바로 우리 가족의 망명이었다.

우리 가족은 크로싱 공화국 방면으로 망명을 해 철저한 보호를 받으며 거주하고 있었다.

그래서인지 그 경비가 무척 삼엄했다.

내가 특무대 장교 오린과 함께 나타나지 않으면 나조차 제압을 하려 했을 것이다.

똑똑!

문을 노크하자 여성의 명랑한 목소리가 들려왔다.

새로 뽑은 사용인인가 했으나 그런 건 아닌 모양이었다.

"누구신가요?"

"어……. 그쪽이야말로 누구시죠?"

주근깨가 인상적인 여성이었다. 그때 장교 오린이 내게 귀 띔한다.

"둘째 밀러 일라인의 부인인 카산드라 자벨린입니다."

"밀러 형님이 결혼을 하셨다고요?"

그렇게 놀라고 있자니 이번엔 맥스 형이 서류를 안고 나타 났다.

"카산드라 씨, 누가 찾아왔습니까?"

"맥스 형!"

"헛……! 아, 알스!"

맥스 형은 안고 있던 서류를 우수수 떨어뜨리고는 내게로 달려왔다.

"정말 알스 네가 맞는 거니!"

"맞습니다. 잘 지내고 계신 것 같아서 안심이에요, 형님."

그 소란에 저택에 있던 다른 사람들도 얼굴을 내비쳤다.

맥스 형의 부인. 밀러 형과 아버지. 그리고 쌍둥이 막내 자매 엘시와 첼시까지.

오랜만에 본 아버지는 10년은 늙은 듯한 얼굴이었다.

일을 그만두기도 했고, 어머니까지 사라져 버렸으니 그럴 수밖에.

그런 걱정을 덜어 주기 위해서라도, 우선 어머니의 안부에 대해 말해 두기로 했다.

응접실로 자리를 옮긴 뒤, 아버지는 내 품에 안겨 있는 류나를 눈짓하며 묻는다.

"그 수인 아기는 역시……."

"예, 유미르와의 아이입니다. 류나라고 이름 지었어요. 자, 류나야. 할아버지셔."

그러나 낯가림이 심한 류나는 내 가슴에 얼굴을 푹 묻은 채 다른 곳을 보려 하지 않았다.

점점 영특해져도 이 부분만큼은 고쳐지질 않았다. 오히려 영특하기에 타인을 경계하는 걸지도 모르겠다.

"어머니는 아기들을 보면서 잘 지내고 계세요. 잘 있다고 안부를 전해 달라고 하셨어요."

"율리아는?"

"누나는 조금, 그게……."

"아직 찾지 못한 거구나."

"예. 그래도 단서는 있습니다. 아버지, 율리아 누나와 밀접한 관련이 있는 물건 같은 게 있을까요?"

"율리아와? 흠……. 그런 거라면 아무래도 처음 군에 배속됐을 때 받은 부대 휘장이겠지. 율리아가 보물처럼 간직하고 있는 거다. 그거면 되는 거냐?"

"그거 외에도 더 준비할 수 있으면 좋습니다. 한 달 후에 다시 갈 때 가지고 갈게요."

"알겠다. 준비를 해 두도록 하지."

"다음에 올 때는 반드시 어머니와 율리아 누나도 함께 오도록 하겠습니다. 그러니 너무 걱정 마세요."

"괜찮다. 나는 오히려 네가 더 걱정이다. 혹여나 무리를 하는 게 아닌지 말이야."

"아버지……."

그러다 문득 걸리는 점이 있었다.

"그런데 퍼지 형님이 보이질 않네요? 퍼지 형님은 일을 나가신 건가요?"

그러자 의미심장한 침묵이 흘렀다.

맥스 형이 아랫입술을 깨물고는 말을 이어 간다.

"퍼지는 우리와 함께 망명하지 않았어."

"예……?"

"녀석은 군인이니까. 군인으로서 국가를 저버릴 수 없다고 생각한 거지. 하여 지금은 캘리퍼 군부에 남아 있다. 베카비아 지역에서 툰카이와의 전쟁에 종군하고 있지."

"그런……! 무사합니까?"

"우리도 소식을 전해 받는 건 가끔이라서 말이야. 적어도 한 달 전에 들어온 소식에선 무사하다고 해. 하지만 툰카이 방면의 전장은 계속 격화가 되는지라……."

"제가 어떻게든 알아보겠습니다. 가능하면 퍼지 형님을 이쪽으로 돌아오게 할게요."

"부탁한다. 퍼지 그 녀석은 외골수적인 면모가 있으니까. 잘못 이용당하고 있는 걸지도 몰라."

퍼지 형이 전장에 나가 있다고 하니 시간이 많지 않음을 느꼈다.

'이 상황을 바꿀 수 있는 건 가레스 국왕밖에 없어.'

나는 그를 만나기 위해 곧장 캘리퍼의 왕궁으로 향하기로 했다.

캘리퍼는 격변의 시기를 맞이하고 있었다.

국왕인 가레스가 노쇠해 몸져누운 뒤로는 왕자들이 권력 다툼을 하며 내부적으로도, 외부적으로도 홍역을 앓고 있었던 것이다.

베카비아 지역에서 벌이고 있는 툰카이와의 전쟁은 정치적인 의미도 있었다.

군부의 총력을 그쪽에 투입시킴으로써 군부에 의한 쿠데타를 미연에 방지하는 것이다.

하여 캘리퍼에서 벌어지고 있는 암투는 모두 음습한 것들이었다.

그것조차 지금은 살레온 공작가가 우위를 점하고 있다고 한다.

캘리퍼의 수도 알펜서드에 도착한 나는 신분을 숨긴 채 왕궁의 앞으로 향했다. 아직 내 장군의 신분은 유지되고 있었지만 그대로 알현을 하기엔 무리가 있었다.

'가레스 국왕을 만나기 위해선 기습을 해야 돼.'

그러기 위한 잠입이었다.

나는 왕궁 정문으로 걸어갔다.

'지금 살레온 공작은 에리나를 만나기 위해 그란셀에 가 있을 터. 그렇담 왕궁에는 없을 거라는 얘기야.'

왕궁 정문으로 향하자 경비병들이 창을 교차하며 막아선다.

"누구냐! 얼굴을 드러내라!"

"왕궁엔 무슨 목적으로 온 거지?"

나는 얼굴을 덮고 있던 후드를 벗으며 그들에게 고했다.

"감히 장군에게 무슨 말버릇이지?"

"뭣……?"

"폐하께 전해라, 제2장군 알스 일라인이 지금 임무에서 귀환했다고!"

"자, 잠깐. 그게 무슨……."

"어서 전해라!"

내가 오러를 내뿜으며 외치자 심상찮음을 느낀 경비 하나가 부리나케 안으로 들어갔다.

나는 제지하려는 나머지 하나를 뿌리치고 왕궁 안으로 발걸음을 옮겼다.

'역시나……. 마법은 사용하지 못하는 건가.'

혹시나 포위당했을 경우를 대비해 섬광 마법을 사용할 준비를 하려고 했으나, 어째서인지 마나가 제대로 작동하지를 않았다.

오러를 통한 마법은 가까스로 시전이 가능한 듯했지만, 순수한 마나를 통한 마법 시전에는 애로 사항이 있었다.

'역시나, 마법을 사용하지 못하도록 무언가 조치를 해 놨군.'

이 중앙 대륙을 외세와 분리시킨 질서의 오메론.

그가 벌인 짓이었다.

그의 힘이 닿지 않는 깊은 지하가 아니면 마나가 제대로 작동하질 않는 것이다.

'그래도 아주 먹통은 아니네.'

마나를 많이 사용하거나, 오러를 사용하면 마법 자체는 시전이 가능했다.

적어도 신체 강화 마법은 무리 없이 작동을 했기에 지금의 나는 예전에 비해 비약적으로 강해져 있었다.

우다다다!

"저기다!"

"저자다!"

내가 벌인 짓으로 인해 근위대가 출동을 했으나 오히려 그들은 내 편이었다.

내 얼굴을 알고 있기 때문이다.

근위대 간부 중 하나인 베일리가 허리를 숙이며 예를 표했다.

"일라인 장군님을 뵙습니다! 특별 임무에서 귀환하신 거라고 들었습니다만."

"그렇다, 속히 폐하께 보고를 해야 하는 일이니 네가 안내를 해라."

"……폐하께 먼저 기별을 넣는 게 순서입니다. 폐하는 지금 침소에 계십니다. 다짜고짜 찾아뵙는 건 예의가 아니라고 생각합니다만."

"그 부분에 대해서도 미리 얘기가 되어 있었다. 그런 특별 임무였어. 폐하께서도 이해를 하실 거다. 당장 앞장서라!"

"……명을 받들겠습니다."

나는 근위대의 호위를 받으며 가레스 국왕의 침소로 향했다.

침소로 향하는 길은 나도 몰랐기에 필히 근위대의 도움을 받아야 했다.

그렇게 침소로 갈수록 방해꾼들이 나타났다.

"머, 멈추시오!"

살레온 공작의 일파인 모양이었다.

"이렇게 갑작스레 폐하를 만나겠다니! 어불성설이오!"

"당신은 누구입니까?"

"나는……!"

"누구든 상관없습니다. 전 폐하와 만날 약속을 하고 있습니다만, 그걸 저지할 권한이 당신에게 있습니까?"

"그, 그건…….."

"비키십시오, 이건 이미 왕의 의지입니다."

"그런 무책임한……."

"모든 책임은 내가 질 겁니다. 그러니 썩 비키십시오!"

"큭……!"

그들은 바쁘게 어디론가 향했다. 보아하니 살레온 공작에게 이 일을 전하기 위해서겠지.

국왕의 침소에 도착해서는 근위대장이 앞을 막아선다.

"멈추십시오, 폐하께선 지금 주무시고 계십니다."

"상관없습니다. 폐하께선 무슨 일이 있더라도 임무 보고를 해 달라고 했으니까요. 비키십시오."

"……."

"저와 폐하 사이의 신뢰에 대해선 당신도 잘 알고 있을 텐데요. 당장 비키십시오."

그렇게까지 말하자 근위대장은 옆으로 한 발자국을 물러선다.

나는 침소의 문을 열고 조심스레 들어갔다.

침소 내부에는 병세를 봐주는 시녀 둘과 시종 하나가 조용히 대기하고 있었다.

그들은 나를 보더니 눈을 크게 떴다.

"폐하께선 지금 어떠시지? 잠시 얘기를 나눌 수 있는 상태인가?"

"저기, 그게……."

"우물쭈물하지 말고. ……폐하께서 잠에 드신 지 얼마나 되셨지?"

"이미 이틀이 지나셨습니다. 좀처럼 일어나지 못하고 계십니다."

"그런가."

나는 가레스 국왕의 침대 옆에 앉아 그에게 살며시 말을 걸었다.

"폐하, 제가 돌아왔습니다. 알스 일라인입니다."

"……."

그러나 미동도 없다.

나는 잠시 고민한 뒤 그 얘기를 입에 담았다.

"폐하, 알스 일라인입니다. 리즈나 알메인의 아들이자 펜실론 제국의 마지막 핏줄이 돌아왔습니다."

꿈틀! 가레스 국왕의 몸이 움찔했다.

그러더니 곧 스르르 눈을 떴다.

가레스는 과거의 꿈을 꾸고 있었다.

펜실론 제국이 흥했을 때의 일을, 그리고 망국의 길로 접어들었을 때의 일을.

그러던 그의 마지막엔 그 여성이 있었다.

리즈나 알메인. 황자의 아내이자 그의 제자였다.

－전 반드시 펜실론을 재건하고 말겠어요. 스승님, 그때가 되면 다시금 마법을 연구할 수 있을 거예요!

당시 그는 옳지 않은 길이라며 만류를 했다.

펜실론을 재건하려고 하는 움직임을 좋게 봐줄 세력이 많지 않았기 때문이다.

실제로 펜실론 재흥 세력은 환영받지 못했다.

그 정통성은 매력적이긴 했으나 그러면서 그들이 떠든 게 마법의 연구였기 때문이다.

마법만이 이 대륙을 혼란에서 구할 수 있을 거라며 역설을 한 것 안 좋게 작용했다.

하여 마지막에는 자신이 있는 캘리퍼 왕국에 도움을 청하려고 했다. 마침 캘리퍼 왕국을 궤도에 올려놓은 가레스는 그 펜실론 재흥 세력을 받아들이려 했었다.

그 순간에 여러 곳에 꼬리를 치는 펜실론 재흥 세력을 아니꼽게 바라보고 있던 크로싱이 그들을 습격해 몰살시킨 것이었다.

'리즈나…… 그 영특한 아이가 그렇게 허무하게 죽고 말다니……'

리즈나는 대장군의 딸로서 무척 당당한 여성이었다. 보기 드문 여걸이자 한편으론 누구보다 현명한 학자였다.

그런 인재가 도적(크로싱)에게 습격당해 죽었다고 들었을 땐 정신이 혼미해질 정도로 충격을 받았었다.

그 이후 그의 인생은 죽음을 기다리며 왕국을 어떻게든 유지하기만 하는 인생이었다.

캘리퍼 왕국에 그럴듯한 미래가 없음을 알고도, 미래를 이을 인재가 없음을 알고도, 뭐가 됐든 왕국은 유지를 해야 했으니까.

그러던 중 리즈나의 피를 이은 알스가 나타났으니 가레스가 그에게 집착하는 것은 당연했다.

자신이 이뤄 놓은 왕국을 이을 사람으로 자신의 아들들이 아닌 알스가 적합함을 확신했다.

그런 알스가 크로싱에서 영문 모를 이유로 사라졌으니 가레스가 분노한 건 당연했다.

그 시점엔 펜실론 재흥 세력을 몰살한 범인이 크로싱이라는 걸 알아낸 상태였기에 그 분노는 걷잡을 수 없었다.

그런 분노가 가까스로 유지되고 있던 그의 건강을 해쳤다.

그는 며칠 전부터 사경을 헤매고 있었다.

그의 주치의가 더 이상은 일어나지 못할 거라 얘기했을 정도로.

"저입니다. 폐하, 알스 일라인입니다."

"……!"

가레스는 의식이 끌어 올려짐을 느꼈다.

그 목소리는 그만큼 신비한 힘을 가지고 있었다.

눈을 뜬 그는 알스의 얼굴에서 리즈나 알메인을 겹쳐 봤다.

"오오……. 리즈나……!"

"예, 그 아들인 알스입니다. 폐하, 제가 돌아왔습니다."

본래 알스는 그 부분을 부정하고 있었지만, 지금에 와서까지 부정할 생각은 없었다.

가레스는 눈물을 주르륵 흘렸다.

"어딜 갔다 이제 온 것이냐……! 짐이 그렇게 걱정을 했거늘……!"

"폐하, 기뻐하십시오. 전 마법이 있는 외부 세계에 갔다 왔습니다."

"뭐라……?"

알스는 외부 세계에 대해 설명을 했다.

가레스는 반신반의할 수밖에 없었다.

"그게 정녕 사실이냐? 이 세계의 밖에 마법의 세계가 있다고……?"

알스는 모든 마나를 끌어 올렸다.

이 중앙 대륙에선 마법을 사용하기 어려웠으나, 어렵다뿐이지 강제로 사용하면 할 수는 있었다.

지금 알스의 경우처럼 모든 마나를 쥐어 짜낼 경우다.

그 마나를 쥐어 짜내서 만든 것은 아주 자그마한 비전과 빛의 구체였다.

그 구체는 영롱하게 빛나더니 방의 천장에 붙어 화려하게 빛났다.

"보십시오, 이게 그 마법의 일부입니다."

"오, 오오……!!"

시종들도 눈을 크게 뜨고 그 광경을 바라보고 있었다.

"정말로 마법이……! 마법이 있었다니……!"

"외부 세계는 폐하께서 꿈꾸던 바로 그곳입니다. 마법을 통해 식량난을 해결했으니까요."

엄밀히 말하면 지금은 중앙 대륙 쪽이 훨씬 더 살기 좋은 상황이긴 했으나 알스는 굳이 그런 부분은 얘기하지 않았다.

가레스 국왕은 만족스럽게 미소 지었다.

"역시 리즈나의 아들답구나. 기어코 우리의 숙원을 이뤄냈어……!"

"아직 시작일 뿐입니다. 폐하, 저는 중앙 대륙과 외부를 분리하는 결계를 파괴하고 모든 것을 통합시킬 생각입니다."

"그래, 그리해야겠지. 그것이야말로 네게 주어진 로열로
드이니라!"

"그 로열로드를 반드시 이뤄 내도록 하겠습니다."

"허허허……!"

그때 쾅! 요란한 소리를 내며 침소에 들어온 자들이 있었
다.

막 달려왔는지 길버트 살레온은 씩씩거리며 알스를 노려
보았다.

"알스 일라인……!"

"이거야 길버트 님이 아니십니까. 에리나를 만나러 그란
셀에 가 있을 거라 생각을 했습니다만."

"역시 그 애는 미끼였던 것이냐?"

"미끼라뇨, 설마요."

길버트 외에도 왕궁의 대신들, 왕자들, 그리고 근위대도
함께였다.

가레스는 마침 잘됐다며 억지로 몸을 일으켰다.

"폐, 폐하! 일어나 계셨습니까!"

길버트는 당황했다.

주치의에게 듣기론, 가레스 국왕이 이번 잠에서 깨어나지
못할 거라고 들었으니까.

가레스는 알스에게 부축을 받으며 앙상한 다리로 섰다.

그러고는 숨을 깊게 들이쉬며 고한다.

"나는 이제 먼 곳으로 떠날 몸이다. 그러니 앞으로 캘리퍼를 다스릴 후계자, 차기 국왕을 정하려고 한다!"

주변이 크게 웅성였다.

후계자 문제는 그만큼 민감했기 때문이다.

가레스 국왕은 2년 전 돌연 1왕자의 왕위 계승권을 박탈했었다. 왕위를 잇기엔 너무 나이가 많고 병치레가 잦으며, 행실이 방탕하다는 이유였다.

이 때문에 살레온 공작가에서 2왕자를 이용해 권력을 잡은 거기도 했다.

그런 상황에서 가레스 국왕이 후계자를 공식적으로 천명하는 건 권력의 구도가 흔들릴 만한 대사건이었다.

"폐, 폐하! 지금은 일단 안정을 취하시고……!"

불길함을 느낀 길버트는 진정시키려 했지만 가레스는 멈추지 않았다.

"여기 이 알스 일라인을 왕위 계승 1순위로 정하도록 하겠다! 대신들과 근위대는 명심하도록 해라!"

폭탄 발언.

가레스는 이미 알스에게 국가를 넘기려고 생각하고 있었으나 그것은 헬리안 공작을 중심으로 한 자연스러운 권력 이양이었다.

하지만 헬리안 공작이 실각하고 살레온 공작가가 실권을

쥔 지금은 그것만으로는 안됐다.

그러니 큰 것 한 방을 먹일 필요가 있었다.

그게 바로 이것이었다.

"그, 그런…… 있을 수 없습니다!"

길버트가 반발했으나 가레스가 날카롭게 노려본다.

"지금 짐의 명령을 거부하겠다는 게냐, 길버트으——!"

죽기 직전의 노인이라고 생각하기 힘든 박력에 길버트는 움찔했다.

먼저 응한 것은 근위대였다.

근위대 간부들이 한쪽 무릎을 꿇으며 외친다.

"목숨을 바쳐 폐하의 명을 받들겠사옵니다!"

근위대가 충성을 외치자 왕궁의 대신들 몇몇도 고개를 끄덕였다.

그들은 가레스를 계속 보필해 온 개국공신들이었다.

"그게 캘리퍼를 개국한 당신의 마지막 의지라면……!"

"받들겠사옵니다!"

물론 이걸로 간단히 끝날 문제가 아니었다.

실권을 쥔 살레온 공작가가 가만히 있지 않을 테니까.

그렇기에 알스는 곧바로 명령을 내렸다.

"왕위 계승자로서 명하겠다! 당장 헬리안 공작과 그의 인재들을 왕궁으로 불러들여라!"

이 명령에 길버트의 안색은 새파랗게 변하고 말았다.

그것은 알스가 알펜서드의 왕궁을 기습적으로 방문하기 4시간 전의 일이었다.

살레온 공작가의 당주 길버트 살레온은 묘한 소식을 전달받는다.

"에리나가? 그게 정녕 사실이냐?"

"예! 에리나 님의 존안을 확인한 사용인이 확실하다고 증언을 했습니다!"

실종됐던 딸의 생환에 길버트는 기뻤지만 한편으론 의구심을 품었다.

그는 에리나의 실종에 대해 사랑을 찾아 가문을 버리고 잠적했거나, 혹은 알스를 제거하기 위한 크로싱의 흉계에 휘말려 사망했다고 생각했다.

그런 에리나가 살아서 돌아왔다고 하니 누군가의 계략이 아닐까 지레 생각한 것이다.

'에리나가 살아 있다는 건 알스 일라인 그놈이 살아 있을 수도 있다는 뜻인데?'

알스가 헬리안 공작가와 밀접한 관계를 맺고 있었다는 건 이미 판명이 됐다. 그렇다는 건 알스 또한 자신의 정적이라는 뜻이었다.

'국왕께서 그를 특별히 총애하셨었지. 혹여나 그가 국왕을

만나게 되면 상황이 골치 아파질 수 있다.'

길버트는 미간을 지그시 모았다.

"에리나는 지금 어디 있지?"

"현재 일부 호위대와 함께 그란셀로 향하고 계십니다!"

"그란셀……? 나를 그곳으로 유인할 생각인가?"

"길버트 님……? 유인이라고 하시면……?"

"이러고 있을 게 아니다. 당장 그 호위대에 전해 그란셀로 가지 말고 알펜서드로 오라 전해라!"

"예, 옛!"

그렇게 그란셀로 향하던 에리나가 알펜서드에 돌아온 건 3시간 만의 일이었다.

"아버님!"

"오오! 정말로 에리나 너로구나! 내 소중한 딸! 대체 무슨 일이 있었던 게냐!"

"그게…… 설명하려면 여러모로 복잡합니다."

외부 세계에 대해선 당장은 비밀로 하기로 했기 때문이다. 외부 세계가 있다는 게 널리 알려지면 어떤 반향을 불러일으킬지 예측하기 힘들었으니까.

그렇기에 에리나는 아버지에게도 말하지 않은 것이었으나, 길버트는 그걸 곡해하고 만다.

그는 싸늘한 표정으로 말한다.

"알스 일라인이 말하지 말라고 시키더냐?"

"예?"

"그놈이 무슨 일이 있었는지 말하지 말라고 했냐 이거다."

"그것이…….."

그게 사실이었기에 에리나는 뭐라 말을 잇지 못했다. 그럴수록 길버트의 안색이 험악해진다.

"빌어먹을, 역시 그놈도 살아 있었던 거군. 이거 골치 아파졌어……."

"아, 아버님……?"

"에리나, 오늘부로 그놈과의 인연을 끊도록 해라."

"예……!?"

당연히 에리나는 받아들일 수 없었다.

그러기에는 이미 너무 깊이 관계를 맺었으니까. 에리나에게 알스가 함께하지 않는 미래는 상상할 수도 없었다.

그런 그녀에게 길버트는 냉혹하게 고한다.

"마침 잘 돌아와 줬다. 우리가 지지하는 2왕자의 반려로 딱 알맞겠어."

2왕자와의 관계를 강화하기 위해서 딸을 시집보내는 건 그에게 너무나도 당연한 일이었다. 심지어 길버트는 그 이상을 꿈꿨다.

2왕자는 50대 중반의 나이임에도 아이라곤 아들 하나와 딸 둘밖에 없었으니까.

에리나가 2왕자의 아이를 낳은 뒤, 2왕자를 암살하고 그의 아이들까지 제거하면, 에리나가 낳은 아이를 왕으로 추대할 수 있다.

'아니, 그냥 내가 왕위에 앉아도 되겠지!'

길버트의 눈은 권력욕으로 물들어 있었다.

그런 아버지의 모습에 에리나는 커다란 충격을 받았다.

길버트가 야망이 있고 정치적인 면모가 강한 사람이긴 해도 자신에겐 언제나 다정한 아버지였으니까.

말버릇처럼 정략결혼만큼은 시키지 않겠다고 했었다.

그런데 지금은 자신이 쥐게 된 권력에 미쳐 주변의 모든 것을 정치적으로 생각하고 있었다.

에리나는 입술을 앙 깨물었다.

"저, 저는 그러고 싶지 않습니다."

"……뭐라고?"

"알스 님이 진심으로 절 받아들여 주셨어요. 전 그분과 함께할 거예요!"

"이해는 한다. 그놈이 뛰어난 영웅인 건 사실이니까. 네가 흠모하는 마음을 품은 건 당연해. 하지만 에리나, 이건 가문을 위한 일이다! 우리 살레온 가문이 왕족이 되기 위한 위업! 그건 너만이 할 수 있다!"

"아버님……!"

"게다가 알스 일라인 그놈이 널 진심으로 사랑할 것 같으냐? 그놈의 곁에는 너보다 아름답고 뛰어난 여자들이 줄을 설 거다. 그렇게 되면 넌 점차 소외되다 결국엔 잊히고 말겠지. 그래도 좋다는 게냐?"

"알스 님이 그럴 리 없어요! 그분은……!"

"됐다. 애초에 그놈과는 결판을 낼 생각이었으니까, 에리나 넌 신경 쓰지 않아도 좋다. 이 아비만 믿고 따라오면 돼."

"결판이라니요……? 설마 알스 님을 제거하려는 속셈인가요!?"

"가능하다면. 다만, 크로싱이 어떻게 나올지를 알 수가 없어서 당장은 시도할 수 없겠지만 말이다."

길버트가 그런 말을 하니 에리나의 눈빛이 스산해졌다.

아버지가 알스를 죽이겠다고 선언한 순간, 그녀는 가문도, 가족도 전부 버리기로 결심을 한 것이다.

"아버님, 저는……."

그러던 때였다.

쾅! 저택의 문을 열어젖히고 길버트의 측근이 나타난다.

"뭐냐, 노크도 없이. 지금 딸과 얘기를 하고 있는 게 보이지 않느냐?"

"그, 그럴 때가 아니옵니다! 지금 갑자기 나타난 알스 일라인이 왕궁에 억지로 진입해 근위대를 앞세워 국왕 폐하의 침소로 향하고 있다고 합니다!"

"뭣이라고!?"

설마 알스가 이렇게 대담하게 행동할 줄은 길버트도 예상치 못했다. 순식간에 근위대를 포섭해서 국왕의 침실로 향하다니.

"아니, 오히려 잘됐다! 폐하께선 사경을 헤매는 중이실 터! 폐하의 죽음을 놈의 책임으로 몰고 가면 돼! 자, 어서 가자!"

그러나 그가 국왕의 침소에 도착했을 때, 알스는 이미 쐐기를 박은 상황이었다.

가레스 국왕이 알스에게 왕위 계승 1순위를 넘겨주면서, 길버트의 계획에 커다란 차질이 발생한 것이다.

우선 근위대를 포섭한 나는, 왕궁을 장악하는 과정에 들어갔다.

근위대를 통해 왕궁에 대한 출입을 완전히 통제한 것이다. 길버트 살레온의 발을 묶어 행동력을 낮추기 위함이었다.

'한번 해 본 게 도움이 되는데?'

엘란 왕국 왕위 계승전의 경험이 정말 큰 도움이 됐다. 그때도 그랬듯이, 왕궁 장악에 가장 큰 역할을 하는 건 근위대였다.

근위대를 전부 내 휘하로 넣으니 순식간에 왕궁이 장악됐다.

'이제 헬리안 공작 일파가 왕궁으로 복귀할 때까지만 버티면 돼.'

그리고 가능하면 그때까지 가레스 국왕이 살아 있어 줬으면 했다.

가레스 국왕은 기적적으로 깨어나긴 했지만 여전히 건강이 안 좋은 상태였다.

그는 마지막 불꽃을 태우듯, 왕좌에 앉아 내게 권력을 이양해 주고 있었다.

나는 그 옆에서 그의 말동무가 돼 주고 있었다.

"그랬었구나……. 파라인 국왕도 그런 생각을…….."

"예, 그분도 대륙의 미래를 진심으로 걱정하고 계셨습니다. 그렇기에 대륙을 통합하고자 하고 있는 것이죠. 펜실론 재흥 세력을 몰살한 것은 슬픈 오해가 있었습니다만…… 결국에 저를 지지해 주기로 하신 걸로 봤을 때, 그분도 그때의 일을 후회하고 계신 겁니다."

"허허…… 노인들이 생각하는 건 다 비슷하다는 거겠지."

그는 씁쓸하게 웃더니 내 목을 보며 묻는다.

"그 리즈나에게서 물려받았다는 목걸이를 보여 주겠느냐?"

"예? 아, 예."

나는 옷 안에 들어가 있던 사파이어 목걸이를 꺼내 보였다.

가레스 국왕은 흐뭇하게 웃는다.

"역시 그렇군. 리즈나는 네 미래를 걱정한 게다. 그러니 널 보호하기 위해서 그 목걸이를 물려준 게야."

"이 목걸이가 저를 보호한다고요……?"

내 어머니가 목걸이를 유미르에게 넘겨줄 때 똑같이 말했었다.

이 목걸이가 날 보호해 줄 거라고.

그러나 그 의미는 지금껏 알 수가 없었다.

파라인 국왕이 이 목걸이를 보고 내 정체를 파악하긴 했으나, 그 자세한 내막은 알려 주지 않았으니까.

그래서 혹시나 하여 마법적인 무언가가 있는 목걸이인가 했으나 그런 건 아니었다.

"이 목걸이에 다른 뜻이 있는 건가요?"

"그 목걸이 자체는 평범한 물건이지. 다만……."

가레스 국왕은 이 목걸이에 대한 내막을 설명해 주었다. 그 내막을 듣자 나는 소름이 돋을 수밖에 없었다.

"그, 그랬던 거군요……. 이 목걸이에 그런 의미가……."

그 얘기를 듣자면 이 목걸이는 분명한 힘이 있었다. 나를 외부의 압력에서 완벽하게 지켜 줄 수 있는 힘이, 어머니의 마음도 말이다.

"그 목걸이를 어떻게 쓰느냐는 전부 네 역량에 달렸느니라. 부디 좋은 방향으로 이야기가 된다면 좋겠구나."

"저도 그렇게 됐으면 좋겠습니다."

"후우……!"

지친 듯이 한숨을 쉬는 가레스 국왕.

"괜찮으십니까?"

"괜찮다……. 나는 괜찮아……. 그보다 외부 세계에 관한 일을 더 얘기해 주지 않겠느냐? 네 얘기를 들으니 마치 기분 좋은 꿈을 꾸는 것 같구나. 내가 꿈꾸던 세계를 직접 거닐고 있는 듯한 기분이 들어……."

"……."

시간이 정말 얼마 남지 않은 상황이었다.

다행스럽게도, 헬리안 공작은 늦지 않게 왕국에 도착했다.

"폐하! 이 레그나트 헬리안! 부름을 받고 한달음에 뛰어왔 사옵니다!"

"오오…… 레그나트. 네 얼굴을 보고 떠날 수 있어서 정말 기쁘구나. 가까이 오거라."

국왕은 헬리안 공작에게 후사를 맡기고는 여한이 없다는 듯 미소 짓는다.

이 의미를 눈치챈 헬리안은 왕궁 내의 신하들을 전부 알현실에 모았다.

짙은 침묵 속에 가레스 국왕이 중얼거리듯 말한다.

"이런 난세 속에서 국가란 하나의 조각에 불과하노라. 국민들을 위해서, 대륙의 미래를 위해서도 모든 조각이 하나가 될 필요가 있다. 그 합쳐진 조각 속에서 비로소 평화가 오는 것이니……. 대신들은 명심하라, 이 소국의 존속만을 생각하지 말아라. 너희가 진정으로 지켜야 하는 건 모든 조각이 하나로 합쳐졌을 때의 대국이니라. 그러니 여기 이, 알스 일라인을 믿어라. 그는 반드시 모든 조각을 하나로 합쳐 대국을 세워 평화를 가져올 테니까……."

그 말을 끝으로 가레스 국왕은 스르르 눈을 감았다.

난세에 어울리지 않는 우유부단한 왕이었으나, 그 어떤 국왕보다 국민을 먼저 생각한 성군.

그의 마지막은 더없이 평온했다.

대신들은 눈물을 머금고 너 나 할 것 없이 외쳤다.

"정말 고생하셨습니다, 폐하……!"

"폐하의 명을 받들겠습니다……!"

"국왕 폐하를 위하여!"

"대륙의 평화를 위하여!"

떠나갈 듯한 왕궁. 가레스 국왕의 자식들을 비롯해 살레온 공작 일파는 표정이 썩을 수밖에 없었지만, 이 흐름은 이미 거스를 수 없었다.

가레스 국왕의 죽음으로 인해 캘리퍼 왕국은 비탄에 빠졌다.

왕궁은 장례식 준비를 시작했고, 각국에서도 사절단을 파견하기로 결정을 내렸다.

슬픈 건 나도 마찬가지였으나 내겐 그럴 시간조차 없었다.

곧장 헬리안 공작을 만나 앞으로의 일을 상담하기로 했다.

"오랜만입니다, 헬리안 공작님."

"으음, 오랜만이군. 2년 정도 됐나?"

"아마 그쯤이겠죠. 어떻게 지내셨습니까?"

"자네 때문에 고생 좀 했지. 자네가 크로싱에 의해 살해됐다는 얘기가 나왔을 때, 나는 크로싱의 끄나풀이 아니냐 하는 누명을 썼었으니까. 길버트 녀석에게 크게 한 방 먹고 만 거야."

"제가 아니었으면 큰일 날 뻔했던 거군요."

"구사일생을 했지. 길버트 녀석은 가레스 국왕께서 승하한 후 나를 제거하려는 속셈이었을 테니까. 자네가 며칠만 늦었어도 난 죽은 목숨이었을 거야."

"휘유! 여러모로 시기적절했던 거군요."

"그렇지. 근데 자네……."

헬리안은 내 가슴에 얼굴을 콕 묻고 있는 류나를 보며 조심스레 묻는다.

"그 애는 자네 아이인가?"

"그렇습니다. 낯가림이 워낙 심해서 그런 거니 이해를 해 주십시오."

머리를 쓰다듬어 주자 류나는 내 가슴에 얼굴을 비비며 애교를 부린다.

"음, 그건 그렇고. 앞으로는 어떻게 할 생각인가? 살레온 공작 일파가 당장은 얌전히 있겠지만 머지않아 흉계를 꾸밀 걸세."

"제거하느냐, 포섭하느냐. 둘 중 하나를 선택하라는 건가요?"

"그래."

"가능하면 포섭하고 싶습니다."

"어려울 걸세. 왕자들이 그쪽 편이니까. 왕자들은 자신들이 더 이상 왕족이 아니게 된 것에 분노해 있을 걸세. 당연히 자네의 자리를 찬탈하려 하겠지."

"가레스 국왕의 자제들을 죽이는 건 거부감이 있습니다만……."

"나도 그래. 하지만 권력 다툼은 언제나 잔혹한 법이지. 좋아, 내게 맡기게. 유배를 보내는 걸로 가닥을 잡을 테니까. 크로싱 방면에 유배를 보낸다면 그나마 괜찮겠지."

"이거야……. 저도 로자에게 뭐라 할 처지가 아니었군요."

"로자? 그건 누구지?"

"이국의 여왕입니다."

"이국의 여왕?"

"이 부분은 차차 설명을 하겠습니다. 그보다도 툰카이와의 전쟁에 대해 얘기를 해 주지 않겠습니까?"

툰카이와 캘리퍼 간의 전쟁. 이게 대륙 전쟁으로 비화할 조짐이 보이고 있었기에 어떻게든 수습을 해야 했다.

그러나 헬리안은 곤혹스러운 표정으로 고개를 흔들었다.

"이번 일 때문에라도 그 전쟁은 이제 걷잡을 수 없어. 그도 그럴 게 베카비아 지역에서 전쟁을 치르고 있는 총대장은 알티오르 살레온 공작이니까. 그의 군대를 물린다면 곧장 우리를 공격하려 들 걸세. 군부 쿠데타로 이어지는 거지."

"곤란하게 됐군요……."

이렇게 되면 방법은 두 개밖에 없었다.

크로싱의 군대를 이용해 툰카이, 캘리퍼 군 전부를 물리치든가.

그도 아니면 툰카이의 군대가 형식적인 승리를 거두게 만들든가.

그걸 위해서라도 툰카이 방면으로 향했던 애쉬의 정보를 기다리기로 했다.

5장

권력을 이양받은 나는 분주하게 움직여야 했다.

솔직히 말해서 일이 이렇게까지 풀릴 거라고는 생각지 못하고 있었다.

가레스 국왕을 만나러 간 목적은 헬리안 공작을 복권시키는 것이었지, 내가 왕이 되는 것은 아니었으니까.

'곤란하게 됐네.'

내 가신들이 죄다 외부에 있기 때문에 더더욱 그랬다. 아직 국가를 운영할 준비가 안 됐다고 할까.

그렇다고 대관식을 미루자니 반대파에게 명분을 줄 것 같았다.

하여 각국의 사절들이 도착한 시점에 간소하게 대관식을

진행하기로 했다. 전쟁 중임을 고려하여 번갯불에 콩 볶아 먹듯 끝내기로 한 것이다.

그렇게 한동안 바쁘게 움직여 주던 헬리안 공작이 지친 기색으로 말한다.

"다른 국가에서 어떤 입장을 취할지 예상이 가질 않는군. 가레스 국왕께서 자네를 직접 지명하셨다고는 하나, 워낙 고령이셨으니까. 왕위 계승 과정에 의문을 표할 걸세."

"왕자들의 입장은 아직도 변함이 없습니까?"

"그래. 아버지가 노망이 난 거다. 혹은 자네가 협박을 한 것이라 주장하고 있네."

"후우! 이런 정쟁이나 하려고 시간을 내서 돌아온 게 아닌데 말이죠……."

"자네, 만약 베카비아 방면에 있는 알티오르 살레온의 군대가 회군을 시작하면 어쩔 생각인가? 지금 왕도에 있는 병사의 숫자로는 그들을 막아 낼 수 없을 텐데."

"그쪽에 주둔 중인 병력이 얼마라고 했죠?"

"주둔군이 4만, 예비 병력이 2만일세. 반면 우리가 운용할 수 있는 군의 숫자는 내 세력을 전부 합쳐도 4만이야."

"……."

마음 같아선 크로싱군을 움직여서 상황을 정리하고 싶었지만, 그랬다간 나와 크로싱의 밀월 관계가 크게 부각되고 만다.

그 경우 정통성에 대한 의구심이 더더욱 커지게 된다.

"……일단 조치는 취해 놨습니다. 다만, 제대로 될지는 모르겠네요."

"아, 그런데 에리나 살레온에 대해선 어떻게 할 거지?"

"그녀의 선택을 존중할 겁니다."

"훗, 심정은 이해하지만……. 그 애는 자네가 결단을 내려 주길 기다리고 있을지도 몰라."

"그렇다고 해도입니다. 가문과 가족을 버리게끔 강제해선 안 된다고 생각해요."

"흠……."

그렇게 헬리안 공작과 얘기를 나누던 차였다.

시종이 당황한 목소리로 말해 왔다.

"폐, 폐하! 다짜고짜 폐하와의 알현을 요청하는 자가 있사옵니다! 엘레나라고 전하면 통과시켜 줄 거라고……."

"내가 부른 손님이 맞습니다. 들여보내세요."

안내되어 온 엘레나는 어깨를 으쓱인다.

"소란이 벌어진 모양이던데요. 일라인 당신, 왕이 된 겁니까?"

"저도 예상치 못한 상황이에요. 그보다 남편의 성묘는 잘 하고 왔어요?"

"다행히 그대로 남아 있더군요. 그 사람이 생전에 좋아하던 꽃을 놓고 왔습니다."

헬리안 공작이 그녀가 누구냐며 내게 눈짓했다.

"쿠라벨 성국의 선대 발키리입니다. 40여 년 전에 펜실론 제국의 군대를 무찌른 여걸이죠."

"그게 정말인가!? 그렇담 군부에 큰 도움이 되겠군!"

"장군에 대한 자질은 없습니다. 무관 유형이에요."

이에 엘레나는 자존심이 상한 듯 미간을 찌푸린다.

"일라인, 종종 느끼는 거지만, 당신은 저를 무시하고 있군요."

"그야 비교 대상이 일리야 스승이나 안톤이니까요."

"윽……!"

"그게 자존심이 상한다면, 당신이 직접 증명을 해 줘요. 내 생각이 틀렸다고."

"흥, 두고 봐요. 반드시 보여 줄 테니까."

이건 엘레나도 은근히 내 가신으로 자리를 잡았다는 뜻이었다. 그게 아니었다면 내가 자신을 어떻게 평가하건 전혀 신경 쓰지 않았을 테니까.

알스의 대관식이 치러지기 전.

반대파 인물들은 분주하게 움직이고 있었다.

장례식 명목으로 왕궁에 억류돼 있던 길버트 살레온은 현재 상황과 앞으로의 움직임을 구체적으로 적은 편지를 왕궁 밖으로 전달하는 데 성공한다.

이걸 베카비아 방면에 있는 아버지에게 전하면 상황은 역전된다.

대장군 알티오르 살레온이 이끄는 6만의 군대가 회군하여 수도와 왕궁을 점거할 수 있으니까.

'오히려 잘된 걸지도 몰라!'

길버트는 군부 쿠데타를 통해 본인이 직접 왕위에 앉을 생각이었다.

이미 알스가 왕위에 앉은 시점부터 정통성을 챙길 필요는 없어졌으니까.

그렇게 길버트의 야망이 담긴 편지가 대장군 알티오르에게 전달이 되고 만다.

"으음⋯⋯!"

알티오르는 침음성을 흘렸다.

개국공신 중 하나인 그는 가레스 국왕에 대한 충성심이 남다른 자였다.

그가 길버트에게 공작 작위를 물려주지 않고 계속 유지하고 있던 이유도, 가레스 국왕을 끝까지 보필하고 싶었기 때문이었다.

가레스 국왕이 붕어하면 그때야 공작 위를 길버트에게 물려줄 생각이었던 것이다.

'그게 설마 이런 형태가 되다니……!'

가레스 국왕이 알스를 차기 국왕으로 지명했다고 하니 내심이 복잡했다.

존경하는 국왕의 마지막 명령을 거스르고 가문을 부흥시키느냐, 그게 아니면 왕의 유언을 지키느냐.

고뇌하던 그는 결국 전자 쪽으로 가닥을 잡았다.

'나는 이미 일선에서 물러난 거나 다름없는 몸. 길버트, 어디 네 뜻대로 해 보거라.'

이미 살레온 공작가의 실질적인 당주는 길버트였다. 공작 작위만 없을 뿐, 모든 실권을 그가 가지고 있었다.

알티오르는 결심을 마치고 군에 명령한다.

"모두 철군 준비를 해라! 수도로 회군하겠다!"

알스와 헬리안 공작이 가장 우려하던 상황. 전선에 있던 군대가 회군을 시작한 것이다.

베카비아 전선을 버리고 수도를 향해 남하를 준비하는 캘리퍼군.

대치하고 있던 툰카이군의 입장에선 어부지리를 취하는 셈이었는데, 그때 툰카이의 군대 일부가 돌발 행동을 취한다.

후퇴하고 있는 캘리퍼군의 꽁무니를 쫓은 것이다.

"적습! 툰카이의 기병대가 우리 군의 후미를 공격해 들어왔습니다!"

이에 알티오르는 오만상을 찌푸렸다.

"그놈들이 대체 왜!"

툰카이 입장에선 그냥 보내는 게 상책인 상황이었다. 그럼에도 3천의 기병대가 따라붙은 건 알스가 취해 놓은 조치 때문이었다.

"이럇!"

"하아앗!"

콰콰콰콱! 선진에서 위용을 뽐내고 있는 창잡이.

애쉬는 투구에 묻은 피를 닦으며 주변을 넓게 바라보았다.

"선진이 태세를 전환하려 하고 있다! 빠져나갈 준비를 해라! 루크! 너무 깊숙이 들어갔어!"

"미, 미안합니다. 바로 돌아갈게요!"

루크레치아는 처음 겪어 보는 대규모 전쟁에 잔뜩 흥분해 있었다. 한편으론 목숨이 우수수 사라져 가는 참혹함에 대한 두려움을 느끼고 있었다.

"젠장…… 돌아오자마자 이거냐고. 하여간 이쪽 대륙은 답도 없다니까."

애쉬는 오랜만에 느끼는 전쟁의 더러운 맛에 자기도 모르게 침을 뱉었다.

"노획품을 챙겨서 전장을 이탈한다! 후퇴!"

애쉬는 후퇴를 하면서 장교 하나를 불렀다. 알스가 보낸 크로싱 출신의 장교였다.

"이러면 되는 거겠지?"

"그렇습니다. 웨이드 님께선 애쉬 님이 시간을 끌어 주어야 한다고 하셨습니다."

"그 자식……. 내가 툰카이에서 어떤 위치에 있는지 잘 알고 있었을 텐데."

애쉬의 입장에서 3천의 기병대를 차출한 건 아찔한 모험이었다. 이 병력은 툰카이의 왕족들 모르게 극비리에 조직한 그만의 세력이었으니까.

"내가 이런 짓을 했다는 걸 알면 그놈들이 가만있지 않을 텐데……. 곤란하게 됐네."

그런 그에게 루크레치아가 말한다.

"그때는 그를 의지하면 되는 것 아니겠어요? 이미 그는 당신을 자기 사람이라고 생각하고 있는 거겠죠. 그래서 이런 역할을 맡긴 거고요."

"어휴……. 역시 그런 거겠지?"

애쉬는 뒷머리를 북북 긁적였다.

당초엔 그도 딱히 알스를 진심으로 신뢰하는 건 아니었다. 언젠간 적으로 마주치게 될 입장이라 생각했다.

그러나 외부 세계에서 지낸 시간들이 둘의 관계를 크게 바꿔 놨다.

애쉬는 가신을 자기 목숨처럼 아끼거나, 그 외에 인간적인 알스의 인품에 반해 있었다. 그가 자신을 가신처럼 대하는 것에도 점점 익숙해졌다.

친구로서도, 주군으로서도 인정을 해 버린 것이다.

게다가 베카비아 멸망을 받아들인 소피아의 초연한 태도 또한 애쉬의 가치관을 흔들어 놨다.

자신이 툰카이를 뒤집어엎어서 왕이 된다고 한들 그게 무슨 의미가 있을까 하는 생각이 든 것이다.

그러느니 알스를 도와 대륙 전체를 평정하는 게 낫지 않을까 하는 생각이 들었다.

'뭣보다 그 쥬라스 파밀리온 놈을 적으로 돌리고 싶지가 않아.'

알스를 적대한다는 건 곧 쥬라스와 크로싱을 적대해야 한다는 뜻. 애쉬는 그렇게까지 피곤한 짓을 하고 싶지 않았다.

"어쩔 수 없지. ……우리 군은 이대로 적군을 쫓아 캘리퍼 영토로 들어가겠다!"

그러고는 캘리퍼 쪽에 투항을 하여 정식으로 알스의 가신이 될 생각이었다.

그러던 애쉬에게 있어선 최악의 소식이 전해진다.

바로 서부에서 호시탐탐 기회를 노리고 있던 알바드 왕국이 참전하여 살레온 계파를 도와 수도 알펜서드로 진군하고 있다는 이야기였다.

대관식에는 각국의 외교 사절들이 방문을 한다.

크로싱에선 당연히 내 즉위를 축하했으나, 다른 국가들은 반응이 모호했다.

대륙을 떠들썩하게 했던 용병 웨이드가 크로싱에서 실종된 지 2년 만에 나타나 갑자기 왕위를 이었다고 하니, 크로싱의 모략이 아니냐 오해할 수밖에 없었던 것이다.

애초에 날 별로 안 좋아하는 국가들이 많기도 해서 어쩔 수 없었다.

전쟁 중인 툰카이는 아예 외교 사절을 보내지도 않았고, 에우로페는 상황을 더 지켜보겠다며 미온적인 입장을 취했다.

반면 내게 적대를 한 곳도 있었다.

바로 빌랑과 알바드였다.

빌랑 측은 왕위 계승 과정에서 발생한 찝찝함을 명분으로 들어 나를 캘리퍼의 정통 후계자로 인정하지 않았고, 알바드의 경우에는 대놓고 가레스 국왕을 협박하여 왕위를 찬탈한 것이라 주장하며 내 왕위 계승을 반란으로 규정지었다.

거기서 끝났다면 그러려니 했겠지만, 알바드가 군대를 준동시킨 게 문제였다.

알바드는 베카비아 지역의 참전을 염두에 두고 이미 군비를 증강한 상태였기에 출병이 재빨랐다.

대장군 카이엔을 총대장으로 하여 5만의 병력이 서부 영토를 관통하여 내가 있는 알펜서드까지 진군을 시작한 것이다.

"알스! 이젠 어쩔 수 없네! 크로싱의 군대를 불러와야 해!"

"……그건 최후의 보험입니다. 지금은 우리 힘으로 어떻게든 해야 돼요."

만약 지금 크로싱군을 불렀다간 내 정통성은 완전히 사라지고 만다.

"내가 3만의 군대를 이끌고 직접 출병하겠습니다. 공작님은 왕궁의 소란을 최소화시켜 주세요!"

"정말 괜찮겠나? 살레온의 군대는 둘째 쳐도, 알바드의 군대까지 상대할 여력은 없어! 아무리 자네라도 말이야!"

"……제게 생각이 있습니다. 그러니 당신은 왕궁을 지켜 주십시오."

헬리안 공작은 마지못해 고개를 끄덕였다.

나는 왕가의 군대 1만과 헬리안 계파의 군대 2만을 이끌고 서부로 향했다.

'큰일이야, 이러면 애쉬가 위험해지는데……!'

알바드 쪽이 살레온 공작가와 손을 잡고 침공을 해 온 거라면, 살레온 군대의 꽁무니를 따라가며 진군 속도를 늦추고 있는 애쉬의 기병대를 먼저 처리하려 들 가능성이 높았다.

아니나 다를까, 정찰병이 다가와 보고를 한다.

"급보! 알바드의 병력이 살레온 반란군이 있는 곳으로 이동하고 있다고 합니다!"

같이 보고를 받고 있던 엘레나는 고개를 갸웃한다.

"어째서 군을 합치려는 거죠? 각자가 우리 군을 압도하는 전력을 가지고 있는 상황인데…….'

"변수를 제거하려는 거예요. 지금 살레온 반란군의 대부분은 상황이 어떻게 돌아가고 있는지 자세히 알고 있지 못합니다. 그냥 회군한다고만 알고 움직이고 있는 장교들과 병사들이 많아요. 그들이 만약 내 편으로 돌아선다면 살레온 반란군은 와해될 수도 있는 상황이죠."

"그렇담……!"

"카이엔은 그 변수를 제거하려고 한 겁니다. 군을 한곳으로 합쳐 확실하게 전력을 구축하고 겸사겸사 또 하나의 변수인 애쉬의 기병대를 잡아먹을 생각인 거예요. 저를 완벽하게 끝장내기 위해서."

쥬라스와 함께 십걸의 수위로 꼽히는 사략의 카이엔.

펜실론 제국의 대장군이기도 했던 살아 있는 전설이 내 목을 노리고 움직이고 있는 것이다.

살레온 반란군의 회군과 알바드군의 개입.

전황은 최악이었다.

"일라인, 이건 내가 봐도 이기기 불가능한 전투예요."

내 부관으로 참전하고 있던 엘레나는 고개를 흔들었다.

"우리 군의 숫자는 보급대를 제외하면 2만 6천. 반면 상대
는 10만에 가까운 병력이라고요!"

"……."

"농성도 불가능합니다! 살레온의 반란군은 군사 관문을 무
혈로 통과하고 있다고 해요!"

그게 가장 큰 문제였다. 본래 본토 수비전이 되면 그 이점
을 활용해 지구전으로 끌고 갈 수가 있는데, 이번 전쟁은 살
레온의 반란군으로 인해 그게 불가능했다.

수도 부근에서 농성하는 방법도 있긴 하지만, 그것은 그
자체로 패배한 전쟁이 된다. 상대는 수도를 포위한 뒤에 기
타 귀족들을 포섭하려 들 테니까.

그들이 귀족들을 전부 포섭하면 형세는 돌이킬 수 없어진
다.

그래서 내가 군대를 이끌고 받아치러 간 것이었으나 엘레
나는 그 부분에서 답이 없다고 말하고 있었다.

"심지어 상대가 군을 합쳤어요. 그 기세를 막기 위해선 필
히 다른 군대의 힘을 빌려야 합니다!"

"엘레나 당신, 은근히 잔소리가 심하네요. 에오랑은 다르
게."

"지금 그런 얘기를 할 때입니까?"

"조금은…… 시간이 있을 거라고 생각해요. 결국 이번 전쟁은 명분 싸움입니다. 살레온의 반란군은 그렇다 쳐도, 알바드가 개입한 건 뒷말이 나올 수밖에 없는 일이니까요."

살레온이 알바드를 끌어들였다는 것이 공론화가 되면 중립을 고수하고 있던 귀족들이 전부 내 편으로 돌아설 가능성도 있었다.

그 부분을 의식했는지 힘을 합친 알바드와 살레온의 군대는 그 자리에서 행군을 멈춘 상태였다.

부대를 재편하기 위함도 있고, 애쉬의 기병대를 쫓아내기 위함도 있겠지만, 내게는 무언가 다른 의도가 느껴졌다.

'무슨 꿍꿍이인 거지?'

어차피 상대가 멈춰 있으니 나도 상황을 지켜볼 수 있었다.

우리는 그란셀 동부의 관문에 주둔하며 상대의 움직임을 지켜보기로 했다.

알스가 출정한 이후 알펜서드의 왕궁은 어수선해졌다.

막 대관식을 끝낸 왕이 출정을 해 버렸기도 했고, 여전히 왕국 내부엔 살레온 계파의 인물들이 억류돼 있었으니까.

왕궁의 후사를 맡은 레그나트 헬리안은 정신이 없었다.

궁정의 일도 있지만 류나 때문이었다.

"으아아아앙!"

아빠 알스가 출정해 버리자 시녀들에게 맡겨진 류나는 서럽게 울며 그 어떤 음식도 입에 대질 않았다.

그 울음소리가 얼마나 우렁찬지 시종들이 귀를 막아야 하는 수준이었다.

"아빠! 엄마! 으아아앙!"

헬리안은 고개를 절레절레 흔들었다.

"미치겠군. 불온분자들을 관리하는 것보다도 애 하나 달래는 게 더 힘들다니."

아이 돌보기에 일가견이 있는 시녀들이 전부 동원됐지만, 타인을 극도로 경계하는 류나에겐 통하지 않았다.

헬리안은 억지로라도 재워야 하나 고민을 했으나 그때 구원의 손길이 나타난다.

"제게 맡겨 주세요."

"넌……!"

에리나는 고개를 끄덕였다.

"저라면 저 애를 달랠 수 있어요."

"……잠깐, 멈춰라."

헬리안은 류나에게 향하는 에리나를 멈춰 세웠다. 만약 에리나가 변절을 해 버렸다면 류나를 인질로 삼아 흉계를 기도할 수도 있었기 때문이다.

'혹시 길버트 살레온을 왕궁 밖으로 빼내기 위한 수작인가?'

에리나는 그런 헬리안의 우려를 읽고는 처연하게 웃는다.

"전 더 이상 아버지를 따르지 않습니다."

"그 뜻은?"

"전 가족을 등지기로 했어요. 아버님은 알스 님을 죽이려 하고 계시니까요. 뭣보다…… 우리 영지 그란셀을 제물로 바치려 하고 있어요."

에리나는 그러면서 편지가 든 봉투를 하나 내밀었다.

거기엔 길버트가 외부로 보내려던 편지가 있었다.

그 내용은 충격적이었다. 헬리안도 눈을 부릅떴다.

"괴뢰군을 이용해 그란셀을 불태우고 영지민을 학살한다고!? 살레온 공작가 본인들의 영지를!?"

그 의도를 금방 알아챈 헬리안은 주먹을 부르르 떨었다.

"길버트 네 이놈……! 기어코 선을 넘으려 하는구나!"

현재 알스의 군대는 그란셀 동부에 주둔해 있었다.

살레온이 쿠데타를 꾀하고 있는 와중에 그란셀이 약탈당한다면, 당연히 범인으로 지목되는 건 알스였다.

이건 아주 좋은 명분이 된다.

길버트가 알스를 제거하고 왕위에 앉을 좋은 명분이.

길버트는 영지민의 복수를 명분으로 세워 쿠데타를 정당화할 생각이었던 것이다.

"그가 외부로 보낸 편지는 이것 하나뿐인가?"

"아니에요. 아버님은 사전에 차단될 것을 우려해 여러 통의 편지를 외부로 보냈어요. 아마 이 편지도 외부에 새어 나갔을 거라고 생각합니다."

"젠장! 그렇게 주의를 했는데도……!"

쾅! 그는 벽을 주먹으로 강타하며 소리쳤다.

"이봐라! 당장 이 사실을 알스 국왕 폐하에게 전해라! 서둘러!"

"옛!"

후다닥 뛰어가는 전령.

에리나는 천천히 오열하고 있는 류나에게로 향했다.

류나를 보는 에리나의 속내는 복잡했다.

'왜 나는 아이를 가지지 못하는 걸까.'

그렇게나 많은 관계를 가졌음에도 전혀 소식이 없었다. 먼저 알스와 깊은 관계가 된 유미르와 에오니아는 둘째 쳐도, 에스텔보다도 늦은 건 그녀의 입장에서 무척 속상했다.

본인에게 문제가 있는 게 아닌가 하는 생각이 들 수밖에 없었으니까.

이 시대, 이 세계에서 불임은 굉장한 흠이었다. 그것만으로도 가문에서 추방이 될 정도다.

'나도 아이를 가졌으면…….'

그녀는 그런 속내를 애써 감추고 류나에게 말했다.

"류나야, 울지 마. 내가 왔어."

류나는 울먹이는 눈으로 에리나를 올려보더니 울음을 터뜨리며 안긴다.

"으아아앙! 엄마!"

"……!?"

에리나는 소스라치게 놀랐다. 류나가 자신을 엄마라고 부른 건 이번이 처음이었기 때문이다.

착각일지도 모른다 생각했으나 류나는 품에 안겨 안정을 찾고는 몇 번이나 엄마라고 불러 주었다.

'정말로 날 엄마처럼 생각해 주는 건가?'

거기까지 생각이 미치자 에리나는 감격에 몸에 힘이 풀리고 말았다.

그녀가 휘청이며 주저앉자 류나는 자기와 놀아 주려고 그러는 거라 생각하고 꺄르르 웃는다.

'그래, 내가 임신하지 못하는 게 무슨 상관이야. 내 아이들은 이미 있는데!'

류나도 그렇고 쌍둥이 남매도 그랬다. 알스의 아이이자, 자신의 아이였다.

"우리 류나, 왜 그렇게 울고 있었어요!"

"꺄하하!"

에리나는 근심을 떨쳐 내고 행복하게 웃으며 류나와 놀아 주기 시작했다.

살레온 반란군과 알바드의 군대가 힘을 합친 북서부의 주둔지.

　반란군의 수장 알티오르 살레온은 알바드의 대장군 카이엔을 맞아 감회 깊은 표정을 지었다.

　"아직도 정정하시군요, 카이엔 형님."

　"그런 너는 많이 늙었구나, 알티오르. 주제도 모르고 나대던 것이 어제 같은데 말이야."

　둘은 펜실론 제국 시절의 동료 사이였다.

　카이엔이 알티오르보다 6년을 먼저 임관한 상관이었다.

　카이엔을 반갑게 맞이한 알티오르는 돌연 의미심장한 표정으로 말한다.

　"형님…… 이런 상황이 된 김에. 한 가지 개인적으로 묻고 싶은 게 있습니다."

　"나중에 하도록. 지금은 사담을 나눌 때가 아니니까."

　"저 알티오르의 생전 마지막 부탁입니다. 부디 들어주십시오."

　알티오르는 이번 일이 끝나면 결과가 어떻게 됐든 스스로 목숨을 끊을 생각이었다. 결과적으로 가레스 국왕을 배신한 꼴이 돼 버렸으니까.

　카이엔은 그 속내를 읽고는 씁쓸한 표정으로 고개를 끄덕인다.

"말해 봐라."

"형님은…… 알바드는 어찌하여 우리 캘리퍼를 줄곧 적대한 것입니까?"

역사적인 앙숙인 알바드와 캘리퍼.

하지만 캘리퍼는 호전적인 국가가 절대 아니었다.

가레스 국왕의 성향을 보면 알 수 있듯이 먼저 전쟁을 일으킬 만한 국가는 아니었다.

실제로 캘리퍼가 영토를 뺏기 위해 진심으로 전쟁을 일으킨 건 이번 베카비아 전쟁과 과거 알바드를 침공했던 전쟁밖에 없었다.

심지어 알바드와의 전쟁도 계속 얻어맞다가 겨우 한 번 반격을 한 것에 불과했고, 베카비아를 침공해 툰카이와 전쟁을 벌였던 것마저도 가레스 국왕이 알스가 죽었다고 착각해 일으킨 전쟁이었다.

"그런 우리를 어찌하여 알바드는 멸망시키지 못해 안달이 났던 겁니까?"

"그걸 이제 와서 묻는 게냐?"

"지금이라도 듣고 싶습니다."

카이엔은 눈을 질끈 감고는 중얼거린다.

"알고 싶은 게 있어서 그랬다."

"알고 싶은 거라고요?"

"그래, 그걸 가레스 그놈에게 물었었지. 그러나 놈은 대답해 주지 않았어. 그렇담 실력 행사를 하는 수밖에 없지 않나."

"그게 대체 뭐길래 전쟁까지 일으킨 겁니까? 제가 알고 있는 거라면 저라도 대답을 하겠습니다!"

"내게 이것을 묻는 것 자체부터가 넌 아무것도 모르고 있다는 뜻이다. ……사담은 이걸로 끝이다! 이제부터 작전 회의에 들어가겠다!"

"……알겠습니다."

살레온 반란군과 알바드 군부의 합동 작전 회의.

카이엔의 부관인 길리아스 멜번과 유시스 골드레이는 긴장된 표정으로 현황을 브리핑하고 있었다.

"웨이드…… 아니, 알스 일라인의 군대는 그란셀의 동부 관문인 단델에 주둔하고 있습니다. 우리가 알펜서드 방면으로 동진하면 그 옆을 찌르기 위해서일 겁니다."

"적의 의도는 명백합니다! 우리의 보급망을 끊어 고립시키기 위함입니다! 우리가 전쟁을 치러야 하는 곳은 적의 본토! 그러니 보급에 대한 부분을 확실히 다져 놔야 할 것입니다."

알티오르는 고개를 흔들었다.

"보급 자체는 어렵지 않을 걸세. 진군 경로에 있는 우리 일파의 영지에서 보급을 하면 되는 거니까. 놈도 그것을 알고 있을 거다."

이에 한 장교가 의문을 표한다.

"그렇담 어째서 적은 그란셀 동부에 주둔하고 있는 것입니까?"

이를 카이엔이 대신 답한다.

"크로싱군을 의식시키기 위함이다. 북동부에 위치한 크로싱이 내려온다면 놈들이 우리의 머리를 타격하고, 웨이드의 군대가 우리의 다리를 공격하는 형태가 되지."

길리아스는 고개를 흔들었다.

"하지만 선생님, 크로싱의 참전 이야기는 아직 나오지 않았습니다. 동향을 주시하고 있는 첩자들에게서도 별다른 징후가 없다고 합니다."

"크로싱의 군대를 사용하면 정통성을 완전히 잃어버리게 되니까 그러는 것이다. 그렇지만 상황이 불리해지면 놈은 언제든지 크로싱이라는 카드를 꺼내 들 거야. 우리는 최대한 주의를 기해야 해."

다른 참모인 유시스도 동의를 표한다.

"돌연 쥬라스 파밀리온이 실종되고, 크로싱 방면에서 실종됐던 용병 웨이드가 다시 나타나 캘리퍼의 왕위를 잇는다……. 이 상황은 무척이나 작위적입니다. 제가 생각하기에 쥬라스 파밀리온 그놈이 어디선가 암약을 하고 있는 게 분명합니다."

"분명 그렇겠지."

그들은 쥬라스의 개입을 의식하고 있었다. 그렇기에 일단 힘을 합쳐 주둔을 하고 있었던 것이다.

실상 쥬라스는 외부 세계에 있었지만 그의 존재감은 여전히 사람들의 심리를 좌우했다.

알티오르는 신음하며 말한다.

"그렇담 어쩌실 생각입니까? 시간은 상대의 편입니다. 이대로 있을 순 없어요."

"……."

"형님?"

"넌 정말 아무것도 모르고 있구나. 주군에 관한 것도, 그리고 네 아들에 관한 것도."

"그게 대체 무슨……."

"오늘 새벽에 내게 이런 편지가 도착했다. 아마 네게 향하는 편지는 누군가가 차단을 한 거겠지."

"편지라뇨?"

"읽어 봐라."

그 편지를 뜯어본 알티오르의 안색은 돌처럼 굳어 버렸다.

"그란셸을 약탈……!? 알바드의 군대가 말입니까!?"

"정확히는 왕가의 군대로 위장한 우리 군대지."

"말도 안 되는 일입니다! 정말로 길버트가 이런 편지를 보냈다는 겁니까!"

"말이 되는지 안 되는지는 이해관계에 달려 있다. 이 작전이 성공하면 너희 가문은 왕위 찬탈에 대한 명분을 얻게 될 게다. 네 아들은 그걸 노린 거고."

"그렇다고 해도……!"

자신들이 꾸려 온 영지를 파괴하고 영지민들을 학살한다니.

"알티오르, 이게 바로 정쟁이라는 거다. 전쟁과 정치가 관련이 되면 이렇게나 냉혹해지는 게지. 네가 이 이치를 모르진 않을 텐데."

"크윽……!"

"길리아스!"

카이엔의 호령에 길리아스 멜번이 고개를 끄덕인다.

"3천의 병력을 주겠다. 지금 당장 그란셀 방면으로 진군하여라. 그리하면 파리처럼 따라다니던 툰카이의 기병대가 너희를 쫓아갈 거다."

"명을 받들겠습니다."

애쉬와 루크레치아를 먼저 처리해 놓기로 한 카이엔은 애쉬의 병력에 알스가 그란셀을 약탈하고 있다는 거짓 정보를 흘린다.

이에 속고 만 애쉬는 카이엔의 의도대로 길리아스의 병력을 쫓아 남하하기 시작했다.

부하가 수집해 온 정보를 접한 애쉬는 미간을 찌푸렸다.

"알스가 그란셀을 약탈하고 시민들을 학살하려 하고 있다고?"

"예, 그렇습니다!"

"걔가 그런 짓을 할 리 없어!"

"그렇지만 흐름상 충분히 가능한 일이 아닐까 하고……."

표면적으로만 보면 그랬다. 살레온 공작가는 반란을 일으킨 가문. 그 영지에 대한 처벌이 있다고 해도 전혀 이상하지 않다.

그란셀을 초토화시켜서 다른 귀족들에게 본보기로 삼는다고 하면 충분히 이해가 간다.

그러나 그건 어디까지나 표면적인 이야기.

"그럴 리 없어. 이미 병력의 숫자는 상대가 압도적으로 많다고. 그런 상황에서 약탈을 할 병력을 보낼 수 있을 리가! 만약 한다고 하면 저놈들이겠지!"

툰카이의 왕자로서 이런 정치 싸움에 능했던 애쉬는 금방 진의를 파악할 수 있었다.

'살레온 공작가에서 왕위 찬탈을 위한 명분을 얻으려는 거구나!'

애쉬는 이 사실을 어서 알스에게 알리려 했으나 그 순간

적진에서 3천의 유격대가 남하하기 시작했다. 그걸 본 애쉬는 급해질 수밖에 없었다.

'저거다! 저 병력이 그란셀을 약탈하러 가는 거야!'

애쉬는 어떻게 해야 할지 갈피를 잡지 못했다.

그대로 그란셀을 약탈하게 놔두자니 아무것도 모르고 죽어 갈 사람들이 눈에 밟혔다. 뭣보다 알스가 그런 악명을 얻는다는 게 싫었다.

'하지만 우리가 자리를 비우면 작전은 어떻게 되는 거지?'

당장은 적이 움직이지 않고 있었기에 애쉬도 멈춰 있었던 상황이다. 지금은 마땅히 할 일이 없었던 셈.

그렇기에 애쉬는 추격이라는 선택지에 무게를 싣게 된다.

"전군 행군 준비!"

그런 명령을 내리는 애쉬에게 루크레치아가 달려온다.

"애쉬! 무슨 짓인가요! 설마 방비를 굳히고 있는 적에게 달려들 생각입니까!?"

"그게 아니야. 루크, 잘 들어."

애쉬는 이번 일에 대해 루크레치아에게 설명을 했다.

그러자 그녀는 다른 의견을 낸다.

"그렇담 우리는 상황을 지켜봐야 하는 것 아닌가요? 총대장은 일라인 그자이니까요."

"그런 틀에 박힌 얘기를 할 때가 아니잖아."

"제가 아는 그 사람이라면 충분히 대처를 해 놨을 거라고 생각해요. 뭣보다 이 사실을 당신이 알았는데 그가 모를 리가 없어요."

"모를 수 있지. 이건 우리가 상대 병사를 붙잡아서 얻은 정보이니까. 아직 전투를 치르지 않은 알스는 알 수가 없어."

"그 붙잡은 병사란 것도 작위적이지 않나요? 적의 거짓 정보일 수도 있어요."

애쉬도 그럴 가능성을 염두에 두긴 했으나 그럴 낌새는 보이지 않았다.

"루크, 내 지휘를 따라 줘. 저 병력을 따라가는 것이야말로 알스를 돕는 길이야."

"알겠어요. 저는 전쟁이 처음이니까요. 당신이 대장이기도 하고……. 따르겠습니다."

"고마워. 좋아! 다들 출진이다!"

애쉬는 자신이 있었다.

병력 숫자도 1천밖에 차이 나지 않았고, 자신은 기병대다.

캘리퍼의 서부는 산지가 많긴 했으나 대도시 그란셀로 향하는 가도는 비교적 좁긴 해도 잘 정비가 돼 있었다.

기병대의 기동력을 살릴 수 있었다.

꼬리를 괴롭히며 게릴라 작전을 수행하면, 저들은 절대로 그란셀에 도착할 수 없을 거라 판단했다.

그렇게 애쉬가 알바드 별동대의 꼬리를 물었을 때였다.

"어리석은 놈."

카이엔은 냉소하며 탁! 지팡이를 내리치며 작전 개시 신호를 보냈다.

그러자 가도 양옆의 산지에서 화살이 빗발치고, 매복병들이 공격을 가해 오기 시작했다.

"헛……!?"

애쉬는 경악하며 어쩔 줄을 몰라 했다.

"대체 언제 복병이……!?"

적의 동향은 철저하게 살피고 있었을 테다. 이 정도의 병력을 빼냈다면 눈치채지 못했을 리가 없다.

"아, 아앗……!"

애쉬는 그제야 함정에 빠졌음을 깨달았다.

이 복병은 적이 본대에서 빼놓은 게 아니라, 알바드의 군대가 이쪽으로 올라오면서 자연스럽게 놔둔 것이었기 때문이다.

이건 즉, 애쉬가 이렇게 달려들 것을 처음부터 설계했다는 뜻이었다.

'당했다……!'

자신을 노린 거짓 정보와 매복 전략임을 깨달은 애쉬의 안색이 새파랗게 질려 버렸다.

"애쉬! 뭘 하고 있는 겁니까! 어서 퇴로를 뚫어야 해요!"

"큭!"

하지만 이 좁은 가도에서 퇴로를 만들기란 쉽지 않았다.

"애쉬!"

"젠장! 이렇게 된 이상 정면으로 뚫어 내겠어! 다들 날 따라와!"

애쉬와 루크레치아는 정면을 뚫어 내며 그란셀 방면으로 퇴각.

그 과정에서 2천에 달했던 그의 기병대는 5백까지 숫자가 줄어들고 만다.

나는 갑자기 들어온 보고에 한 방 얻어맞은 듯한 충격을 느꼈다.

"툰카이의 기병대가 매복군에 의해 대파! 후퇴하여 재정비를 하고 있는 듯하나 알바드의 군대가 그들을 포위하여 섬멸을 준비 중에 있다고 합니다!"

"쳇!"

상대가 애쉬의 기병대를 노릴 거라고는 생각하고 있었지만 그란셀의 시민들을 대피시키는 작업으로 인해 반 발자국 늦고 말았다.

'사략의 카이엔⋯⋯!'

카이엔은 딱히 그 3천의 별동대로 그란셀을 노린 게 아니었다.

그란셀은 그 별동대가 출발하는 시점에 이미 습격을 받고 있었다.

내가 그 대응을 하느라 정신이 팔려 있는 사이에 카이엔은 애쉬의 기병대를 잡아먹은 것이다.

엘레나는 그 교묘한 수법에 혀를 내둘렀다.

"적장의 잔꾀가 상당하군요. 카이엔이라고 했습니까? 카이엔……. 카이엔? 설마 카이엔 호스타인을 말하는 겁니까? 펜실론의 수호신!"

엘레나도 옛날 사람인 만큼 그 명성을 들었던 모양이다.

"맞아요. 지금은 사략이라고 불리고 있지만 말이죠."

"이제 어쩔 거죠? 애쉬와 루크레치아가 위험합니다."

"……."

내 침묵에 엘레나는 슬픈 표정을 지었다.

"역시 방법이 없는 거군요. 그쪽은 이미 죽은 말이니까요……. 버리고 다른 수를 취하는 것밖에……."

전술안이 밝지 않은 엘레나가 보기에도 상황은 일목요연했다.

애쉬를 구하러 갔다간 우리가 전멸을 한다.

루크레치아의 스승이나 다름없는 엘레나는 주먹을 꽉 쥐었다.

"아무리 그래도 민간인을 약탈하는 움직임으로 교란을 하다니……! 루크……!"

이렇게 된 이상 애쉬와 루크레치아의 목숨에 대해선 적이

자비를 베풀어 주길 바라는 수밖에 없었다.

훗날 대가를 치르고 인질 교환을 해야만 한다.

그게 정석, 유일한 해답, 안전한 정답이었다.

그러나 그것만으로 괜찮을까?

'내 가신의 생사여탈권을 적에게 줄 순 없어……'

그렇담 방법은 하나밖에 없었다.

현재 애쉬가 죽은 말, 다시 말해 사석(死石)이라고 한다면, 그걸 구하러 가기 위해선 또 하나의 결정적인 사석이 필요했다.

다시 말해 내가 죽은 말이 돼야 했던 것이다.

서서히 좁혀 오는 포위망.

애쉬는 이 이상의 활로가 없음을 확신했다.

"끝이야……."

"안 돼요, 애쉬! 포기하지 마요! 아직 갈 수 있는 길은 있습니다!"

"아니, 그건 함정이야. 지금 알스가 있는 쪽으로 발버둥을 쳤다간 오히려 녀석에게 피해를 주게 돼."

카이엔의 움직임은 노골적으로 알스의 본대를 끌어들이려 하고 있었다.

만약 알스가 군을 움직여 애쉬를 구하러 올 경우 함정이 발동하여 포위망이 구축된다. 구하러 들어온 알스의 병력까지 한꺼번에 잡아내는 것이다.

"그렇기에 놈들도 우리를 단번에 잡지는 않은 거야. 우리가 알스가 있는 쪽으로 최대한 가게끔 유도를 하고 있는 거지."

"서, 설마 그런…….."

"내 실책이야. 십걸 카이엔을 얕봐선 안 됐는데……!"

애쉬에겐 자만심이 있었다. 자신이 능히 군웅들과 어깨를 견줄 만한 자질이 있다고 생각했다.

실제로 애쉬는 뛰어난 장군이 될 자질이 있었다. 다만 그건 돌격형 장군의 자질이지, 책사로서 성공할 수 있다는 뜻은 아니었다.

그 부분에서 자만을 한 것이 이런 최악의 상황을 만든 것이다.

스릉! 애쉬는 허리에 차고 있던 단검을 뽑아 들었다.

"애쉬!? 뭘 하려는 겁니까!?"

"난 툰카이의 왕자야. 내가 캘리퍼를 돕기 위해 툰카이군을 움직였다는 얘기가 나오면, 얘기가 여러모로 복잡해지겠지. 알스에게도 부담이 될 테고. 그러니……."

"멈춰요! 그건 절대 좋은 선택이 아니에요!"

"미안해, 루크. 멋있는 모습을 보여 주려고 널 내 조국으로 데려온 거였는데……. 넌 항복해. 험한 꼴을 보게 되겠지만…… 운이 좋다면 목숨은 건질 수 있을지도 몰라."

애쉬는 단검을 치켜들었다. 루크레치아가 붙잡지 않았다면 금방이라도 그 단검이 그의 목을 찢었으리라.

그러나 그 순간이었다.

소란스러워지기 시작한 적진.

곧 먼지가 피어오르며 적진을 뚫고 1천의 병력이 애쉬가 있는 곳으로 쇄도해 들어왔다.

최전방에선 엘레나가 그 무위를 뽐내고 있었고, 그 바로 옆에는 알스가 있었다.

"저 멍청이가……!"

애쉬는 핏발이 선 눈을 부릅떴다.

알스가 이곳에 온 것은 자살행위나 다름없었다.

적 병력을 뚫고 들어온 알스는 상처투성이인 애쉬를 보며 피식 웃는다.

"꼴이 말이 아니네."

"너, 너……!"

애쉬는 쉽게 말을 잇지 못했다.

"여기에 대체 왜 온 거야! 난 이미 죽은 거라는 걸 모르지 않았잖아!"

"시끄러워, 지금은 그런 얘기를 할 시간이 없어. 도망갈 준비를 해야 되니까."

"대체 어디로!? 어디로 도망갈 수 있다는 건데!"

"바로 여기야."

"뭐……?"

알바드의 병력은 기다렸다는 듯이 포위망을 구축하고 있었다.

카이엔은 알스가 직접 온 것이라 생각진 않았지만, 그래도 구원 병력을 보냈으니 그 병력을 잡아먹기로 했다.

포위망을 구축한 채 좁혀 오는 알바드의 2만 병력.

알스는 그 군세를 보며 부하에게서 투구를 받아 착용했다.

용병 웨이드의 트레이드마크인 얼굴을 가리는 잿빛 투구였다.

이것이야말로 이 난관을 헤쳐 나갈 수 있는 유일한 방법이었다.

포위망을 구축한 카이엔은 부관인 길리아스와 유시스를 이끌고 알스가 있는 곳으로 직접 나타났다.

"저 잿빛 투구는……!?"

길리아스가 눈매를 좁힌다.

"교란작전을 벌일 생각인가?"

그는 눈앞의 알스가 진짜라고 생각하지 않았다. 진짜라면 이렇게 멍청하게 들어올 리가 없었으니까.

그러니 투구만 씌운 대역이라고 생각하고 있었다.

이는 카이엔도 마찬가지의 생각이었으나 그런 카이엔을 향해 알스가 말한다.

"오랜만이군요. 카이엔 님."

"……?"

카이엔이 눈살을 찌푸렸다. 그 목소리는 과거 키메라 전쟁에서 들었던 웨이드의 목소리와 똑같았기 때문이다.

게다가 알스의 주변을 지키는 병사들과 장교들의 표정에서도 심상찮음을 느꼈다.

"……설마, 정말로 네놈이냐? 용병 웨이드…… 캘리퍼의 왕위를 이은 알스 일라인!"

"맞습니다. 제 목소리를 잊어버린 건 아닌 모양이라 다행이군요."

"허! 직접 사지로 들어오다니. 혹여 쥬라스가 움직이고 있는 게냐?"

"엄밀히 말하면 그런 셈이 되겠군요. 지금 이건 쥬라스의 흉계이니까요."

그러자 길리아스와 유시스의 표정이 굳어졌다.

"당장 주변을 정찰해라!"

"크로싱의 군대가 있을지도 모른다! 척후병을 뿌려라!"

혹시나 있을 크로싱 군대의 개입을 걱정하며 척후를 보내는 둘. 알스는 피식 웃는다.

"다른 군대 같은 건 없습니다. 지금 이곳엔 바람 앞의 등불 같은 저의 부대와 당신의 막강한 군대가 있을 뿐이죠."

"대체 무슨 꿍꿍이인 게냐? 아니, 설령 꿍꿍이가 있다고 하더라도 네놈은 이곳을 빠져나가지 못한다. 필히 죽게 되겠지."

살인적인 침묵이 흘러갔다. 애쉬와 루크, 엘레나의 표정에 좌절과 오기가 드리웠다.

셋은 어떻게 해서든 알스만이라도 빠져나가게 하기 위해 목숨을 걸 준비를 하고 있었다.

그때 알스가 침묵을 깼다.

"그 얘기를 하기 전에, 당신의 만행에 대해 얘기를 하고 싶습니다."

"만행?"

"그란셀을 약탈하고 그 시민들을 죽인 것 말입니다. 사략의 카이엔, 당신은 이기기 위해서라면 어떤 수단과 방법도 가리지 않는 겁니까?"

"무슨 그런 어린애 같은 소리를 하는 게냐."

"물음에 답하십시오. 당신은 이기기 위해서라면, 살아남기 위해서라면 어떤 방법이라도 사용해도 된다고 생각하냐 물었습니다!"

이에 길리아스가 대신하여 답한다.

"당연하다! 전쟁은 이기지 못하면 아무런 의미도 없는 것! 패배한 놈들의 말 따위 추한 변명에 지나지 않지! 물론 그란셸의 시민들을 돕고, 목숨을 걸고 부하를 구하러 온 네 행동은 칭송받아야 마땅한 것이나, 그것도 이겨야 의미가 있는 것! 지금 네놈의 행동은 영웅적인 기지가 아닌 멍청이의 자살행위다!"

"당신에게 물은 게 아닙니다만? 카이엔 호스타인, 당신에게 묻는 겁니다."

카이엔은 희미하게 웃었다.

"훗, 얼마 만에 가문의 이름을 들은 것인지……."

그는 고개를 끄덕인다.

"그렇다, 내가 제자들에게 항상 하는 말이 있지. 살아서 이기는 자야말로 정의다. 그 정의를 위해선 수단과 방법을 가려선 안 된다고 말이야."

"……그 얘기가 듣고 싶었습니다."

"이제 미련이 없다면 슬슬 끝을 내지."

저벅! 접근하는 알바드의 병력.

그때 알스가 스릉! 애쉬에게서 뺏은 단검을 자신의 턱에 대었다.

"그 이상 다가온다면 제 스스로 목숨을 끊을 겁니다."

이에 카이엔은 호탕하게 웃는다.

"하하핫! 인질로서의 가치를 주장하는 것이냐? 그렇다면 잘못 생각했느니라. 네놈의 목을 가져가는 것으로 충분하니까 말이야. 아니, 죽이는 것만으로도 충분하지. 목숨을 끊고 싶다면 그리해라!"

"흠, 그 말을 계속 지킬 수 있으면 좋겠군요."

"뭐라?"

알스는 단검을 쥐지 않은 다른 손으로 투구를 벗었다. 알스의 얼굴을 처음 본 카이엔은 미간을 찌푸렸다.

알스의 얼굴을 알고 있던 길리아스가 쾌재를 부른다.

"저놈입니다! 저놈이 웨이드가 맞습니다! 당장 저놈을 붙잡아라!"

움직이는 알바드의 장교들과 병사들.

그때였다.

"……잠깐!!"

카이엔의 외침이 쩌렁쩌렁 울렸다. 노인이 낸 거라곤 믿기지 않는 울림이었다.

카이엔은 손끝을 부르르 떨었다. 입술도 떨렸다.

"네, 네 녀석 설마……!"

알스는 씁쓸한 듯한 표정으로 고개를 끄덕였다.

"예리하시군요. 가레스 국왕보다도 더. 그렇담 이것도 알아보시겠군요?"

나는 가죽 갑옷 안에 숨어 있던 사파이어 목걸이를 내보였다.

카이엔은 더 이상 경악을 숨기지 못했다.

6장

경악하는 카이엔. 심상찮음을 느낀 부관 길리아스는 미간을 찌푸렸다.

"선생님, 무슨 일이십니까?"

"……."

카이엔은 아무런 말도 하지 못했다. 그저 뚫어지게 알스의 얼굴과 그 목걸이만을 바라보고 있을 뿐이다.

그로 인해 알스를 죽이기 위해 다가가던 알바드의 병력이 일제히 멈췄다.

자신의 목에 단검을 들이밀고 있던 알스가 말한다.

"여기서 멈췄다는 건 저를 그냥 보내 주겠다는 뜻으로 봐도 되겠습니까?"

"······."

"그럼 그런 뜻으로 알고 지나가겠습니다. 후퇴를 준비해라!"

알스의 가신들도 눈을 휘둥그렇게 뜨고 있었다. 어리둥절해하며 일단은 알스의 뒤를 따라 천천히 후퇴하기 시작했다.

알바드군은 이 행동에 크게 동요했다.

길리아스가 고함을 쳤다.

"이렇게 빠져나갈 수 있을 거라고 생각하느냐!"

"그렇담 공격해 보십시오. 그 순간 저는 목숨을 끊을 겁니다. 패장의 말로서 어울리는 결말을 내 스스로 보여 드리죠."

"크윽······!"

입술을 질끈 깨무는 길리아스. 그는 아직도 평정을 찾지 못하고 있는 카이엔을 대신하여 말살 명령을 내리려 했다.

그때 카이엔이 바르르 떨리는 목소리로 말한다.

"저, 정말이더냐, 정말 리즈나의 아들인 게냐?"

"저는 어머니의 목소리도, 얼굴도 알지 못합니다. 당시 어머니의 시녀였던 유미르의 말을 전해 들은 게 전부이니까요."

"······!"

카이엔은 유미르에 대해 아는 게 있었다.

딸 리즈나를 마지막으로 만났었던 그때, 투기장에서 거둬들였다며 소개해 준 소녀 수인.

"그 수인이 너를 탈출시킨 게냐? 캘리퍼의 마수에서······!"

"캘리퍼의 마수라고요? 하핫, 커다란 착각을 하고 계셨군요. 펜실론 재흥 세력을 몰살시키고 제 어머니를 살해한 건 캘리퍼가 아닙니다."

"그렇담 대체……?"

카이엔이 줄곧 캘리퍼를 적대한 이유는 캘리퍼가 펜실론 재흥 세력을, 자신의 딸을 살해했다고 생각했었기 때문이다.

논리적으로 봤을 때 그것 외에는 생각하기 힘들었다.

당시 펜실론 재흥 세력은 터전을 잡기 위해 캘리퍼로 이동하고 있었다.

이걸 캘리퍼 측의 귀족들과 왕족들은 탐탁지 않아 했었다. 국왕 가레스는 받아들일 생각을 하고 있었으나, 다른 사람들은 그렇지 않았던 것.

이로 인해 당시 가레스 국왕도 펜실론 재흥 세력의 몰살을 왕국 내 귀족들이 도적을 사주해 벌인 일이라 생각했던 것이다.

카이엔도 뒤늦게 현장을 조사했을 때 나온 캘리퍼 군대의 표식을 보고 범인을 캘리퍼라 생각하고 있었다.

알스는 씁쓸하게 웃는다.

"전부 크로싱의 짓입니다. 파라인 국왕이 사주를 한 거죠. 펜실론 제국이 다시는 부흥하지 못하도록 뿌리를 뽑을 속셈이었던 겁니다."

"파라인이……!"

"다만 저를 살리고, 캘리퍼에 혐의를 뒤집어씌운 것만큼은 그분의 짓이 아니에요. 쥬라스 놈의 계략이었습니다."

"……!?"

카이엔은 충격에 몸을 부르르 떨었다.

순간 예전의 일이 떠올랐기 때문이다.

그것은 키메라 전쟁이 한창일 때의 일이었다.

알스가 툰카이군을 물리치기 위한 책략을 브리핑하기 위해 알바드 군영을 찾아왔을 때, 쥬라스도 그곳에 함께 있었다.

당시 쥬라스는 카이엔에게 이렇게 말했었다.

ㅡ선생님은 이미 내 손아귀에 있습니다. 언제든 잡아먹을 수 있는 상황이죠.

당시엔 쥬라스가 허세를 부린 거라 치부하고 넘겼었던 이야기.

하지만 지금 이 상황이 되니 그 전모를 알 수 있었다.

알스도 못 당해 내겠다며 고개를 절레절레 흔들었다.

알스 또한 줄곧 궁금했었다.

왜 쥬라스는 아기인 자신을 일부러 놓쳐 준 것인가?

그 해답이 바로 여기에 있었다.

"쥬라스 그놈은 당신의 약점을 잡으려 했던 겁니다."

단순한 변덕도 아니다, 알스가 펜실론 제국의 마지막 핏줄이기에 살려 줬던 것도 아니었다.

그저, 알바드의 대장군이자 십걸 카이엔을 협박하기 위한 히든카드로서 알스를 살려 둔 것이었다.

"여기까지 들었으니 이젠 모든 전말을 짐작하셨겠죠, 할아버지?"

"⋯⋯!"

"절 도망가게 놔두지 않으면 스스로 목숨을 끊을 겁니다. 공교롭게 됐군요. 어머니는 훗날 할아버지께서 나를 지켜 줄 거라 생각하고 이 목걸이를 맡겼는데⋯⋯. 그 할아버지의 손에 죽게 되다니."

알스의 목걸이는 카이엔이 성인식 선물로 딸 리즈나에게 준 것이었다. 그렇기에 잘못 볼 수가 없었다.

"그런⋯⋯. 그런 일이⋯⋯!"

카이엔의 평정은 완전히 깨져 있었다.

그렇다고 알스를 보낼 수도 없었다. 여기서 알스를 잡아내면 전쟁은 완벽한 승리가 될 테니까. 그 기회를 놓치는 것이다.

알스는 고개를 절레절레 흔들었다.

"여전히 길을 터 주지 않은 걸 보면 일국의 장군으로서 가족의 연을 끊어 내기로 마음을 잡으신 모양이군요. 존경합니다, 할아버지. 그럼 전 먼저 저승에 가 있겠습니다."

꽉! 단검을 양손으로 쥐고 자신의 목을 겨누는 알스.

카이엔은 눈을 질끈 감았다.

"⋯⋯그만둬라, 길을 터 줄 테니 그 검을 내려놓거라."

"⋯⋯감사합니다, 하늘에 계신 어머니도 분명 기뻐하실

거예요. 자, 가자!"

알스는 본대가 있는 방향으로 후퇴하기 시작했다. 퇴로를 막고 있던 알바드의 군대는 어정쩡하게 길을 터 주었다.

부관 길리아스는 길길이 날뛰었다.

"선생님! 이럴 수는 없는 겁니다! 적의 총대장을 잡을 수 있는 기회를 이런 식으로 놓칠 수는……!"

카이엔은 초연하게 고개를 끄덕였다.

"내 목을 쳐라, 길리아스."

"예……?"

"잘못된 판단을 내린 총대장의 목을 치고 네가 전권을 잡아 저자를 붙잡아라! 그리하면 전쟁을 이길 수 있다! 어서!"

"그, 그럴 수는 없습니다! 제가 어찌 선생님께……!"

"그게 안 된다면 이 국면은 이대로 끝인 게다. 나도…… 그리고 길리아스 너도 사사로운 정을 끊어 내지 못했다는 뜻이니까."

"크으읏!"

길리아스는 주먹을 꽉 쥐며 알스를 비난했다.

"이 비겁한 놈! 네놈이 그러고도 군인이냐!"

"핫! 조금 전에 당신이 스스로 말하지 않았습니까. 승리하기 위해서, 살아남기 위해선 수단과 방법을 가려선 안 된다고. 저도 그렇게 한 것뿐입니다."

"크윽……!"

십걸 카이엔이 펼친 포위망을 유유히 빠져나가는 알스와 애쉬의 부대.

카이엔은 멍하니 하늘을 바라보고 있었다.

그는 알스가 진정으로 자신에게 원하는 게 뭔지를 알고 있었다. 알스는 이번 일을 통해 확실한 메시지를 남겼다.

'참으로 당돌한 아이구나. 이런 부분은 리즈나를 많이 닮았어.'

살레온의 반란이 성공하면 알스는 결국 죽는다. 여기서 살려 준 것도 의미가 없다.

결심을 마친 카이엔은 나직이 명령한다.

"전군 반전. 주둔 중인 살레온의 군대를 기습하여 제압하겠다."

포위망을 빠져나오니 나도 모르게 안도의 한숨이 나왔다.

"휘유! 어찌어찌 잘 통했네."

이번 일은 나로서도 도박이었다. 만약 카이엔이 사사로운 정을 끊어 내고 군인으로서 냉정하게 일을 처리했다면 살아 나오지 못했을 테니까.

"알스! 야, 인마!"

애쉬는 뒤늦게 분노가 폭발한 모양이었다.

"날 구하러 오면 어떡해! 그땐 그냥 버렸어야지……!"

"근거가 있었으니까 도우러 간 거야. 아무런 근거가 없었다면 나도 그냥 물러났겠지."

"그 근거라는 게 네 목숨을 저울에 놓는 거였잖냐! 넌 네 입장을 알고나 있어!? 네가 죽는다면 여기 캘리퍼는 물론이고 엘란 왕국도 크게 휘청거릴 거라고!"

"네가 죽었어도 마찬가지야. 나에 대해선 잘 알잖아? 내 지인이 죽을 경우 내가 어떻게 반응할지."

"그거야……."

아마 나도 복수심에 불탔을 거다. 크로싱의 군대 전부를 모아 알바드, 그리고 반란군과 끝장을 보려 했겠지.

애쉬는 이를 악물었다.

"젠장, 네가 이러면 나도 어쩔 수가 없어지잖냐."

"어쩔 수가 없어지다니?"

"진짜 딱 한 번만이니까 잘 들어."

애쉬는 한쪽 무릎을 꿇고는 외친다.

"이 애쉬 페이튼! 주군께 충성을 맹세하겠습니다!"

침묵이 흘렀다.

"뭐 하는 거야, 어울리지 않게."

"그러니까 한 번만이라고!"

애쉬는 부끄러운지 후다닥 자리를 뜬다.

이를 흐뭇하게 보고 있던 엘레나가 다가와 말한다.

"애쉬도 충분히 왕의 자질이 있는 인물인데…… 용케도 충성 서약을 받아 냈군요."

"그런 게 없어도 이미 우리 사람이었어요."

"훗, 에오니아가 왜 그토록 당신을 경애하는지 알 것 같은 기분이 드네요. 그보다 이젠 어떻게 할 거죠? 퇴각하는 알바드군을 추격할 건가요?"

"아니요, 내 생각이 맞다면, 이번 반란은 이걸로 끝입니다."

"그게 대체 무슨……?"

"왕궁으로 돌아가도록 하죠. 그럼 모든 게 정리돼 있을 테니."

나를 살려 줬다는 건 즉, 이 전쟁에서 내 편이 되어 주겠다는 뜻이었다.

그런 만큼 살레온 반란군을 직접 제압해 줄 가능성이 있었다.

현재 살레온 반란군은 알바드군이 자기편인 줄 알고 있을 테니 기습에 취약한 상태다.

'이런 교활한 책략은 사용하고 싶지 않았지만…….'

찬물 더운물 가릴 때가 아니었다.

우리 중앙 대륙을 빠르게 통일하고 외부 세계로 영향력을 넓혀 가려면 쓸 수 있는 방법은 뭐든 써야 했으니까.

내 예상대로, 왕궁에 돌아오자 그 소식이 전해져 왔다.

전령을 통해 먼저 소식을 접한 헬리안 공작이 호들갑을 떨며 말한다.

"알스! 조금 전에 연락이 들어왔네! 알바드의 군대가 살레온 반란군을 모두 제압했다는 소식이야! 이건 뭐지? 거짓 정보인가!?"

"사실일 겁니다."

"허……! 대체 무슨 수를 쓴 건가?"

"대외적으로 밝히기 힘든 책략이니 신경 쓰지 마십시오. 그래서? 지금 알바드군의 동태는 어떻죠?"

"급히 정보를 수집 중이네만. 아마도 알바드는 제압한 반란군을 왕궁으로 이송해 넘겨주려는 모양일세. 이게 혹시 함정일 수도 있으니, 수도가 아닌 북부 쪽 군사 요새에서 인도를 받을 생각이야."

"그렇게 하는 게 현명할 겁니다."

"그 외에……. 알바드군의 총대장이 자네를 알현하고 싶다고 의사를 전해 왔네만."

"응하도록 하겠습니다. 도착한다면 최우선적으로 제게 안내를 해 주세요."

그 알바드의 총대장.

카이엔은 저녁을 기해 도착했다. 군의 인도는 따로 북부 요새에 하기로 했기에, 그는 일부 장교들만을 대동한 채 우리 왕궁에 도착했다.

이에 우리 왕궁에 있던 알바드의 외교관이 사색이 되어 그에게 무언가를 말했다.

"카이엔 님! 반란군을 제압하고 캘리퍼의 현 정권을 인정하시겠다니요! 폐하께서 이 일을 아셨다간……!"

"국왕에겐 내가 잘 설명할 테니 걱정 말거라."

"으음……! 그렇게 말씀하신다면야."

카이엔은 장교들을 물리며 홀로 알현실에 남았다.

"네게 묻고 싶은 게 있다. 리즈나에 관한 일도 그렇고, 너에 대한 일도……."

"전부 말씀드리겠습니다. 그러나 그 전에 할아버님께 보여 드리고 싶은 게 있습니다."

"그 할아버지라는 호칭은 관두거라. 이제 와서 그렇게 부를 관계는 아니니까."

"훗, 알겠습니다. 그렇지만 적어도 이 아이에게는 가족처럼 다정하게 대해 주셨으면 해요."

"아이?"

"에리나!"

내가 에리나를 부르자 알현실 뒤에 위치한 방에서 대기하고 있던 에리나가 류나를 안고 나타났다.

그녀가 류나를 내려놓자 류나는 우다다 뛰어온다.

"아빠!"

"어이쿠, 우리 딸. 엄청 울었다며? 하여간."

"이잉……!"

류나는 내 가슴에 얼굴을 묻고는 부비적거린다.

나는 류나를 안은 채 카이엔에게 향했다.

카이엔은 눈을 부릅뜬 채 말을 잇지 못했다.

가까이 다가가자 류나는 눈을 둥그렇게 뜨고 그를 관찰했다. 타인을 지극히도 경계하는 류나는 혈육 이외에는 따르려 하지 않는다.

그렇기에 어머니 클레어도, 아버지와 형들도 무서워하여 울음을 터뜨렸다.

하지만 카이엔은 다르다.

"안아 보시겠습니까?"

"……."

카이엔은 부들부들 떨리는 손으로 류나를 안아 들었다. 류나에게서 내 어머니 리즈나의 얼굴을 본 모양이었다.

멍하니 있던 류나는 돌연 웃음을 터뜨리며 카이엔의 수염을 장난감 삼아 잡아끌었다.

"꺄하하!"

카이엔은 감격하여 아픔조차 느껴지지 않는 모양이었다.

"아, 아아……! 리즈나……! 네 인연은 끊어지지 않고 아직도 이렇게 이어지고 있었구나! 리즈나……!"

그는 이내 류나를 꼭 안고 흐느끼기 시작했다.

반란군이 진압되며 수습되어 가는 상황.

소식을 접한 길버트 살레온은 하늘이 무너지는 듯한 착각을 느꼈다.

"그, 그게 대체 무슨 소리냐! 알바드의 군대가 배반을 했다니?"

"사실입니다! 알바드의 군대가 돌연 우리 군을 배반! 내부에서 기습을 받은 우리 군은 대부분 사로잡혔다고 합니다!"

"어떻게 그런 일이……!? 아버님은! 아버님은 어떻게 됐나!"

"포로로 잡히셨다고 합니다!"

풀썩! 길버트는 다리에 힘이 풀려 주저앉고 말았다.

이렇게 되면 모든 것이 끝이었다.

"이럴 수는 없는 거다! 이렇게 될 수는……!"

그런 그를 정식으로 구속하기 위해 헬리안 공작이 근위대를 끌어모으는 중이었다.

그러나 아이러니하게도, 그런 과정으로 인해 오히려 왕궁을 탈출할 구멍이 만들어지게 된다.

"이대로 끝날 수는 없다……! 이 길버트 살레온이……!"

도주하는 길버트.

그러나 캘리퍼 왕국 내에서 그가 갈 곳이라곤 존재하지 않았다. 측근들과 함께 겨우겨우 국경을 빠져나가게 된다.

길버트가 도주하자 살레온 일파는 빠르게 와해됐다.

완벽하게 정권을 잡은 알스는 반란에 가담한 귀족들 모두 평민으로 신분을 강등시켜 버리며 강수를 뒀다.

본래 이럴 경우 그 귀족들이 다른 국가와 손을 잡고 배신하는 일이 생기기 마련이지만, 지금은 국경이 인접한 크로싱과 알바드 모두 아군이었기 때문에 감히 반기를 들 수 있는 귀족은 없었다.

그렇게 정권을 휘어잡자 다른 국가에서도 알스의 캘리퍼를 정식으로 인정하지 않을 수 없는 상황이 됐다.

알스는 국명을 대통합이라는 의미를 가진 엘란 왕국의 단어 '리안드'로 변경.

리안드 왕국이 캘리퍼를 대신하여 동부의 패권국으로 떠올랐다.

그리고 이런 상황을 예의 주시하고 있는 세력이 있었다.

그 서부의 스벤너 왕국에선 때아닌 밀회가 벌어지고 있었다.

"그것이 정말인가? 실종됐던 알스 일라인이 수년간 외부 세계에 있었다고?"

스벤너의 재상 두웰스는 믿기지 않는다며 반문했다.

그의 앞에 앉아 있는 것은 이국적인 차림을 한 남녀였다. 그들은 서투른 중앙 대륙의 언어로 설명을 한다.

두웰스는 대륙 바깥에 마법의 세계가 있다는 말에 반신반의했으나, 눈앞의 둘이 마력을 짜내 마법을 시전해 보이자 믿지 않을 수도 없었다.

"놀랍군, 설마 바깥에 그런 문명화된 세계가 있었을 줄이야."

그러나 감상은 그것뿐이었다.

"얘기를 듣자니 왕래가 지나칠 정도로 힘든 모양이군. 그렇담 협력을 하기도 요원하지. 이야기는 고마우나, 우리 스벤너는 그대들과 손을 잡을 생각이 없소."

"……."

그 선언에 남녀의 눈빛이 스산해졌다.

여자가 말한다.

"긴히 보여 드리고 싶은 것이 있습니다."

"보여 주고 싶은 것이라고……?"

"따라와 주시겠습니까?"

그들이 안내한 곳은 지하 시설이었다. 마력을 제대로 사용할 수 있는 지하 시설로 재상 두웰스와 그 호위병들을 이끈 둘은 돌연 공격을 해 왔다.

"무슨 짓이냐! 쯧! 저놈들을 붙잡아라!"

두웰스를 지키는 호위들은 정예들이었으나 마법에 대한 지식이 전혀 없었던 게 문제였다.

수면 마법에 의해 순식간에 제압을 당하고 만다.

그리고 홀로 남은 두웰스에게 여자가 흑마법으로 일렁이는 손을 가져가 그 머리를 붙잡았다.

　"크읏……!? 으앗……!"

　흑마법 특유의 세뇌 과정. 두웰스는 곧 인형처럼 축 늘어진다.

　남자가 말했다.

　"마력이 억제되는 이 대륙에선 세뇌 마법도 오래가진 못할 겁니다."

　"잠시라도 일국의 재상을 조종할 수 있다는 건 커. 이놈을 이용해서 우리의 기반을 만들어야겠어."

　"……알스 일라인이라는 놈에 대해선 어떻게 하실 겁니까? 그놈도 그놈 나름대로 행동을 개시하고 있는 듯합니다만."

　"시급히 처리를 하고 싶지만, 반달린이 그놈에게 붙어 있는 듯해. 반달린 그놈은 나를 없애려고 작정을 하고 있으니까. 괜히 마주치고 싶지 않아. 그러니 네가 처리를 해라. 이른 시일 안에 이곳 스벤너의 군대를 지휘할 수 있게 해 주지. 그걸로 알스 일라인을 처리하도록. 대영웅이라 칭송받았던 너라면 할 수 있겠지?"

　"……."

　"그래 주지 않으면 곤란해. 그렇지 않으면 공을 들여 널 살린 보람이 없으니까."

　"문제없습니다. 그럼 그때까지 이곳 언어와 문화에 익숙해지도록 해 보겠습니다."

"그래, 이곳 스벤너에도 능력 있는 장군이 있다고 하니 교류를 하는 것도 좋겠지."

스벤너에 침투한 정체불명의 남녀.

이로 인해 중앙 대륙엔 새로운 전화의 불씨가 피어오르게 된다.

왕위를 잇고 바빠진 나날.

나는 류나를 품에 안은 채 정무를 보고 있었다.

"아빠, 과자 먹고 싶어."

"으이구, 또? 그러다 이빨 썩으면 엄마가 엄청 혼낼 텐데?"

"괜찮아! 엄마 없어!"

"너 그래서 아빠 따라온 거구나. 한 살밖에 안 된 애가 어떻게 이렇게 영리한지 몰라. 말도 이젠 곧잘 하게 됐고."

"에헤헤."

시종에게 과자를 가져오라 명령하자 여러 고급 과자들이 세팅이 됐다.

"이 중에서 하나만 먹을 거야. 뭘 먹을래?"

"이잉, 다 먹을래."

"안 돼. 그럼 엄마한테 이를 거예요."

류나는 몇 분이나 끙끙거리더니, 이내 꿀이 발라진 과자를 선택하곤 침을 묻히며 먹기 시작했다.

그때 노크 소리와 함께 애쉬가 내 집무실을 방문했다.

"알스, 베카비아 방면의 전황을 가져왔어. 툰카이가 지역을 점령하고 안정화 작업을 하고 있는 사이에 에우로페가 툰카이의 본토를 공격했대."

"경쟁 국가가 잘되는 꼴은 배 아파서 못 보겠다는 건가."

"그런 셈이지."

애쉬는 아무렇지도 않게 놓여 있는 과자를 집어 먹었다.

그러자 자기 것을 뺏긴 거라고 생각한 류나가 미간을 찌푸린다.

"어이쿠, 네 거였어? 미안해, 오빠 하나만 먹자."

"……."

애쉬는 나를 마주 보고 앉고는 푸념하듯 말한다.

"설마 상황이 이렇게 될 줄은 몰랐네. 알스 네가 왕이 되고, 나는 너에게 정식으로 충성을 맹세하고."

"내가 왕이 된 건 그렇다 쳐도, 충성은 이미 바쳤었잖아."

"뭐, 뭐래."

애쉬는 민망해졌는지 억지로 화제를 돌린다.

"그보다 엘란 왕국으론 언제 돌아갈 거야? 약속된 기일까지 시간이 얼마 남지 않았는데."

"그게 조금 골치가 아파. 이 상황에서 내가 돌아가기도 어려우니까."

"후사는 그 헬리안 공작님에게 맡겨 두면 되지 않겠어?"

"그럴 생각이긴 한데, 그 사람에게만 맡기기엔 일이 너무 많거든. 엄밀히 말해 완전히 신뢰할 수 있는 인물도 아니고."

가능하면 내 가신 중의 한 명이 일을 이어받아 줬으면 했다.

애쉬가 말한다.

"그 베이올라프 형씨를 찾아야 되는 거지?"

"그래, 올라프라면 믿고 맡길 수 있으니까."

"그러고 보니 그 형씨와 관련이 된 물건은 찾았어? 에우로페 방면으로 사람을 보내진 않았잖아."

"올라프가 현재 우리 누나랑 함께 있을 거라는 가설을 세웠거든. 우리 누나를 찾으면 자연스럽게 찾을 수 있지 않을까 하는 희망적인 생각을 하고 있어."

"잘됐으면 좋겠네. 그보다 이거 맛있다."

우걱우걱 과자를 먹어 치우는 애쉬. 류나는 불구대천의 원수라도 만난 것 같은 시선으로 노려본다.

그렇게 잠시 평화를 느끼던 차였다.

"알스! 보고할 것이 있네!"

헬리안 공작이 간결한 노크와 함께 들어온 것이다.

"저는 자리를 피해 드리겠습니다요."

애쉬는 어깨를 움츠리며 집무실을 떠나려 했으나, 헬리안

이 붙잡았다.

"자네도 듣는 게 좋을 것 같군, 애쉬 페이튼."

"......?"

"다름 아닌 툰카이에 관한 급보거든."

"툰카이요? 에우로페가 툰카이의 본토를 침공했다는 소식은 들었습니다만."

"그것뿐이 아니었어. 스벤너 왕국에서도 공격이 시작됐네."

"......예?"

눈살을 찌푸리는 애쉬.

"스벤너가 어째서요! 스벤너는 툰카이의 우방이라고요!"

"겉으론 그랬지. 나도 당분간은 그 이름뿐인 동맹이 이어질 거라 생각했네만, 스벤너가 돌연 공격을 시작했네. 툰카이의 꼬리를 물고 북진하기 시작했어."

몇 년 전 서방 민족의 만행 이후 지금껏 조용했던 스벤너 왕국의 돌발 행동.

이로 인해 중앙 대륙의 정세가 급변하기 시작했다.

베카비아 전쟁을 끝낸다는 당초의 목표는 달성했으나, 그 외에도 여러 가지 과제가 남고 말았다.

스벤너와 에우로페가 툰카이를 공격하기 시작하면서, 걷잡을 수 없는 형태로 도화선에 불이 붙고 만 것이다.

이젠 대륙 조약이고 뭐고 의미가 없어졌다.

하나의 승리자만을 남길 대전쟁이 시작되려 했다.

나는 그 전쟁을 시작하기 전에 가신들을 전부 모을 생각이었다.

남은 일은 헬리안 공작과 파라인 국왕에게 도움을 요청한 뒤 실종자들의 물품을 가지고 엘란 왕국으로 귀환을 하기로 했다.

중앙 대륙에 온 지 한 달 만의 일이었다.

"헬리안 공작님, 전 당신을 믿습니다. 사람으로서도, 정치가로서도요."

"훗, 그런 말을 한다는 것 자체가 불안하다는 방증이네만. 뭐, 알겠네. 당분간은 알바드도 우리 우방이나 다름없는 상황이니 어려운 건 없겠지."

"……곧 대전쟁이 시작될 겁니다. 그러나 지금 우리 상황으론 그 대전쟁을 극복하기 힘들 거예요."

살레온 반란군으로 인해 군부의 규율이 완전히 깨져 버렸기 때문이다.

그걸 재건하기 위해선 헬리안 공작의 능력이 필요했다.

"맡겨 두게, 자네에게 왕위를 선양한 가레스 국왕 폐하의 유지……. 내가 반드시 지켜 낼 테니까."

"그럼 가 보겠습니다. 금방 돌아올 테니 걱정 마세요."

우리는 크로싱 방면의 지하 시설로 향했다.

그러자 루크레치아가 묵은 한숨을 토해 낸다.

"휴우! 바깥은 마법을 사용할 수 없어서 얼마나 답답했는지 몰라요. 어서 돌아가죠. 로자 여왕님도 우리를 기다리고 있을 거예요."

내가 신호를 보내자 크로싱에 상주하고 있던 궁정 마법사가 전이 마법을 시전했다.

발광하는 마법진.

그때 내게 나직이 속삭이는 사람이 있었다.

"……알스 님."

에리나였다.

그녀는 이번 일이 있고 무언가를 고민하듯 줄곧 말을 아꼈었다. 나도 그걸 배려해서 당분간은 홀로 놔두고 있었다.

그 고민에 대한 결론을 낸 모양이었다.

"전 앞으로 이곳에 돌아오지 않을 생각이에요."

"……괜찮겠어?"

"예, 할아버님과는 작별 인사를 나눴어요. 아버님과 어머님은 보지 못했지만……. 괜찮아요, 전 이제 살레온이란 이름을 버리고 에리나로서 살아가겠어요."

"너무 극단적으로 생각할 필요는 없어."

"……예?"

"아버지에 관한 것도 언젠가는 이해하고 받아들일 수 있게
될 거야. 그러니까 모든 것을 버린다는 듯이 얘기하지 않아
도 돼."

"후훗, 역시 상냥하시네요."

에리나는 그 이상은 말이 필요 없다는 듯 내 팔을 꼭 껴안
았다.

곧 마법이 발동해 시야가 반전되며 우리는 엘란 왕국으로
복귀를 했다.

복귀일과 시간을 정해 놨기 때문인지 전이가 끝나자 곧장
가신들의 얼굴이 보였다.

"알스!"

"알스 님!"

반갑게 맞이해 주는 가신들.

그리고 당연하지만 류나는 유미르에게 혼쭐이 나고 말았다.

"류나! 다시는 그런 짓은 하지 마렴!"

"으아아아앙!"

유미르는 살이 뒤룩뒤룩 쪄 버린 류나를 보고는 내게도 엄
한 표정을 지었다.

"도련님도 여기로 오세요!"

"어? 나, 나도?"

류나에게 마음대로 과자를 먹인 게 문제였던 모양이다.

그렇게 나는 돌아온 첫날부터 류나와 함께 호되게 혼나야

만 했다.

엘란 왕국에 돌아온 나는 로자에게 상황을 설명한 뒤 곧장 쥬라스의 집무실로 향했다.

녀석은 이곳 생활에 부쩍 익숙해진 모양인지, 마법을 이용해 서류를 정리하고 있었다.

여러 서류들이 공중에 두둥실 떠 있고, 쥬라스는 다리를 꼰 채 그것들을 검토하고 있다.

내가 나타나자 허공을 날아다니던 서류들이 순식간에 가지런히 정리가 된다.

"왔군요, 마중을 나가지 못해 미안합니다."

"괜찮아요. 그보다 당신, 기어코 마법을 익혔군요."

"책을 읽으니 자연스럽게 익혀진 겁니다. 누군가에게 배우진 않았어요."

딱! 녀석이 손가락을 튕기자 주전자와 찻잔, 쟁반이 떠올라 다과를 세팅하기 시작한다.

이 모습은 내가 본 누구보다도 마법사 같았다.

"본토에서 무슨 일이 있었는지 말해 주겠습니까?"

"상황이 급변해 가고 있어요."

내가 캘리퍼의 왕이 되어 국명을 리안드로 바꾼 것.

알바드와 우호 관계를 맺은 것, 스벤너와 에우로페가 툰카이를 공격한 것까지 말을 하자 쥬라스는 미간을 찌푸렸다.

"카이엔에 관한 건 어떻게 안 거죠? 대부님께도 이 부분에 대해서만큼은 말하지 말라고 했는데요."

"역시 나를 미끼로 카이엔을 붙잡으려 했던 겁니까?"

"그렇습니다. 카이엔 같은 불세출의 책략가를 잡아내려면 이 정도의 미끼는 필요하다고 생각했으니까요. 그 한 방으로 카이엔을 잡고 알바드까지 집어삼키려 했는데 말이죠."

"가레스 국왕이 말해 줬어요. 알바드와는 일시적인 우호 관계를 맺었고요."

"의외로 나쁘지 않은 형태일지도 모르겠군요. 크로싱과 알바드, 그리고 당신이 다스리는 리안드의 삼국 연합이라면, 나머지 전부와 대결을 펼치더라도 승리를 할 수 있는 전력이니까요."

"그렇다 해도 불안하지 않나요?"

"맞습니다. 그러니 우선 스벤너의 동태를 파악하는 게 좋겠네요. 알스, 이건 내 추측이지만…… 스벤너를 부추긴 묘한 세력이 있는 것 같아요. 내 예상으로 스벤너가 움직일 타이밍은 지금이 아니었어요."

막연한 추측이었지만 이놈이 말하니 신빙성이 있었다.

"묘한 세력이라고 하면요? 설마 이곳 세계의 어떤 세력이라든가?"

"가능성은 충분합니다."

"흠."

쥬라스는 재미있다는 듯 말을 이어 간다.

"몇 주 후의 귀환 때엔 내가 돌아가도록 하겠습니다. 당신은 가신들을 되찾아서 오도록 하세요. 그때까지 준비를 해 두죠."

"무슨 준비를 말하는 거죠?"

"뻔하지 않습니까? 전쟁 준비입니다."

"……."

만약 이쪽 세계의 누군가가 우리 중앙 대륙에 간섭하기 시작한 거라면, 초기인 지금 결판을 내는 게 맞았다.

'유례없는 전쟁이 될지도 모르겠어.'

대륙 전체가 전역이 된 전쟁.

대륙 통합의 결판을 낼 대전쟁이 말이다.

저택으로 돌아온 나는 잠시 숨을 돌릴 수 있었다.

엘리엇과 도로시를 찾으러 간 안톤 일행이 이틀 뒤에 돌아온다는 얘기가 있었기에 이틀 정도는 휴식을 취할 수 있었던 것이다.

나는 먼저 어머니와 얘기를 나누며 가족들의 안부를 전했다.

"퍼지가 군부에 남아 있었다고? 그 애는 어떻게 됐니!?"

"무사해요. 살레온이 반란군을 조직했을 때 낌새를 채고 동료들과 함께 군영을 이탈했다고 해요. 반란군을 진압한 후에 베카비아 지역에서 무사히 구출했어요."

"정말 다행이구나. 그 애는 외골수적인 기질이 있어서 걱정이었는데 말이야."

그렇게 얘기를 나누던 중 '으아아앙! 아빠!' 하는 서러운 울음소리가 들려왔다.

어머니는 쓰게 웃으며 말한다.

"알스, 류나가 너를 찾는 것 같구나."

"죄송합니다, 남은 이야기는 나중에 해요."

나는 울음소리가 들리는 식당으로 후다닥 달려갔다.

그곳에서 류나가 울며불며 투정을 부리고 있었다. 보아하니 유미르에게 혼이 난 모양이다.

류나는 나를 보자 우다다 뛰어온다.

"아빠아!"

한 달 가까이 계속 안아 주고, 같이 자고 한 탓인지 류나가 나를 의존하는 경향이 부쩍 강해져 있었다.

유미르는 난감하다며 말한다.

"도련님, 투정을 너무 받아 주시면 안 됩니다. 아이 버릇이 나빠져요."

"응……. 그건 아는데, 그렇다고 울게 놔두는 것도 아닌 것 같아서. 왜 울고 있었던 거야?"

"반찬 투정을 해서 혼내는 중이었습니다."

슬쩍 보니 식탁엔 온갖 채소 반찬밖에 없었다.

"유미르, 심정은 이해하는데, 반찬이 그러면 나라도 울어 버릴걸."

유미르는 납득하지 못하겠다는 듯 엄한 표정을 짓는다.

나는 적당한 중재안을 냈다.

"에오니아!"

에오니아도 주방에 있었는지 금방 얼굴을 내밀었다.

"미안한데 달달한 고기반찬을 몇 개 해 줄래? 류나 밥을 먹이게."

"옛!"

에오는 내가 그럴 거라고 예상을 하고 있었는지 금방 기름진 반찬을 대령했다.

"자, 류나야."

유미르가 한 채소 반찬에 고기를 얹어 주자 류나는 입을 벌려 숟가락을 문다.

그러고는 채소 반찬은 바로 꿀꺽하고 삼키고, 고기반찬만 되새김질하듯 씹었다.

"거기서도 이렇게 먹였었어. 그래서 그런지 식사량이 많아져 살이 찌긴 했는데, 원래 애들은 살이 찌면서 크는 거잖아.”

“휴우……!”

유미르는 체념의 한숨을 쉰다.

류나는 식사가 끝나자 나가서 놀자며 에오를 보챘다.

“에르랑! 에드도 같이 놀래!”

“후훗, 그러자.”

에오니아는 나와 유미르의 식사를 차려 놓고는 쌍둥이와 류나를 데리고 저택의 정원으로 향했다.

유미르와 둘만 남게 된 상황에서 나는 슬쩍 그녀에게 손짓했다.

“왜 그러시나요?”

“그냥, 이리로 와 봐.”

유미르는 영문을 모른 채 내 쪽으로 온다. 나는 그녀를 끌어당겨 내 무릎 쪽에 앉혔다. 류나에게 밥을 먹인 것과 똑같은 자세였다.

다만 유미르는 류나보다 덩치가 훨씬 큰 만큼, 머리카락이 내 코를 간질였다.

“도, 도련님!?”

“얘기할 게 있으니까 그대로 들어 줘.”

나는 그대로 유미르를 껴안은 채 카이엔과 있었던 일을 말하였다.

유미르는 어머니 리즈나에 관한 이야기가 나오자 귀를 축 늘어뜨리며 이야기를 들었다.

"그렇군요, 리즈나 님의 아버지가……. 언젠가 비슷한 얘기를 하신 적이 있습니다. 아버지가 위대한 장군이라고요. 그래서 제가 물었어요. 그럼 아버지를 의지하러 가면 되는 것 아니냐고요."

펜실론 재흥 세력이 카이엔이 있는 알바드 왕국으로 향했으면 어땠겠냐는 얘기였다.

"리즈나 님은 그래선 의미가 없다고 하셨어요. 아마 알바드의 왕족들과 정치적인 마찰이 있을 거라고 생각을 하신 거겠죠."

"그래, 그랬다간 괜히 카이엔의 입지도 흔들렸을 거야."

결과적으론 그렇게라도 했어야 했다. 그렇게 했으면 적어도 목숨은 부지했을 테니까.

유미르는 슬픔을 삭이려는 듯 고개를 숙인다.

나는 껴안은 팔에 조금 힘을 주었다.

그러다가 문득 에오니아가 차려 놓은 식사를 봤다.

약간 심술이 동한 나는 반찬을 찍은 포크를 유미르에게 향했다.

"자, 아 해 볼래?"

"도련님!?"

당황하는 유미르. 나는 억지로 포크를 들이밀었다. 유미르는 얼굴을 새빨갛게 물들인 채 포크를 문다.

오물오물 빠르게 삼켜 버리고는 내게 말한다.

"이제 됐습니다!"

"무슨 소리야, 이제 시작인데. 괜찮아, 조금 전에 식당 문을 잠그고 왔으니까."

"그, 그렇다면야……."

유미르도 분위기를 탔는지 얌전히 음식을 받아먹었다.

이후엔 유미르가 포크를 집어 들어 내게 음식을 먹여 줬다.

"고기반찬 좀 줘. 계속 채소밖에 없잖아."

"안 됩니다. 자, 아 하세요."

조금 낯부끄럽지만 행복한 한때.

그러나 우리밖에 없다고 생각한 건 크나큰 착각이었다.

문득 식당 창문을 보니 에오니아가 눈을 부릅뜬 채 이곳을 바라보고 있는 게 보였다.

그 옆에는 에스텔과 에리나도 있었다. 함께 아이들이랑 놀아 주고 있었던 모양이다.

에오니아가 에리나와 에스텔에게도 얘기를 했는지 셋 모두 뚫어지게 우리 쪽을 바라보기 시작한다.

"헉."

그러나 유미르는 여전히 눈치를 채지 못한 모양이었다. 평소엔 감각이 날카로운 주제에, 이런 때만 느슨하다고 할까.

"도련님……."

이윽고는 상체를 조금 돌려 입을 맞춰 온다.

"자, 잠깐!"

"웃…… 음식 냄새가 나서 싫으셨나요?"

"그런 게 아니고. ……저길 봐."

"저기라면……? 앗!?"

후다닥 내 무릎에서 일어나 자기 자리로 돌아가는 유미르.

창문 쪽에서 지켜보던 셋은 곧 식당으로 찾아왔다.

철컥! 철컥!

"어라? 왜 문이 잠겨 있을까요?"

"글쎄, 왜일까?"

유미르는 부끄러움을 참지 못하겠는지 주방으로 들어가 버렸다.

그 순간 식당의 잠금이 풀리고.

'오늘도 일찍 자기는 글렀네.'

나는 체념하고 운명을 받아들이기로 했다.

엘리엇과 도로시의 행방을 수색하러 간 안톤 일행이 돌아온 건 이튿날의 자정쯤이었다.

예정보다 반나절을 일찍 도착한 것이다.

"주군! 면목이 없습니다. 돌아오시는 걸 마중했어야 하는

데……."

"바쁜 거면 어쩔 수 없죠. 그보다 이번에 크로싱에 돌아갔을 때 가웨인을 봤어요."

가웨인에 대한 얘기가 나오자 일리야 스승이 귀를 쫑긋한다.

"무럭무럭 커 가고 있더라고요. 한번은 류나랑 놀다가 싸우게 됐는데……."

"류나 공주님과 싸웠다고요!? 내 가웨인 그 녀석을!"

분노하는 안톤. 내가 왕이 됐다는 소식을 듣자 그는 류나를 공주라 부르기 시작했다.

"그냥 애들끼리 과자를 두고 투닥거린 거예요. 류나가 한 살이긴 해도 수인이라 덩치가 좀 크잖아요. 그래서 가웨인을 동생이라 생각한 모양이더라고요."

"허……!"

그때 일리야 스승이 간과할 수 없다며 말한다.

"누가 이겼니?"

"예?"

"류나와 가웨인. 누가 이겼는지 궁금해서 말이야."

"그게……. 류나가 워낙 활발하고 힘이 세잖아요. 가웨인이 그 기세에 졌다고 할까. 그냥 과자를 포기하고 가더라고요."

"졌다는 거군……."

심각한 표정의 일리야 스승.

"돌아가면 철저하게 단련을 시켜 놔야겠어."

반면 안톤은 류나에게 양보를 한 가웨인을 대견하게 생각하는 듯했다.

그런 그들의 뒤로 홀쭉해진 엘리엇이 있었다. 고생을 꽤 했는지 도로시도 다부진 얼굴이 돼 있었다.

"도로시! 무사해서 다행이야. 괜찮았어?"

"괜찮았다고 말하고 싶지만……. 솔직히 일리야 씨와 안톤 씨가 제때 와 주지 않으면 위험했어."

"일단 들어와."

우리는 서로의 상황을 공유하기로 했다.

먼저 내 얘기를 전하자 도로시는 소스라치게 놀랐다.

"알스 네가 캘리퍼의 왕이 됐다고!?"

"국명은 리안드로 바꿨어."

"노, 농담은 아닌 거지?"

"농담 아니야."

"우리 그림우드 가문은 어떻게 됐어? 설마 살레온 반란군에 가담한 건 아니지?"

"그림우드 가문은 헬리안 공작님을 지지하고 있었어. 그래서인지 가문의 힘이 많이 약해져 버리긴 했지만."

"휴우! 반란군에 가담한 게 아니라면야……."

"그런데 하나 문제가 있어."

"문제라니?"

"리넷트에 관한 거야."

도로시와 연인 관계에 있었던 리넷트.

"그 가문이 살레온 반란군에 가담을 했었거든. 그래서 어쩔 수 없이 귀족 작위를 해제했어."

"……리넷트도 더 이상 귀족이 아니게 된 거구나."

"맞아, 가능하면 참작을 해 보려 했는데, 직접 군을 이끌고 수도 남부를 공격하려 한 정황이 있어서……."

"괜찮아, 잘못한 일이 있으면 응당 벌을 받아야지. 리넷트에 관해서도 귀족이냐 아니냐는 상관이 없었고."

이젠 도로시 쪽의 이야기였다.

엘리엇은 그제야 입을 열었다.

그는 지금까지 연맹 쪽에서 있었던 일에 대해 천천히 풀어 놓기 시작했다.

도로시는 지친 얼굴로 지난 일을 털어놨다.

듣자니 연맹 쪽은 내외적으로 홍역을 치른 듯했다.

우리 엘란 왕국의 경우엔 그래도 대혼돈 이전에 권력의 교통정리를 끝냈었던 반면, 연맹은 상위 연맹과 중하위 연맹이 막 권력 다툼을 벌이려던 시기였기 때문이다.

"상위 연맹 녀석들은 우리처럼 구원이동 혜택을 받지 못하는 중하위의 연맹원들을 위험한 던전으로 몰아넣었어."

"거부하지 그랬어?"

"일단 비상사태가 되니까, 명분이랑 지휘권은 상위 연맹

쪽에 있었거든."

상위 연맹은 그걸 통해 반발하는 중하위 연맹의 힘을 죽였다.

그렇게 중하위 연맹을 궁지로 몰아넣은 뒤, 그 간부들을 붙잡아서 회유하거나, 회유가 되지 않으면 고문을 하여 죽여 버리는 일까지 자행했다고 한다.

엘리엇이 그 케이스였다.

그는 모진 고문을 받았는지 얼굴에 그늘이 드리워져 있었다.

나는 어깨를 으쓱이며 그에게 말했다.

"엘리엇 당신, 전에 봤을 때에 비해 꽤 살이 빠지셨네요."

"알스! 그게 지금 할 말이야!?"

도로시는 경악했지만 엘리엇은 내 뜻을 알아챈 듯 쓰게 웃는다.

"자업자득이라는 거냐."

"뭐, 그렇죠. 제가 말했잖아요. 사태가 진정될 때까지는 왕국 쪽에 있으라고."

그걸 거부하고 연맹으로 돌아간 건 엘리엇의 선택이었다.

"그땐 어쩔 수 없었어. 네가 이 모든 일의 주범이라고 생각했으니까."

"그래서요? 지금은 조금 생각이 바뀌었습니까?"

"……널 신뢰할 수 없는 건 여전하지만, 진짜 적이 누구인지는 확실히 알게 됐다."

"그거면 됐습니다."

현재 연맹은 격변의 시기를 맞이하고 있었다.

중하위 연맹을 짓밟은 상위 연맹들은 중앙집권적인 형태의 최상위 연맹 '이랄든'을 창설하여 지배 구조를 개편했다.

그 이랄든의 연맹장은 연맹 내에서 무소불위의 권력을 가지며, 사실상 왕이 됐다.

'이랄든……'

나는 이곳이야말로 마지막 적수가 될 것이라 생각했다.

중앙 대륙을 통일한 뒤, 이랄든을 무너뜨리고 이 외부 세계를 통합해야만 모든 일의 결착을 지을 수 있을 것 같았다.

만약 스벤너를 부추겨 툰카이를 침략하게 한 세력이 이랄든이라고 한다면, 중앙 대륙에서 벌어지게 될 전쟁은 이 이랄든과의 간접적인 대결일 수도 있었다.

"어쨌든 무사해서 다행입니다. 당신이 꼭 필요했거든요."

"추적 마법 말이냐?"

"그렇습니다. 마침 실종자들의 물건을 가져왔거든요. 바로 부탁드리고 싶습니다만."

"그거라면 조금만 기다려 다오. 나도 경황이 없는 상황이야, 최소한 같이 구출된 우리 연맹원들의 안위를 확인한 다음에 하고 싶다."

"……좋습니다. 그래도 가능한 빨리 부탁해요. 우리도 시간이 많지 않거든요."

"알겠다."

부축을 받으며 방을 나가는 엘리엇.

도로시는 그 등을 걱정스럽다며 바라보고 있었다.

그러다 곧 나직하게 말한다.

"연맹장님이 돌아가셔서 지금은 엘리엇 씨가 임시로 연맹장의 자리에 올랐어. 저래 보여도 책임감이 강한 사람이라서…… 보이지 않는 연맹원들이 걱정되나 봐."

"안톤의 말로는 구출해 낸 연맹원이 많지 않다고 하던데."

"응……. 그래서 더 참담한 심정인 거지."

무거운 침묵이 흘렀다.

도로시는 그 분위기를 전환하려는 듯 표정을 바꾸며 목소리를 높였다.

"그보다 알스! 나도 이제 구원이동을 사용할 수 있게 됐어!"

"정말……? 사용하기까지 최소한 2년은 더 걸리는 거 아니었어?"

"최근엔 그런 걸 따질 여유가 없었잖아. 없는 것보단 낫다는 느낌으로 연맹원들에게 구원이동을 사용하다 보니까 요령을 익혔다고 할까."

"오오……!"

즉석에서 구원이동을 사용할 수 있는 건 그만한 메리트가 있었다.

"이제부턴 나도 동행하도록 할게, 잘 부탁해."

도로시까지 합류하며 또 한 번 강해진 전력.

여기에 실종자들까지 전부 찾아내면, 더할 나위 없는 상황
이 될 터였다.

엘리엇은 추적 마법을 사용하기까지 꽤 많은 시간을 요구
했다.

말로는 본인의 몸 상태가 안 좋다고 하지만, 실상은 자기
연맹원들을 위해 시간을 끄는 것이었다.

선뜻 추적 마법을 써 줘서 이용 가치가 없어져 버리면 내
가 자신과 연맹원들을 헌신짝처럼 버릴 거라고 생각한 모양
이다.

그러니 연맹원들을 다 찾기 전까진 추적 마법을 사용하려
하지 않았다.

이걸 도로시가 설득하는 중이었다.

나는 그 덕에 휴가를 보낼 수 있었다.

소피아가 새로이 토벌할 던전 몇 개를 가지고 왔지만, 일
리야 스승이 나는 쉬고 있으라며 안톤과 귄터 등을 이끌고
알아서 토벌을 떠나 여유가 생긴 것.

"웃챠!"

오랜만에 느끼는 무료함에 절로 기지개가 나왔다.

"이잉……!"

내가 움직이자 팔을 베고 자고 있던 류나가 잠결에 투정을 부린다.

"미안해."

다시 팔베개를 해 주니 새근새근 자기 시작한다.

나는 한참이나 그 얼굴을 보며 시간을 보냈다.

그러던 중 똑똑! 하는 노크 소리와 함께 유미르가 얼굴을 비친다.

"도련님, 이제 일어나셔야 해요. 식사 시간이 다 됐습니다."

"아까부터 일어나 있었어. 류나가 자는 걸 보고 있었지."

"어휴, 도련님, 전에도 말했지만 요즘 너무 응석을 받아 주시는 것 아닌가요?"

"나를 따라 주는 게 귀여운 걸 어떡해."

그때 에오니아도 쌍둥이를 안은 채 나타났다.

"유미르, 알스 님은 일어나셨어?"

"직접 보세요."

에오는 류나와 내 모습을 보고는 조금 삐진 듯이 말한다.

"알스 님, 그런 거라면 에르와 에드도 안아 주세요."

"응, 여기 눕혀 줘."

에르니와 에드는 아직 요람에서 취침을 해야 되는 시기였기에 류나처럼 같이 잘 수는 없었다.

에오는 조심스레 쌍둥이의 머리를 내 팔에 올려 두었다.

다만 쌍둥이들은 자고 있던 게 아니었기에 꺄르르 웃으며 난리를 피운다.

류나는 그게 시끄러웠는지 눈을 뜬다.

셋은 내 팔을 전쟁터 삼아 투닥거리며 놀기 시작했다.

그 광경이 흐뭇했기에 아침 식사는 조금 더 뒤로 미루기로 했다.

식당으로 내려온 건 애들이 배고픔을 호소할 즈음이었다.

내가 애들을 안아 들고 나타나자 미라벨이 눈을 부라렸다. 내가 중앙 대륙에 간 사이에 말을 꽤 익혔는지 어색한 발음으로 말한다.

"에르니, 에드, 내가 안을 거야."

"예, 안아 주세요."

쌍둥이들을 건네주자 미라벨은 희대의 명검과 방패를 얻은 전사처럼 기고만장하게 웃는다.

그렇게 내 품이 비자 걷고 있던 류나가 내 바짓가랑이를 질질 끌며 안아 달라고 보챈다.

류나를 안고 도착한 식당엔 웬일로 소피아가 앉아 있었다.

그녀는 애쉬와 무언가 얘기를 주고받고 있었다.

"정말인가요? 정말로 그에게 충성을 맹세했어요?"

"쉿! 민망하니까 말하지 마요!"

보아하니 중앙 대륙의 정세를 얘기해 주고 있었던 모양이다.

내가 자리에 앉자 소피아는 기다렸다는 듯 말한다.

"웨이드, 당신에게 던전 토벌의 현황을 전해 주려고 왔어요."

"오오, 꽤 진척이 됐네요."

던전 토벌에 속도가 붙고 있는지 이미 수도 주변은 완전히 수복이 된 상태였다.

"전부 당신 덕이에요. 칠죄종 토벌로 인해 사기가 많이 올라갔거든요."

"시키는 일을 했을 뿐인데요. 고생은 소피아 당신이 더 많이 했죠."

"홋, 어쨌든요. 로자는 당신에게 영지를 하사할 준비를 하고 있는 듯해요. 공작 작위를 받았어도 그에 합당하는 영지는 받지 못했으니까요."

"새삼 벼락출세가 따로 없다는 생각이 드네요."

근 2개월 사이에 공작 작위도 하사받고, 왕위도 물려받았으니까.

"로자는 당신이 원하는 영지는 뭐든 줄 생각인 것 같던데요. 어쩔래요?"

"됐어요. 내 왕국을 다스리는 것만 해도 버거운데 여기서도 그런 짓을 하고 싶지는 않거든요."

"그렇게 말할 줄 알았어요. 그럼 그 부분은 제가 비스케타 씨와 상담을 해서 알아서 정하도록 할게요."

이후엔 조용한 담소와 함께 식사가 계속됐다.

그때 문득 한 명이 부족하다는 걸 깨달았다.

"에스텔? 에리나는 어디 있어?"

"그게……. 어제부터 뭔가 몸이 안 좋은 것 같더라고."

"몸이?"

중앙 대륙에서 그런 사건이 있었기도 하니 걱정이 됐다.
우울증 같은 게 생긴 걸 수도 있으니까.

'한번 방에 찾아가 볼까?'

그러나 그때였다.

쿠당! 식당 문을 거칠게 열어젖히며 나타난 에리나.

그녀는 형언하기 힘들 정도로 기뻐 보였다.

"알스 님! 드디어 생겼어요!"

그녀는 흥분한 표정으로 임신 소식을 전해 왔다.

에리나의 임신 소식에 누구보다 기뻐한 건 로자였다.

에리나도 로자에게 가장 먼저 알리고 싶었는지 곧장 왕궁
으로 향했다.

나는 그곳 알현실에서 의외의 손님과 마주했다.

"반달린!"

그가 특유의 뚱한 얼굴로 앉아 있었던 것이다.

나에게 용건이 있는 모양인지 곧장 내 쪽으로 걸어왔다.

"잠깐 얘기를 하지."

"아, 예. 에리나! 천천히 얘기하고 있어!"

반달린의 표정이 꽤나 심각해 보였기에 내 집무실로 안내를 했다.

그는 내 집무실을 한번 둘러보더니 곧 흥미가 사라졌는지 말을 이어 간다.

"중앙 대륙에서 불분명한 위화감을 느꼈다고 들었다."

"아, 그것 말인가요? 그거라면 아직 뭐라고 확정된 건 없습니다. 스벤너가 툰카이를 침공한 게 조금 갑작스럽긴 해도 아예 이해하지 못할 정도는 아니거든요."

"아니, 십중팔구 모신의 개입이 있었던 거다."

"……그렇게 확신하는 이유는 뭐죠?"

"그 던전 때문이다."

"그 던전이라뇨?"

"캘버린의 요새를 말하는 거다."

"……!?"

캘버린의 요새. 북부에 위치한 두 개의 10대 던전 중 하나였다.

"그 요새의 주인인 캘버린이 감쪽같이 사라졌다. 만약 놈이 소멸했다고 하면 던전까지 함께 사라졌겠지만 그렇지 않았어."

"미라벨과 비슷한 경우 아닐까요? 잠깐 가출했다든가?"

"나도 그렇게 생각했다. 그러다 네가 알아낸 정보가 마음에 걸렸지. 혈마법에 의한 소생 말이다."

"……설마."

"그 설마야. 누군가가 혈마법을 사용하여 캘버린을 소생시킨 것 같다."

반달린의 표정은 딱딱하게 굳어 있었다.

그가 그 정도의 반응을 보이니 캘버린이란 녀석에 대해서 나도 궁금해졌다.

"뭐죠, 그 캘버린이란 자는?"

"인간이다. 대영웅이자 대장군이었던 자이지."

"음……? 조금 이상하네요. 던전은 인간의 침공을 막기 위한 이종족들의 저항의 흔적 아니었습니까? 그런데 어떻게 인간이 던전으로 출현할 수 있는 거죠?"

"그놈은 인간을 상대로 싸웠었거든."

"인간을 상대로요……?"

"그는 인간의 대영웅이 아니야. 이종족들의 대영웅이었지. 캘버린은 핍박받는 이종족들을 이끌고 수많은 전투를 치러 수십만에 달하는 인간을 죽였다. 불리한 전쟁을 몇 번이나 이겨 내며 기적을 일으켰지."

"잠깐만요."

이종족의 편을 들어 인간을 죽였다? 그렇게 생각하면 조금 이상했다.

"모신의 목적은 이종족의 몰살이 아닙니까? 그런데 어째서 그런 자를 포섭한 거죠? 그는 필히 이종족을 보호하려 들

텐데요."

"당장은 그것만으로도 이용 가치가 있으니까 그런 거다. 알스 일라인, 그럼 네가 대답해 봐라. 이곳이 아닌 중앙 대륙에서 이종족의 입지는 어떻지?"

"아……!"

"그래, 수인들은 노예 취급을 받으며, 엘프들은 이미 자취를 감췄지. 그 외의 이종족들은 전부 멸종했고. 그곳에 캘버린을 가져다 놓으면 어떻게 될 것 같나?"

서방의 수인들과 함께 인간의 왕국을 전부 무너뜨리려 할 가능성이 높았다.

"모신 그놈은 네가 중앙 대륙을 통일하지 못하게끔 캘버린을 포섭한 거다. 인간 출신의 대영웅을 말이야."

"모신이 사주했다는 근거는요?"

"육체를 소생시킨다는 것부터 평범한 존재가 생각할 수 있는 범주가 아니야. 게다가 중앙 대륙으로 넘어가는 방법도 모신이라면 어찌어찌 가능하겠지."

반달린은 엄중히 말했다.

"조심해라, 캘버린은 전쟁의 신이라 불리던 놈이야. 아무리 너라도 녀석과 정면으로 맞섰다간 뼈도 못 추릴 거다."

모신이 과거에서 데려온 용병 캘버린.

이번 대전쟁의 적수가 판명된 순간이었다.

적의 우두머리와 그 목적이 밝혀진 이상 빠르게 대처를 할 필요가 있었다.

나는 한발 앞서 중앙 대륙으로 복귀하는 쥬라스에게 그 부분을 일러두었다.

"과거의 대영웅입니까. 오호라……."

쥬라스는 흥미롭다며 씨익 웃었다.

이놈이라면 걱정할 필요는 없어 보였다. 오히려 캘버린이란 녀석이 불쌍하게 느껴질 지경이다.

어쨌든 쥬라스 녀석에게 전쟁의 사전 준비를 부탁한 뒤에는 본격적으로 실종자 수색에 들어가기로 했다.

엘리엇이 드디어 협조를 해 주기로 한 것이다.

나는 대륙에서 가져온 실종자들의 물건들을 펼쳐 놓고 하나하나 추적 마법을 걸어 보기 시작했다.

먼저 시작한 건 율리아 누나의 물품이었다.

장교로 임관할 때 받은 부대의 휘장. 이게 안 되면 율리아 누나가 입었던 속옷 같은 민망한 물건에 추적 마법을 사용해야 했으니, 되도록 여기서 발동을 해 줬으면 했다.

"그럼 시작하지."

지도를 펼쳐 놓은 채 오러가 섞인 마나를 끌어 올리는 엘리엇.

추적 마법을 사용하자 그의 마력이 물건을 휘감더니 핑! 하고 맹렬한 속도로 어디론가 향했다.

엘리엇은 눈을 감은 채 그 속도와 방향을 계산하고는 척!
지도의 한 지점을 가리켰다.

"여긴……?"

동대륙과 중앙 대륙 사이의 망망대해였다.

"제대로 된 게 맞습니까?"

"전에도 몇 번이나 말했다시피 확실한 건 아니야. 이렇게
나 장거리가 되면 더더욱."

"흠."

그래도 이걸로 숨겨진 엘프의 섬을 찾은 적이 있었으니 신
뢰성은 높은 편이었다.

"루크레치아, 혹시 저 지점에 대한 정보가 있어?"

"동대륙은 머나먼 옛날에 통제권을 잃은 지역인지라…….
오래된 지도를 찾아보면 조금이나마 단서가 있을지도 모르
겠네요."

그나마 다행인 점은 동대륙 본토가 아니었다는 것이었다.

괴물들이 득실거리는 동대륙 본토보단 그래도 무인도가
나았다.

'무인도인지 아닌지는 모르겠지만…….'

부디 올라프와 율리아 누나가 무인도에서 살아 있기를 바
랄 뿐이었다.

"다음에 추적할 물건은 뭐지?"

"이것입니다."

이번엔 멜로디아나 공주의 차례였다.

파라인 국왕이 준비해 준 빗이었다.

'제발 효과가 있길…….'

반달린에 의해 동대륙 본토에서 발견이 됐던 멜로디아나. 그녀의 생존 확률은 극도로 낮았다.

만약 추적 마법에 반응이 없다면 죽었다고 보는 편이 나으리라.

그렇기에 나는 기도하듯 추적 마법의 결과를 기다렸다.

물건을 휘감은 엘리엇의 마력. 곧 반응이 나왔다.

핑! 율리아 누나를 추적할 때와 비슷한 방향으로 마력이 날아간다.

엘리엇은 조심스럽게 한 지점을 가리켰다.

바로 동대륙 중심부, 10대 던전 중 하나이자 그 10대 던전 중에서도 가장 악명이 높은 호수의 지배자의 영역을.

"……."

사정을 아는 가신들 사이에 침묵이 흘렀다.

모두가 똑같은 생각을 하고 있었는지, 가스파르가 대표해서 엘리엇에게 묻는다.

"이봐, 하나만 물어보지."

"뭐지?"

"대상이 익사한 상태라도 추적 마법이 발동하나?"

시체에도 추적 마법이 통하냐는 것이었다.

이에 엘리엇은 애매하게 고개를 끄덕였다.

"시체의 상태가 괜찮으면 추적 마법이 발동을 할 거야. 내 추적은 딱히 살아 있는 것만 추적하는 건 아니라서 말이야. 물고기 밥이 돼 갈가리 찢긴 게 아니라면 통하겠지."

곧 결단을 촉구하는 시선이 내게 모였다. 추적 마법에 반응이 있긴 했으나 여전히 생존 확률은 적은 상황.

그런 멜로디아나의 수색을 위해서 괴물들의 소굴에, 10대 던전 영역에 들어가야 하는가.

"……일단 리시테아의 물건에도 추적을 사용해 주세요."

리시테아의 물건은 그냥 직설적으로 속옷이었다.

애쉬는 이게 가장 확실하다는 듯, 속옷을 내밀었다.

이때 왜인지 루크레치아가 본인의 속옷을 슬쩍 확인한다.

묘한 '썸씽'을 느낀 나는 루크에게 물었다.

"루크, 당신 설마……."

"어, 어흠! 어서 하시죠!"

애쉬도 무안한 듯 내 시선을 피하더니, 속옷을 엘리엇에게 건넸다.

엘리엇은 속옷에 추적 마법을 거는 게 별로 이상한 것도 아니라는 듯 태연하게 추적 마법을 시전했다.

지이이잉! 핑! 또다시 앞의 두 번과 똑같은 방향으로 날아가는 마력.

엘리엇은 미간을 찌푸렸다.

"이번에도 똑같아."

멜로디아나와 똑같은 지점. 호수의 지배자가 위치한 곳이었다.

우연이라 하기엔 너무나 공교로운 상황.

두 명이나 같은 곳에 위치하자 오히려 생존 확률이 늘어난 것으로 느껴졌다.

애쉬는 눈을 크게 뜨며 소리쳤다.

"과거 전이가 될 당시에 멜로디아나 공주와 리시테아는 가까이 있었어! 비슷한 곳으로 전이됐다고 해도 전혀 이상하지 않아!"

"......!"

"알스, 두 사람은 아직 살아 있어! 우리가 찾아오길 기다리고 있다고! 당장 수색을 해야 돼!"

"......."

다른 가신들을 보니 마찬가지의 생각인 모양이었다.

나는 결단을 내리기 전에 마지막 물건을 내밀었다.

애거트가 애지중지하던 검과 에스텔이 만든 본인의 혈석이었다.

먼저 에스텔의 혈석에 대한 추적 결과였다.

여전히 행방이 묘연한 루트거. 그를 가리키는 곳은 이번에도 동대륙이었다.

"하필, 루트거......!"

딸을 찾아 쥬라스와 함께 이 세계에 넘어온 그는 지지리도 운이 없었던 모양이다. 다른 크로싱 장교들과 달리 동대륙에 떨어져 버리고 만 것.

"아버님……."

에스텔은 걱정이 되는지 표정을 흐렸다.

마지막으로 애거트의 결과가 걸작이었다.

"어라?"

엘리엇도 고개를 갸웃한다.

추적 결과가 다름 아닌 중앙 대륙을 가리키고 있었으니까.

안톤은 고개를 흔들었다.

"이건 결과가 잘못된 걸지도 모르겠습니다. 그 검을 만든 대장장이를 가리키고 있는 걸지도 모르지요."

"그게 아니라면 애거트는 이미 본토로 돌아와 있다는 뜻이 던가."

"예? 하지만 그럴 수는……."

"이제 그럴 수도 있어요."

애거트는 연맹에 납치돼 노예로 부려지고 있는 상태일 거다. 만약 그게 상위 연맹이었고, 애거트의 무예 능력을 눈여겨본 그들이 캘버린과 함께 중앙 대륙으로 보냈다고 하면 이상하진 않다.

어쨌든 이걸로 모든 실종자들의 위치는 대략 파악이 됐다.

왜 지금껏 발견할 수 없었는지도.

'역시 동대륙이었구나…….'

인외마경이 펼쳐져 있는 소굴.

우린 그곳으로 향하기 위한 준비에 들어갔다.

❖

이번 동대륙 원정에는 에리나와 에스텔을 제외한 모두가 함께하기로 했다.

심지어는 아기들도 데려가기로 했다. 튼튼한 군함을 타고 갈 예정이기도 했고, 미라벨이 쌍둥이 애들을 놓고 가고 싶어 하지 않았기 때문도 있다.

류나도 아빠를 부르짖으며 따라가려 했기에 그냥 데려가기로 했다.

여정 자체는 위험하지 않았다.

우리는 군함을 타고 먼저 엘프들의 섬에 정박을 했다.

그곳에서 하루를 묵으며 드래곤 알트론과 정보 교환을 하기로 했다.

"뭣이라고?"

내 말에 알트론은 강한 불쾌감을 드러냈다.

"그게 사실이냐? 반달린이 그렇게 말했다고?"

"그렇습니다. 당신이 무책임한 짓을 했다고 생각하는 것 같아요. 용서를 빌면 한 번쯤은 만나 주겠다고 하더라고요."

"그놈이……!"

분노를 드러내는 알트론.

곧 체념했는지 고개를 흔든다.

"나를 원망하는 놈의 심정도 이해가 가긴 하지만 용서를 빌 생각은 없다."

"당신도 한 고집 하시네요."

"흥!"

그래도 그에게서 얻어 낸 정보도 있었다.

먼저 대영웅 캘버린에 관한 것이다.

"캘버린이 소생을 했다니……"

"그에 대해 알고 있는 게 있습니까?"

"음, 그 시기엔 나도 엘프들을 섬에 이주시키기 위해 바쁘게 움직이던 때였지. 캘버린은 엘프들이 눈에 띄지 않고 섬에 이주할 수 있도록 시간을 끌어 줬었다. 의도적으로 전쟁을 일으킨 거야. 그리고 그 전쟁에서 전사하고 말았지."

"……!"

"숫자에는 장사가 없었어. 인간의 병력은 무려 20만이었던 반면, 캘버린의 병력은 정예라곤 해도 2만에 불과했으니까. 그럼에도 자그마치 반년을 버텨 냈지."

"그를 도와 전쟁을 할 생각은 없었던 겁니까?"

"캘버린도 똑같은 말을 했었지만, 엘프들은 이미 지쳐 있었어. 미라벨의 아이를 데리고 은거하기로 결정을 내렸지."

"그렇군요……."

"어쨌든, 조심하는 게 좋을 거다. 캘버린 그놈의 능력은 의심할 여지가 없으니까."

"동대륙에 있는 호수의 지배자에 관해서 아는 건 없으십니까?"

"그거라면 올킨이 가장 잘 알지만……."

"희망의 올킨 말입니까?"

"그래. 그 호수는 올킨이 만든 것이다. 가뭄에 허덕이던 그곳의 주민들에게 물의 축복을 내린 거지. 그 호수는 구조상 절대로 마를 일이 없게 되어 있어. 그러니 그 호수를 중심으로 마을이 번성하고, 왕국이 생겨났다."

그러나 올킨이 타락한 이후엔 오히려 주변 사람들을 잡아먹는 괴물이 됐다.

"그 호수가 크게 범람하여 사람들을 수몰시켰지. 그 악명으로 말미암아 10대 던전에 들어간 거다."

"얘기를 듣자니 단순한 호수 아닌가요? 괴물이 없는데 어째서 던전이 된 거죠?"

"바로 그거야. 실상은 던전이 아니거든."

"……?"

"던전이란 저항의 역사. 그 역사가 던전으로 나타나기 위해선 한 번 토벌이 돼야 한다. 하지만 그 호수는 지금껏 단 한 번도 토벌이 된 적이 없어."

"앗……!"

"그래, 그 최초의 역사가 지금까지 이어져 오고 있는 거다. 그러니 지금 그건 마나로 이루어진 던전이 아니야. 실제하고 있는 거지."

"혹시 그곳에 뭐가 있는지는 알고 계십니까?"

알트론은 애매하게 고개를 흔들었다.

"정령이 존재한다는 얘기를 들은 적이 있다만……."

"정령이요? 그런 게 있습니까?"

정령이라고 함은 자연에서 생겨난 마법적 생물이다. 그러나 워낙 허무맹랑하여 이 세계에서도 전설로만 전해질 뿐이었다.

"나도 잘 모르겠구나. 정령은 자연에서 태어난 존재, 다시말해 모신에게서 태어난 것들이니까. 적어도 나는 정령에 대해 아는 것이 없다, 미안하구나."

"아닙니다, 그것만으로 충분합니다."

뭐가 됐든 이 호수의 지배자는 여러 가지 비밀을 품고 있는 것 같았다.

우리는 엘프들의 섬에서 보급을 한 뒤에 다시 출발을 했다.

최우선 목표는 동대륙 서부에 있는 무인도를 수색해 율리아 누나와 올라프를 찾는 것이었다.

우리는 군함을 세 척으로 나눠 수색을 진행했다.

나와 내 가신들이 타고 있는 군함 한 척. 나머지 두 척은 왕국 해군이 도움을 주었다.

수색은 오래 걸리지 않았다.

그도 그럴 게 우리 군함에 엘리엇이 타고 있었기 때문이다.

엘리엇은 율리아 누나의 물건에 계속해서 추적 마법을 걸며 위치를 탐색해 주고 있었다.

"저 방향이다. 마력의 속도가 떨어진 걸 보면 거의 다 온 것 같아."

엘리엇이 가리키는 방향으로 계속 향해를 하자 마침내 섬 하나가 보이기 시작했다.

지도에는 표시되지 않은 섬이었다.

크기는 엘프들의 섬의 1/4 정도일까.

섬에 숲이 형성돼 있는 걸 보면 식량은 충분해 보였다.

"섬에 정박하겠습니다!"

우리는 닻을 내리고 섬에 발을 디뎠다. 모래사장을 확인한 나는 이곳이 확실함을 직감했다.

모래사장 곳곳에 물고기를 손질한 인위적인 흔적이 보였기 때문이다. 몇몇 모닥불의 흔적도 보였다.

"알스, 섬의 인기척이 꽤 많은 것 같다. 조심하는 게 좋아

보여."

가스파르가 냉정하게 경고를 했다.

혹시 율리아 누나와 올라프가 노예로 잡혀 고된 생활을 하고 있는 거라면 전투도 불사해야 했기에, 우리는 태세를 갖추고 섬으로 들어갔다.

그러나 우리를 마중한 건 정말이지 예상외의 광경이었다.

"오옷!? 알스! 게다가 가스파르 씨까지! 드디어 와 줬군요!"

"앗! 막둥아!"

근심 없는 미소와 함께 우리를 마주하는 율리아 누나와 올라프.

나는 너무 놀라 그대로 굳어 버릴 수밖에 없었다.

그도 그럴 게, 율리아 누나가 갓난아이를 안고 있었기 때문이다.

다음 권으로 이어집니다